大鱼

有爱的青春陪伴者

又想骗我谈恋爱

Fall in love

鹿尧 著

LU YAO WORKS

花山文艺出版社

河北·石家庄

图书在版编目(CIP)数据

又想骗我谈恋爱 / 鹿尧著. -- 石家庄 : 花山文艺出版社, 2020.3

ISBN 978-7-5511-4303-5

Ⅰ. ①又… Ⅱ. ①鹿… Ⅲ. ①长篇小说－中国－当代 Ⅳ. ①I247.5

中国版本图书馆CIP数据核字(2020)第002644号

书　　名： 又想骗我谈恋爱
著　　者： 鹿　尧

策　　划： 张采鑫
责任编辑： 卢水淹
特约编辑： 伍奕兴　　王　胜
美术编辑： 胡彤亮
责任校对： 董　舸
装帧设计： Inscet
封面绘制： 池袋西瓜
出版发行： 花山文艺出版社（邮政编码：050061）
（河北省石家庄市友谊北大街330号）
销售热线： 0311-88643221/29/35/26
传　　真： 0311-88643225
印　　刷： 长沙鸿发印务实业有限公司
经　　销： 新华书店
开　　本： 880×1230 1/32
印　　张： 9
字　　数： 216千字
版　　次： 2020年3月第1版
2020年3月第1次印刷
书　　号： ISBN 978-7-5511-4303-5
定　　价： 36.80元

目录

目录

楔 子

午后的阳光慵懒地洒落下来，葱郁的树木摇晃着枝叶，所有的一切都徜徉在这片温馨中。

人行道上不断地有人经过，三两女生挽着胳膊走着，路过一家奶茶店时，相互拉扯着，脸上也是掩饰不住的欣喜。

只见透明的玻璃窗映着四个人的身影，两个男生穿着白衬衫倚靠在椅子上，对面两个女生正在对着手机玩自拍。

根本无须什么背景，四个人便已然成了一道风景。

“我说，”看着没完没了自拍的两人，何之舟终于忍不住开口，“刨冰里面的冰都化了，两位大小姐可以先用餐吗？”

许奕臻在旁边三缄其口，相比于时常引火烧身的何之舟，他已经明智地学会了沉默。

何念棠委屈地望了何之舟一眼，不情愿地将手机收了起来。

“也拍很多了。”钟灵拉了拉何念棠，拿起桌上搁置了十几分钟的刨冰，蛮有仪式感地举起杯子，“干杯！”

何念棠自然很给面子地捧场，而许奕臻也拿起杯子配合着两个女生。

“呵！”何之舟轻哼一声，望了眼旁边的许奕臻，宛若看智障一般。

“你怎么不动？”许奕臻淡淡地瞟了何之舟一眼，方才他可是记得何念棠已经委屈一次了。

“我动什么？”何之舟皱了皱眉头，现在许奕臻已经倒戈，场面时常呈现三对一的局面，他望了眼面前的杯子，坚守着原则，“我才不要做这么幼稚的动作。”

见何念棠还举着杯子等待着何之舟的回应，许奕臻在桌底下踢了何之舟一脚，面上却很是温柔：“上次阿姨还问我，你有没有暗地里欺负妹妹……”

挣扎了三秒，何之舟撇了撇嘴，最后拿起桌上已经见底的空杯子，闭着眼睛与那三个杯子碰到了一起。

“终于自由了！”上大学之后最高兴的非钟灵莫属，毕竟整个高中她都活在身为教导主任的母亲的眼底下，对自由的渴望远远高于其他人。

“对呀，终于变成大学生了。”何念棠也按捺不住激动的心情，“别说夜不归宿了，简直可以为所欲为。”

许奕臻放下手里的空杯子，看了眼得意忘形的何念棠，问道：“怎么，你还想夜不归宿？”

“开玩笑的。”何念棠立刻𡒄了，缩了缩脖子，“我心里一直有宵禁。”

看着两人的互动，钟灵是一脸向往，忍不住又看了眼对面的何之舟，只见何之舟一脸的嫌弃。

“灵灵。”何念棠扭过头，眼睛因为窗外的阳光眯了一下，“你大学有什么目标？”

钟灵抿着唇笑了笑，脸上带了几分虔诚，视线全数给了对面的何之舟：“追到你哥。”

第一章
天下第一喜欢你

下午三点的太阳持续发挥着它的热度，世界万物顶着巨大的火球，树枝上的叶子失去了水分，病恹恹地耷拉着，失去了往日的生机。

钟灵的脸上全是冒出的汗珠，她刚想抬起手臂抹一下，就被教官的冷眼扫了一眼，她立刻绷直脊梁一动不动。看着面无表情的教官，她总是无端生出敬畏之心。

教官虽然比学生大不了多少，但是有在部队生活的经历，那魄力早就超越了同龄人，一个眼神扫过来都带着浓浓的威严。

“立正，不要动！”

因为时间和天气的原因，女生的体力早就处在崩溃的边缘，有些女生的腿隐隐发软，已经开始站不稳了。

站了半个多小时，可教官还是没有说停的迹象，这时一道清亮的声音突兀地响起：“报告。”

钟灵用余光看着那女生。这个女生是她宿舍的姑娘，来自东北的萧苒最突出的特点就是直爽。

所有的视线全数聚集到萧苒的身上，教官将视线移到萧苒的身上，依旧没什么表情："说。"

"我认为站军姿除了能把我们晒黑，没有任何作用。"萧苒站得挺直，看着教官越来越黑的脸没有丝毫怯弱，"所以我认为我们应该终止这项浪费时间的行为。"

教官没有生气的迹象，他走到萧苒的面前，依旧面瘫："所以你想干些有意义的事情？"

"对。"萧苒敬了一个标准的军礼。

"围着田径场跑圈和站军姿，选一个？"教官看着萧苒，先入为主地认为萧苒一定会选择站军姿，"不想跑步的话，就好好站军姿。"

可萧苒岂是常人，眉头一皱，下一秒便离队跑向了田径场。

"萧苒。"钟灵企图拉住萧苒，毕竟在这样的温度下跑步很容易中暑。

教官望着萧苒的背影，话却是对着钟灵说的："谁愿意陪她也可以去跑步。"

钟灵的手指紧紧地抓住裤脚，她无比清楚自己的体力，可是眼神在瞟向田径场上孤独的身影时，右手已经举到了头顶："报告。"

教官依旧没有改变主意的意思，头冲着钟灵朝着田径场微微一斜："还有谁？"

"你怎么来了？"萧苒看见钟灵后慢慢放慢速度，在钟灵跑上来的一瞬间，眉头就轻蹙起来，"你不是不舒服吗？"

钟灵面色被太阳晒得有些泛红，弯了弯嘴角，看着萧苒："跑步可比站军姿舒服多了。"

“就你这体质还逞强。”嘴上在抱怨着，萧苒的步调却慢了下来，配合着钟灵的频率，“坚持不住就说，我们就停下来。”

“嗯。”钟灵抿了抿嘴唇，调整好自己的速度，在阳光的照射下微微眯了眯眼睛。

田径场上两个奔跑的身影无疑吸引了无数的目光，站着军姿的学生的视线时不时地看向两人。

“喂。”趁着教官没注意这边，孔彦宇眯了眯有些近视的眼睛，看起来又多了几分猥琐的气质，然后他撞了撞身边的人，不确定地问，“那不是你小女朋友吗？”

“小女朋友”这四个字直击心脏，何之舟本就被晒红的皮肤又红了几分，颇有几分气急败坏地反驳道：“她是我同学。”

“骗谁？”孔彦宇自然不信，一副早已经知道真相的样子，还语重心长地劝着，“我们学校女生可不算多，兄弟，且行且珍惜呀。”

何之舟正想说话，却发觉教官已经注意到他们的小动作，只得闭上嘴巴，眼神却不自觉地朝着操场看去。

太阳不吝啬自己的光热，继续散发着自己的魅力，温度也持续攀升。

一圈下来，钟灵的速度慢了下来。对于许久没有运动过的她来说，这已经可以称得上是极限的运动量了。

自小喜欢上蹿下跳，萧苒倒没什么感觉，可是看着钟灵略显苍白的脸色，脚步慢了下来。

“算了，不跑了。”

“我没事。”钟灵摇了摇头，示意萧苒放心，却还是有自知之明，她是没办法再坚持跑完剩下的了，“跑完这一圈，停到我们队伍旁边。”

萧苒终是点点头：“好。”

何之舟的目光根本没从钟灵身上移开，看着钟灵逞强的样子，眉头都快拧到一起了。

已经跑了一圈了怎么还跑？这么大的太阳不晕才怪！

各种想法在何之舟的脑海里一晃而过，在不知道以何种名义帮忙的时候，何念棠让他照顾钟灵的事情突然闪现在脑子里。

这个念头第一时间就无条件成立，何之舟不再犹豫，抬起右脚狠狠地踩向孔彦宇的脚。

“啊！”

孔彦宇没有丝毫准备，在痛意的支配下惊呼出声。他龇牙咧嘴地看向何之舟，声音在安静的队伍里格外突兀：“你干什么？”

“最后一排那两个男生出列。”这声尖叫赚足了所有的目光，教官的声音也严厉了几分，“鸡”已经出头了，一帮“猴子”等着看戏，现在自然要上演“杀鸡儆猴”的戏码。

何之舟算是达成了目的，举在眉间的手在落下时摸了下耳朵，他是真没想到孔彦宇有这等分贝。

“怎么回事？”教官似乎要给所有人一交代，这一声问得尤其大。

孔彦宇还处在蒙圈中，明明没什么异常，也不知道何之舟突然发什么神经，他也想很大声地问何之舟怎么回事。

“他说他的脚有点痒，让我帮他踩一下。”何之舟先发制人，一句话就让孔彦宇无言以对。

话落就有轻笑传来，所有人的视线都落到孔彦宇的身上，嘴角的弧度高扬不下。

“哦？”教官的脸色黑了几分，声调也高了几个度，显然不相信这样荒唐的理由，望向孔彦宇求证。

开什么玩笑？孔彦宇在心里狂吼了几声，说出口的却只有两个字：“是的。”

“跑步止痒。”教官以其人之道还治其人之身，挤出一丝假笑，“先跑三圈，看看脚还痒吗？”

得到命令之后，何之舟敬了一个军礼，美滋滋地朝着田径场跑去。他就知道孔彦宇一定可以出色地完成任务，特别是在不知道什么情况的时候。

孔彦宇欲哭无泪地跟上去，压着嗓子咆哮道：“你演的是哪一出戏？”

何之舟没有回答，在路过休息的树旁时，脚步停了一下身体一弯，拿起了地上还没有开封的矿泉水。

“哟！”孔彦宇终于明白了何之舟的心思，也顾不得抱怨了，一张脸立刻乐开了花，撞了撞何之舟的胳膊，揶揄道，“英雄救美？”

钟灵的所有注意力都被热度夺走，两只脚几乎要粘到地上抬不起来了，当然没有精力注意周围的情况。

看着钟灵强撑的样子，教官已经准备让女生把她们喊回来，可是看见何之舟靠近的时候，他眼角一眯，有情况。

操场上跑步的人已经变成了四个人，所有学生的视线都无一例外地落在田径场上，也没有人去训斥他们军姿不规整了，教官也相继变成吃瓜群众，等待着好戏的开始。

“停下来。”钟灵的体力早就跟不上了，何之舟没费什么力气就追上了钟灵，右手抓住钟灵的衣服，脸依旧紧绷着，“休息一会儿。”

或许是大脑缺氧，看着何之舟的脸，钟灵呆滞着，好一会儿才反应过来，方才没什么色彩的瞳孔一下子聚焦，欢喜透过眼睛毫无掩饰地展现出来：“你怎么来了？”

“他犯了错误，牵连着我也被罚跑。”何之舟说起谎来有几分不自然，不等孔彦宇否认，迅速扯开了话题，“喝点水。”

孔彦宇哭丧着一张脸，好似受到了天大的委屈，不可置信地看着何之舟，在收到何之舟警告的目光之后，顿时觉得左脚又开始隐隐作痛。

尽管孔彦宇的表情已经说明了一切，但是钟灵的目光丝毫没有分给他。只要有何之舟在的场合，她就没有移开目光的能力。她接过何之舟递来的水，心里就像是被灌了蜂蜜般：“你对我真好。”

何之舟轻轻咳了一声，看向周围的树，将方才准备好的借口搬出来：“我答应过炸炸要照顾你的。”

钟灵的感动并没有因这句话折损，和何之舟相处三年，她自然对何之舟口是心非的性子深有体会。

“嗯，我知道。”

孔彦宇和萧苒互看一下，两个人不约而同地放慢步调，跟在两人的后面，视线不停地在两人之间互换。

四个人象征性地跑着，但是速度堪称夜晚漫步那般悠闲。何之舟的余光飘到钟灵身上，看着钟灵手里的矿泉水，自作聪明地解释着：“那瓶矿泉水我没喝，是新的。”

“我知道。”钟灵回答得极快。

“那你……”何之舟顿了一下，将视线移到旁边，“怎么不喝？”

看着何之舟的侧脸，钟灵舔了舔略干的嘴唇：“我不渴。”

不用眼睛确定，何之舟也知道钟灵的目光所及都是自己，不知从什么方向吹过一团风，他却觉得自己的脸更热了。

心跳声也越发响亮，何之舟努力地调整着呼吸，在心里给自己洗脑：还是跑得有点快。

看着操场上堪称偶像剧情节的互动，所有人看得倒是津津有味。在四个人快要跑到他们面前时，教官才收敛了八卦之心，看着还没回过神的学生，压低声音道：“别光顾着看，男生都学着点。”

队伍里传来低笑声，女生望着何之舟的身影不免有些可惜，好不容易发现一个帅哥，没想到却心有所属。

等到钟灵和萧苒归队的时候，教官终于大发慈悲地给了他们五分钟喘息的时间。

钟灵拿起何之舟送的水，心里被喜悦占据。看着手里还没有开封的矿泉水，她的嘴角不可抑制地朝上扬去，谁说何之舟对她没感觉，没感觉能陪她跑步？能给她送水吗？

每天都要接受太阳的洗礼，大多人叫苦不迭，终于当太阳高挂在最高峰的时候，上午的军训总算结束了。钟灵看了旁边空荡的地方，何之舟的班级已经解散了。

“下午不要迟到。”教官看了眼早就蠢蠢欲动的学生，大发慈悲地加快了语速，“解散。”

“钟灵，我要去宿舍看视频了。”听见“解散”两个字，萧苒立刻像重生了一般，“不陪你一起吃饭了。”

“好。”钟灵笑眯眯地应道。虽然萧苒性情豪爽，但是不妨碍她的少女心，光是看她追星的狂热就可以探知一二。

所有人都朝着食堂的方向走去，钟灵摸了摸发烫的脸颊，这些天照镜子的时候恨不得给镜子涂上一层粉，还不足一个月，她皮肤已经黑了好几个度。

在太阳的直射下，高大的树木只有一丁点树荫，钟灵小心翼翼地走到树荫下，唯恐皮肤被太阳捕捉到，就算是避免不了太阳的宠爱，她也要让自己避免掉紫外线，不然军训结束她比何之舟还黑，这成何体统。

正值饭间，食堂里的人都是统一的蓝色的军训服装。对于还不熟悉环境的大一新生来说，食堂是他们的首选，而学姐学长叫苦不迭，却也只得被迫顶着毒辣的太阳出去“谋生”。

钟灵哼着小曲在食堂张望一周，最后朝着盖浇米饭的方向走去，午饭的话，她还是喜欢吃米饭。

因为钟灵在路上溜溜转转，浪费了一段时间，幸运地避开了买饭的高峰期，现在大部分人都已经买好了饭选好了座准备吃饭，排队买饭的人已经不多了。

钟灵将矿泉水放到一个窗边的位置上，走到米饭的窗口，她站到队伍的末尾，幸运的是这支队伍只有两个人。

“谢谢阿姨。”

“不客气。”

前面的女生已经买好了饭，钟灵移了两步，侧身给转身的女生让了让路。

“阿姨，香菇肉丝盖浇饭。”

正当钟灵举起饭卡的时候，一张饭卡已经稳稳地贴在了刷卡器上。

阿姨看着眼前的男生，朝着身后的钟灵看去，在看见钟灵摇了摇头表示没关系的时候，才给男生刷了卡。

可在阿姨转身去盛饭的时候，钟灵扯下方才的平静面目，拿着饭卡戳了戳男生的背，这还是第一次看见这么没绅士风度的男生。

韩路宁感觉有个尖锐的东西在戳自己的背，带着惊恐慌忙转身，就看见一个女生拿着饭卡指着自己，不明所以地问道："怎么了？"

韩路宁一系列的举动成功让钟灵的怒火又上升一个高度，不等韩路宁惊讶，她就皮笑肉不笑地说："插队买的饭比较香？"

方才从食堂门口跑过来，再加上旁边柱子的遮挡，韩路宁并没有注意到正在排队的钟灵，此时看着几乎要张牙舞爪的钟灵，心里生出几分恶作剧的心思，状似思考了一会儿，才回答道："还没吃过，等下尝一下再告诉你。"

"同学，你的盖浇饭。"阿姨回过神，便看见剑拔弩张的气氛，连忙着急出声。

韩路宁才要转身，下一秒手却停顿在空中，一只手已经先他之前拿走了饭。

"阿姨。"钟灵弯着眉眼，将饭卡放在刷卡器上，"这个我要了。"

阿姨显然有些蒙，不知所措地看了眼韩路宁，似乎在征求他的意见。

"是我插队了。"韩路宁大方地笑了笑，头微微垂下便看见钟灵的发顶，“再说‘女士优先’也是中国的传统美德。”

“谢谢阿姨。”钟灵微笑。

“不客气。”阿姨笑着，脸上异常柔和，看向一旁的韩路宁，“阿姨再给你盛。”

阿姨转身之后，钟灵所有的笑容全数消失，拿着刚出锅的饭菜，像只斗胜的孔雀：“学会排队了吗？”

“哟！”韩路宁笑得一脸灿烂，八颗洁白整齐的牙齿暴露在空气中，朝着钟灵挑了挑眉，“学会的话是不是还得拜师呀？”

“呵！”钟灵轻哼一声，留给韩路宁一个大大的白眼才离开。

韩路宁眼神尾随着钟灵，笑容又深了几分，这个性格深得他心。

“那个姑娘先排的队。”阿姨将饭盒递给韩路宁，还不忘替钟灵解释着。

“没关系。”韩路宁笑得一脸灿烂，根本没有将方才的事情放在心上，“我也不差这一分钟。”

话刚落，餐厅的门口就传来一道浑厚的男声：“韩路宁，你好没好啊，我的饺子快被泡成面皮了！”

韩路宁浑身一个激灵，望了眼声源，方才的闹剧让他忘记了外面拿着饺子的同学，急忙匆匆道：“阿姨，我的饭打包带走。”

“阿姨我先走了。”韩路宁也不再耽误，朝阿姨摆摆手，转身小跑过去。

挂在高空中的太阳越发耀眼，穿透层层的树叶撒落在地上。

坐在靠窗位置的钟灵脸上也沾染上了阳光，头发随意地扎成一个马尾披在肩上，专心致志地吃着饭菜。

韩路宁路过时便看见了钟灵，笑意更深了，只是来不及调侃便被同伴拉扯走了。

在韩路宁消失的一瞬间，钟灵再次翻了个白眼。在书香世家生长，她最讨厌的就是没礼貌的人，并且在她的心中插队更是荣居在没礼貌的首位。

真是个没礼貌的小孩。钟灵摇摇头，在心里给韩路宁贴上了标签。

“萧苒。”短短几天的时间，教官已经不需要用“那个女生”称呼了，在两人摩擦中记下了萧苒的名字，“站好。”

萧苒本就有多动症，这会儿天性被压制，心情早就不佳，虽然站好了姿势，可明眼人都能看出写在她脸上大写加粗的不服气。

教官倒是新奇了，怎么说他也是担任了好几届的教官，还没有受到过这样的对待，当下就问出了声：“你是不是对我不服气？”

这样大的帽子扣下来，萧苒当然不会承认，一字一顿地出声：“怎么敢？”

钟灵的肩膀急促地耸动着，周围的人也极力隐忍着笑意。

看见这样的情况，教官觉得还是很有必要树立一下威严的形象，脸再次阴沉了几分：“那我怎么觉得你在挑衅我？”

“我还觉得你在折磨我呢，我说话了吗？”萧苒小声嘀咕着，过了三秒之后，声音大了好几分，“不敢。”

看着萧苒当面一人分饰两角，教官怒极反笑道：“我现在都想叫你大哥。”

周围的人再也忍不住，硬是把军姿晃出了抖动舞。

可是偏偏萧苒没有融入这份喜悦中，仍旧一本正经地回道：“您严重了。”

无聊冗长的军训时光，在萧苒这枚开心果的调节下轻松了很多，钟灵也慢慢适应了军训的强度，而余下所有的精力都留给了何之舟。

何之舟那一排正在练习走正步，除开颜值，整排都是一米八的身高也是赚足了眼球。

“又在看那位？”从厕所回来的萧苒坐到钟灵身旁，仅仅是看着这满眼的欣喜，也知道这样的目光是落在哪个人身上。

钟灵没有躲闪，她喜欢的人是世界上最好的，她恨不得让全世界都知道。

“对呀。”

“真是可惜。”萧苒叹了口气，也只有她把喜欢这份情感托付到小小的屏幕里，“看你这病入膏肓的程度，不能把我的小哥哥分享给你了。”

“把你的小哥哥藏好吧。”钟灵的视线再次回到何之舟身上，就看见何之舟来不及躲闪的目光，她的嘴角上扬，眼底全是笑意。

她有小哥哥了，而且是只属于她一个人的小哥哥。

“啧啧！”看着钟灵那一脸憧憬，萧苒将视线放到何之舟身上，果然脸是个好东西。

树叶在风的鼓动下轻轻晃动，微风轻轻越过每一个人，给燥热的夏季带来一丝丝凉意，穿着迷彩服的全是入世未深懵懂的脸，组成了盛夏最美好的风景。

“爱就像蓝天白云晴空万里突然暴风雨……”萧苒唱着歌推开宿舍的门，所有的喜悦都展现在脸上，“同志们，下雨了！”

“真的？”钟灵惺忪的困意立刻消失，一下子直起身子，已经快要感动到哭了出来，“不用军训了？”

“废话。”萧苒弹了下钟灵脑瓜，晃了晃脑袋，“现在我们只需要躺在床上，等待着通知就好了。”

“要哭了。”李雁双手合十对着窗户虔诚一拜，一脸欣慰，“老天爷再不哭泣，就轮到我们落泪了。”

吴雯已经收拾好，重新躺到了床上：“早知道晚点起了。”

“真是皇天不负有心人。”钟灵宝贝地捧着手机，欣慰地望着屏幕，“也不枉费我们换的闹铃。”

从军训开始，宿舍四个人便一致换了闹铃，全部是萧敬腾的歌曲，为了显示她们求雨的诚意，四个闹铃用了不同的歌，所以她们每天都要承受被四个萧敬腾吵醒的折磨。

“我先去看场萧敬腾的演唱会以示尊敬。”萧苒已经有了计划，扭着身子朝着床走去。

这么难得的机会，钟灵怎么能在宿舍里虚度光阴，打开手机就开始联系何之舟出来见面：“炸炸让我给你一件东西。”

为了有能找何之舟的借口，何念棠已经从家里偷偷拿出好几件何之舟的私人物品，都当作法宝给了钟灵。

“什么？”

钟灵自然不会告诉何之舟，含糊其词：“你出来就知道了。”

“我在图书馆前等你。”

“好。”钟灵回复完就放下手机，从衣柜里拿出挂在上方的连衣裙。

这条米黄色的连衣裙可是她花大价钱买来的，可是因为军训的缘故，何之舟还没有看见过。

在镜子前转了两圈，钟灵拿出何念棠给自己的小盒子，里面全是五颜六色的手办，何之舟的业余爱好就是收藏手办。

盒子里有七八个，被何之舟视为宝贝的手办凄惨地蜗居在盒子里，横七竖八凌乱地摆放着。

钟灵看了看所有的物件，拿了个躺在最上面的手办，如果猜得不错的话，这应该是美剧里面的英雄蜘蛛侠。

窗外下的是小雨，钟灵觉得简直是老天都在帮她，美滋滋地打开门道：“我走了。”

“带着伞。”萧苒抬起脑袋，提示着。

“不用了。”钟灵蹦跳着出门，拿了伞她怎么有理由和何之舟共同乘一把伞？

外面下着细细的小雨，钟灵迈着小碎步跑向图书馆，在看见何之舟的时候，步伐又快了几分。

看着在雨里的钟灵，何之舟撑开伞急忙迎了上去，皱着眉看着钟灵头发上的雨滴：“怎么没带伞？”

“没事。”钟灵站在何之舟面前，满脸全是笑容，手从腹部移开，将蜘蛛侠献宝似的递给何之舟，“没有淋湿它。”

“它又不怕雨，我说的是淋到你。”何之舟抬起手臂，用上衣的袖子蹭了蹭钟灵的头顶，“当心感冒。”

“嘿嘿！”钟灵憨笑着，享受着何之舟的责怪。

气氛陡然暧昧了起来，何之舟轻咳了一声，别扭地移开手臂，扯开话题：“这么说，我消失的手办都在你那里了？”

“不是，我就只有这个。”钟灵自然不会承认，她一下抖了出来，以后靠什么约何之舟出来。

何之舟自然知道钟灵和何念棠打的什么算盘，眼神落到钟灵的发顶上：“这些手办你先放着吧，我暂时也不需要。”

“这怎么可以？”钟灵反对着，皱着眉头问，“这可是你最喜欢的手办……”

“没关系。”看着钟灵手忙脚乱的样子，何之舟的嘴角泛起一丝笑意，迈起脚步朝着宿舍方向走去，“我送你回宿舍。”

“不要。”钟灵哪会愿意，停在原地可怜巴巴地望着何之舟，“我对学校还不熟悉，你带着我转转呗。”

“你想去哪里？”何之舟倒也没拒绝，征求着钟灵的意见。

“随便走走。”钟灵也不耽误，迈开步子随意地找了个方向，何之舟带着伞跟上。

被雨水浇灌之后，植物更加葱绿，空气中也全是清新的味道。

钟灵漫无目的地走着，美景完全没有夺去她的注意力，她所有的心思都在余光里的何之舟身上。

扯了扯身上的衣服，钟灵在心里暗暗地想着，难道何之舟没看见她的新裙子吗？

为了引起何之舟的注意，钟灵快步向前走了两步，走到雨幕下，转身正对着何之舟，还故意扯了扯裙角。

何之舟立刻跟上钟灵，将雨伞放置在钟灵的头顶，像哄小孩子一样无奈道：“不要乱跑。”

实在憋不住了，钟灵开始打开天窗说亮话，不然以何之舟这样的悟性，她迟早要被憋死：“你就没发现我有什么变化吗？”

何之舟偏偏不如钟灵的意思，打量了钟灵一番，在钟灵期待的眼神中，淡淡开口：“变黑了。”

钟灵的面部出现一瞬间僵硬，抽了抽嘴角：“这不是为了能暗中保护你嘛。”

“别。”何之舟的声音带了些许愉悦，又将雨伞朝着钟灵移了几分，“我更害怕晚上看不见你。”

钟灵彻底闭上了嘴巴，还是暂时享受一下安静的氛围吧。

奈何天公不作美，他们还没走多远，雨越发大了起来。

“雨大了。”何之舟看着越发大了的雨，看了看钟灵露了半截的小腿肚子，出声道，“我还是送你回宿舍吧。”

钟灵哭丧着脸，看着雨还有加大的趋势，心不甘情不愿地点点头，嘟着嘴巴嘀咕着：“是不是萧敬腾的歌听太多了？”

“什么？”何之舟没听清钟灵的低语，将头微微侧向钟灵问道。

“没什么。”钟灵反应过来，仰起头就看见何之舟靠近的脸，笑容越发放肆起来。

“咳！”何之舟面上有半分尴尬，站直了身子，加快了步调不再说话。

雨幕下，一把蓝色的伞罩住两个人的身影，随着雨势的加大，雨伞也越发朝着钟灵那方偏移，何之舟露在外面的短袖已经被雨水打湿了，紧紧地贴在他的胳膊上。

“我们的互相折磨也到此为止了。”军训结束的时候，教官的面部表情终于不再刻意绷紧，脸上的笑容也多了起来。

“哪是互相折磨，”半个多月的时间，萧苒已经养成了惯性反驳教官的好习惯，“明明是你单方面折磨我们。”

“萧苒。”教官走到萧苒的旁边，笑容比正午的太阳还要晃眼，“以后我恐怕要遇不见这么有趣的‘灵魂’了。”

萧苒站直身子，这会儿军姿站得十分标准：“何止啊，恐怕以后您也遇不见我这么坚强的躯体了。”

“嘴巴功夫比不上你。”教官点点头无奈承认，眼睛扫了一圈，“辛苦半个多月了，希望明天你们能无愧于自己就好了。”

“好。”

听见整齐的声音，教官满意地点点头，不再为难一个个渴望自由的同学：“明天不要迟到，今天就训练到这里。”

在所有希冀的目光中，教官收起方才的玩闹，示范了一个标准的军姿：“解散！”

“萧苒，我去找何之舟了。”钟灵给萧苒留下一句话，就匆匆地转身朝着前方跑去，方才何之舟的班级已经解散了。

何之舟慢吞吞地走在树荫下，眼神漫不经心地望着前方，余光却不时地朝后瞄去。

“何之舟！”钟灵迈了一大步，脑袋一歪朝着何之舟望去，整张脸上全都是明媚，明明是抱怨的话却没有任何气愤的情绪，“你怎么不等等我呀？”

何之舟抿了抿嘴唇，手不自觉地放进兜里，嘴角轻勾起：“你这不是追上了吗？”

“我们现在就去找炸炸他们？”钟灵也没再纠结，双手反握放在背后，眼睛盯着地上，调皮地踩着地上的光影。

“嗯。”看着钟灵幼稚的动作，何之舟的嘴角再也忍不住地上扬，然后绕到钟灵的外侧，口是心非道，“好好走路。”

钟灵笑容更加灿烂，少女心彻底地膨胀起来，用萧苒的话来说，何之舟简直就是男友力爆棚!

“炸炸。”在看见何念棠的时候，钟灵再也忍不住地冲了上去，给何念棠一个熊抱，“好想你呀！”

何念棠双手环抱住钟灵，头窝在钟灵的肩膀上：“这不是见面了吗？”

两个女生许久不见，当然有说不完的话，手挽着手说得眉飞色舞。

“我们班有个特别有意思的女生。”钟灵恨不得将所有快乐的事情分享给何念棠，“我们教官都对她没办法。”

“说来听听……”

“……”

两个女生独自撑起了一台大戏，彻底忽略了身后两个男生的存在。

何之舟的眼睛不自觉地放到钟灵和何念棠牵着的手上，虽然知道这是女生惯用的走路姿势，但现在看来好像不是很顺眼。

真是的，能不能好好走路，这样搀扶着像什么样子。

许奕臻很快就注意到何之舟如火如荼的眼神，顺着何之舟的视线望去，却只看见何念棠和钟灵的胳膊，并没有看出什么问题。

何之舟终于后知后觉地感受到了许奕臻的目光，扭头望向许奕臻，但眉头仍旧是没有舒展开。

“怎么了？”看着许奕臻打量的目光，何之舟满是不解，从头到脚打量了许奕臻一眼。

当何之舟的眼神落到自己手上时，许奕臻不知想到什么，浑身的汗毛都要竖了起来。他慌忙将靠近何之舟的右手伸进裤子口袋，快步和何之舟拉开距离。

他可是钢铁直男，女生牵手走路的姿势，他可是拒绝的，何况对象是何之舟！

看着许奕臻这一系列的举动，何之舟还处在蒙圈的状态，可是视线在落在钟灵和何念棠牵着的手上时，前因后果都明白了。

“军训把你的脑子晒傻了？”何之舟嫌弃地看了一眼许奕臻，“整天脑回路那么清奇？”

听着后面相爱相杀的对话，何念棠才想起何之舟，拉起钟灵说悄悄话：“你跟我哥现在什么情况？”

“还是老样子。”钟灵的脸耷拉下来，在别人面前表现豁达潇洒，可在何念棠的面前将所有的失落都展露无遗。

看着钟灵失落的样子，何念棠将所有的错误都归结于何之舟，心里想着什么时候开导一下何之舟那个榆木脑袋。

“炸炸，我去买水，你们在这里等我一下。”钟灵早就口干舌燥了，一路张望下来终于看见了一个超市，立刻跑去买水。

“哥，你怎么回事？”钟灵一走，何念棠转身看着何之舟，不满道，“怎么总让钟灵失望？”

何之舟显然没想到何念棠会这么直白，他顿时感到窘迫，佯装生气道：“瞎说什么呢？”

何念棠看着钟灵拿着四瓶水从超市出来，留下一个长长的“哼”便扬长而去。

看见何念棠对何之舟有意见，许奕臻有几分顽劣地幸灾乐祸，将视线挪到何之舟脸上，却是像发现新大陆一样惊呼：“不是吧，你这是脸红了？”

何之舟白了一眼许奕臻，现在风水轮流转，轮到许奕臻嘲笑他了。

“关键时刻，”许奕臻看着何之舟别扭的样子，笑意更甚，“你怎么就脸皮薄了起来？”

两个女生已经肩并着肩往前面走了，不知因为什么事情笑成一团。

“都跟你一样。”何之舟作势踢了一下许奕臻，眼神飘忽着不敢在钟灵身上停留。他和钟灵怎么看也只是同学关系，无奈的是身边两个人总乱点鸳鸯谱。

来来往往的人川流不息，远处的湖水泛起轻轻的涟漪，树木鼓动着自己的叶子，期待已久的生活终于拉开了序幕。

第二章
参加学生会竞选

“国庆七天小长假，有没有出去‘嗨’的？”外向开朗的萧苒是气氛的调节剂，经过半个月的相处，宿舍的氛围已经相当融洽了。

“我回家的票都买好了。”李雁侧着脑袋，惋惜地冲萧苒道，“下次约。”

吴雯点了暂停键，眼睛还是没有离开屏幕，回答着萧苒的问题：“你不回家吗？”

“我家太远了，这次先不回去了。”萧苒经历两次打击，只得将希望放在钟灵身上，“灵……”

“七天你可能要自己乐了。”钟灵摇摇脑袋，如果她选择不回家的话，钟母恐怕得来学校抓人。

萧苒眼里最后一束微光彻底熄灭，很难接受这样残酷的事实：“独乐乐不如众乐乐，一定要让我这么孤单吗？”

在萧苒挨个开始游说的时候，钟灵趴在书桌上拿起了手机，叹了一口气。

因为和何之舟没分在一个班，钟灵就很难看见何之舟了，除了一些公共课有些在一起上，其他的课程基本都是错开的，偶遇的概率更是直线下降。

“在吗？”

还在发呆的时候，何念棠的对话框闪动，是一张可爱的动态图。

钟灵眼睛一亮，暂时甩掉低落的情绪：“小仙女，怎么了？”

赞美是友谊之间的加固剂，这句话的最大体现之处就是钟灵称何念棠为“小仙女”，而何念棠称钟灵为“小可爱”。

“我哥有加入学生会的打算。”何念棠无疑是钟灵的特派情报员，只要何之舟有一点风吹草动都会告诉钟灵。

“参加学生会？”钟灵的危机感呈指数上升中，本来何之舟就有张引人注目的脸，加入学生会岂不更是危险。

“对呀。”何念棠当然站在钟灵这一边，帮着钟灵出谋划策，“他说他想锻炼自己。”

锻炼？钟灵如临大敌，一想到未来情敌大波袭来，当机立断决定悬崖勒马：“我要去阻止。”

“他刚刚说去打篮球了。”何念棠早就为钟灵准备好了一切，“放心吧，我永远无条件站在你这边。”

“等我凯旋。”钟灵说完这句话就冲出宿舍。为了不影响何之舟学习，她基本只有在饭点的时候去骚扰何之舟，结果某人哪有学习的打算，整天想着怎么招蜂引蝶。

钟灵满身无法抑制的怒火，在看见操场上那抹跳跃的身影之后完全隐匿，她突然停住了脚步看着何之舟。

篮球场上只有何之舟一个人，篮球与地面发出闷响，少年穿着宽大的白色短袖，拿着篮球在球篮下一跃而起。

“嘭！”

篮球再次落到何之舟的手里，在转身的时候却突然看见了钟灵的身影。

何之舟的表情一瞬间呆滞，反应了一会儿才走到钟灵的面前：“怎么不说一声就来了？”

所有的委屈都消失殆尽，钟灵轻叹一口气，无论她对何之舟有何不满，在看见何之舟的时候所有的负面情绪都会无影无踪。

如果她的烦恼是乌云，那何之舟便是太阳。

“我要玩。”钟灵双手伸向何之舟，眼睛盯着篮球，“给我。”

“喏。”何之舟乖乖地把篮球递到钟灵的手里。在钟灵转身的时候，他用衣袖摸了一下额头，也顺手撩了撩凌乱的头发，最后深呼一口气，将发皱的衣服捋平，这才看向钟灵。

钟灵笨拙地拿着篮球，在这之前她几乎没和篮球接触过，现在她才知道篮球原来是个庞然大物，她要用两只手才能勉强控制住。

“嘭！”

篮球完全不听使唤，随心所欲地在操场上蹦跶，钟灵小跑着在后面追赶，完全被篮球掌控。

看着一人一球在操场上乱跳，何之舟咬着下嘴唇，才没让自己的笑意那么明显，也不着急去帮忙，反而饶有兴致地当一个观众，看着钟灵开始耍杂技。

“一个球还想瞎跑……”钟灵终于抱住了球，笨拙地将篮球抛向地上，下一秒篮球按照自己的意思朝着一旁飞去。

“要我教你吗？”何之舟带着笑意的声音透过层层空气传

来，篮球还继续跳跃着。

钟灵的激情一瞬间达到顶峰，倔强地看了一眼何之舟：“我自己可以。”

钟灵双手抱着篮球，直接走到篮筐下，看着高出自己不知多少厘米的篮筐，钟灵试图和手中的篮球沟通：“哥们，给点面子，我就放过你。”然后抬头看了眼遥不可及的篮筐，恶狠狠道，“不然我就踩爆你。”

专注地看着篮筐，钟灵膝盖弯了几分，双手托着篮球，最后使出了全身的力气抛了出去。

篮球在大力的冲击下，几乎呈直线抛了出去，与篮筐硬碰硬之后，所有施加在篮球上的力被全数反弹。

篮球越过钟灵的头顶朝着身后飞去，钟灵的视线跟着篮球的轨迹，却看见篮球越发逼近何之舟，她立马焦急地喊道：“小心！”

这点难度对何之舟来说就是小儿科，他没有闪躲，单手接过了篮球，篮球立刻在他的掌心顺服地窝着：“没事。”

话落，何之舟便熟练地带着球，在钟灵的身边经过，一跃而起篮球入筐，最后篮球也听话地回到了他的手中。

“厉害。”钟灵崇拜似的看着何之舟，也不忘此行的目的，立刻扯开方才让她出糗的话题，“听炸炸说，你要加入学生会？”

“嗯。”何之舟点点头，走到钟灵的面前，“大学想锻炼一下自己。”

“锻炼？”钟灵将视线移到篮球上，开始胡说八道了，“打篮球也是锻炼，干吗非要参加学生会？”

“我说的不是体育锻炼。”何之舟彻底地臣服在钟灵的理解能力上，将篮球放到地上。

“一样的一样的。”钟灵含糊其词，微微仰着头，“你这么高，打篮球最合适不过了，去学生会简直是对操场的不尊重。”

何之舟被钟灵逗乐，左手握拳放在嘴边轻咳两声，眼睛因为笑容弯了几分：“照你这么说，你这么矮就要去卖烧饼了？”

“这完全不是一个逻辑。”钟灵不满地嘟起嘴巴，朝着何之舟又迈近了一步，小声嘟囔着，“为什么一定要参加学生会？很好玩吗？”

“找个机会锻炼自己。”何之舟看着钟灵，阳光洒在钟灵的发顶上，让他有种想要揉一揉的冲动，“大学课余时间那么多，总要找点事情做吧。”

蓦地，钟灵的眼睛就亮了起来，看着何之舟，暴露出自己的狼性：“谈恋爱就有事情做了呀！”

“找谁？”何之舟脱口而出，只要和钟灵相处时，他平时的逻辑几乎荡然无存。

“我呀。”钟灵整个人都兴奋起来，双臂张开毛遂自荐道，“我呀，我呀，我呀！”

看着钟灵明媚的样子，何之舟的眼睛被晃了几分，可是理智的神经却拉扯着他。他不自然地拿起篮球，朝着操场外走去：“你怎么还和以前一样喜欢胡闹？”

钟灵整个人瘫软下来，像只斗败公鸡，紧跟在何之舟的后面，反驳道：“我很认真。”

“高中的绯闻是不能当真的。”何之舟的声音也有了几分低沉，却是漫不经心的态度，“你那时候还没有成年，还不能对自己的话负责。”

“我现在成年了呀！”钟灵不依不饶地跟在后面，企图说服何之舟这块顽固的石头。

何之舟拍着篮球，任着钟灵追赶，一字一句地反驳着钟灵：“成年就做件成人做的事情。”

“什么事情？”

“放下执念。”

“……”

校园的马路上出现越来越多行李箱滑动的声音，国庆节临近，学校确定了放假的时间，一些没有课程的学生已经收拾东西回家了。

周五下午没有课，钟灵一早就收拾好了行李箱，目不转睛地看着手机屏幕，等待着何之舟的消息。

不知过了多久，钟灵都打算主动出马询问的时候，何之舟的信息终于姗姗来迟。

“下来，我在楼下。”

钟灵的眼睛立刻像注入水的沙漠那般生动起来，对着镜子再次整理下仪容，手指在屏幕上飞速滑动：“等下。”

二十寸的行李箱只装了换洗的衣物，对于钟灵来说也算不上重物，而且还有何之舟等待着，她的脚步更是轻盈了许多。

“当心。”看着钟灵毛躁的样子，何之舟轻蹙起眉头，急忙走上去，“后面有妖怪吗，跑这么快？”

“妖怪倒没有。”钟灵娇憨地摸了摸脑袋，笑得一脸灿烂，“因为前面有你。”

“咳！”何之舟顺手接过钟灵的行李箱，明智地跳过这个话题，“我帮你拿着。”

钟灵这才注意到何之舟没带行李箱，只背了一个背包。她也没有坚持就给了何之舟，却好奇道：“你怎么没带行李箱？”

何之舟抿了抿嘴巴，几分钟之前的情景再次出现在眼前。

“哥，你回家不要带行李箱了。”

“为什么？”虽然东西不多，但是带着行李箱也方便些。

电话里是何念棠恨铁不成钢的语气：“灵灵一个弱女子就没有激起你内心的保护欲吗？”

“我一个人也可以提两个。”何之舟摸了摸脑袋无奈道。

“她比你有良心多了。”何念棠毫不犹豫地开口，怼起何之舟那是一个顺口，“她怎么忍心让你提两个行李箱。”

在出宿舍的时候，何念棠更是提出视频的无理要求，确定他是否带着行李箱。

想着，何之舟再次心酸了一次。自从何念棠和许奕臻在一起之后，何念棠就再也不是那个可爱的妹妹了，以后绝对要控制何念棠和许奕臻在一起的时间，不然等何念棠变得和许奕臻一样，他哭都没地方哭去。

“我东西不多。”何之舟随口说了句，提着行李箱和钟灵并排走着。

这几天正是回家的高峰期，高铁上人自然很多，四人恰好是一前一后两排的位置。

钟灵挽着何念棠，两个女生叽叽喳喳地说个不停，将这段时间经历过的事情讨论了个遍。

而后排的许奕臻和何之舟相看两无言，坐在座位上做一对沉默的美男子。

“又要七天不能见面了。”想到这里，钟灵激昂的兴奋劲迅速垮了几分，可怜巴巴地朝后望着何之舟，仿佛何之舟是那个罪魁祸首。

被钟灵一看，何之舟立刻如坐针毡，直起腰，不知所措地摊摊手：“我也没办法呀。”

虽然他们的家离得不算远，只是放假何之舟就不舍得离开卧室，只有偶尔被何母唠叨之后，才会拉上许奕臻去小区的篮球场打会儿篮球，活动的范围不超过小区方圆一公里。

听着这标准直男的说法，何念棠摇了摇头，对自家哥哥的情商很是担忧。她拍了拍钟灵的肩膀安慰着：“就一个星期而已，开学就会见面的。”

钟灵点点头，却还是被这件事影响，要知道自由七天可遇不可求，结果却因为距离白白浪费了。

看着钟灵失落的样子，何念棠偷偷地趴在钟灵的耳朵旁，小声说着悄悄话。

看着何念棠防备自己的样子，何之舟的幼小心灵无疑遭到了重创，扭头望向许奕臻用眼神交流着：有必要说悄悄话吗？

一高铁都是不认识的人，对陌生人哪有秘密而言，准确地说，防备的怕是只有他们两人。

习惯就好。许奕臻耸耸肩，在何之舟这个妹控摧残下，这样的事情对他来说就是小场面，要是没有这点心理素质，他不知道被何之舟气死几次了。

合着难受的就自己一个人。意识到这个事实之后，何之舟的心情更加不好了，于是所有的坏脾气只好发给许奕臻。他嫌弃地看了一眼许奕臻：受虐狂。

都是你连累我的，还有脸嘲笑我？许奕臻瞥了一眼何之舟。

何之舟微张着嘴巴，用胳膊撞了下许奕臻：谁连累你了？

钟灵不开心，当然是因为你。许奕臻看了眼钟灵，更加嫌弃何之舟了，一个女生都比你勇敢。

两个大男生还在无声地交锋，而不知听何念棠说了什么，钟灵的心情立刻好转，蹭着何念棠的肩膀，手紧紧抱着何念棠的胳膊："炸炸，你真好。"望着何念棠的眼睛里是快要溢出来的温柔，"我最喜欢你了。"

"喜欢"两个字就这样钻进何之舟的耳朵里，他看着前排钟灵的笑颜。这个词对于他并不陌生，无论是从钟灵的口中，还是从何念棠的口中，他都听过很多次。

其实就是朋友之间的喜欢吧。何之舟在心里告诉自己，他抿了抿唇，他早就知道了，不是吗？

而且钟灵只说过喜欢自己，何之舟不知不觉在心里幼稚地比较了起来，对何念棠可是最喜欢，还是形容词的最高级，这样一对比他简直就是一堆炮灰。

钟灵还沉浸在刚才的喜悦中，完全没注意到何之舟突然的小情绪，拉着何念棠的胳膊幻想着美好的情景。

何念棠和许奕臻自然不像钟灵迟钝，看了看何之舟突然的跑神，两人默契地对视一下，最后不厚道地笑了。

何之舟望了眼还是没动静的手机，哼了一声，将所有的注意力硬生生地放到电脑的游戏中。

还没过三秒，何之舟摘下耳机，泄气般地拿起手机，看着钟灵一动不动的头像。

钟灵从来没有那么长时间没联系过自己。何之舟暗戳戳地看着屏幕，似乎想透过黑漆漆的屏幕窥探钟灵在干什么。

所有的习惯都在慢慢地培养起来，可是当事人总是浑然不觉。

钟灵总是说他不会主动联系她。何之舟的手指在手机上滑动，斟酌着如何引出话题，来来回回换了几个问题，却在发送之前都忍不住清空。

他从来不是一个内向的人，可是在钟灵面前总充当着哑巴的角色。他真的不知道能说些什么，就连回钟灵短信的时候，都会斟酌再三才发送。

“嘭嘭嘭！”

门外的敲门声拉回何之舟的神思，何念棠的声音透过门传来：“哥。”

何之舟将手机息屏后放到桌上，才出声：“进来吧。”

推开门的时候，何念棠手里端着一盘洗好的水果。她轻轻关上门，望了一眼电脑，眼神中透露着说不上来的贼兮兮：“哥，玩游戏玩累了吧，吃点水果休息一下吧。”

自从两人熟悉起来，何念棠也逐渐露出小女孩的顽劣，身为妹妹的权利在许奕臻的“唆使”之下也慢慢地行使起来。

何之舟挑了挑眉头，看着何念棠殷勤的样子，满心狐疑猜测着：“又做了什么对不起我的事了？”

“哥，瞧你说的。”何念棠搬了张小板凳坐到何之舟的对面，不满地嘟囔着，“在你心里我是那样的人吗？”

何之舟将一颗葡萄放进嘴巴里，望了眼何念棠，挑了挑眉头：“怎么没去找许奕臻？”

“这里才是我家。”何念棠义愤填膺，控诉似的看着何之舟，仿佛受了天大的委屈，“我怎么能老出去呢。”

要不是他整天去许奕臻家里要人，何之舟几乎都要信了，望了眼何念棠，不做评价。

何念棠主动地扯起话题，将一颗葡萄放入口中，状似无意地问：“已经在屋里待三天了，难不成你要闭关修炼七天？”

“不是啊，下午就出去。”这葡萄真甜，何之舟吃着葡萄在心里感叹着，水果盘里的葡萄一颗颗全数落入了他的口中。

看着水果盘里越来越少的葡萄，何念棠仿佛能听见自己的心在滴血，这可是冰箱里的最后一串葡萄！

抱着舍不得孩子套不住狼的心理，何念棠只得任着一颗颗葡萄进入何之舟的口中。她眼睁睁地望着何之舟拿葡萄的手，拼命地吞咽着口水：“那你下午有什么打算？”

这是答应钟灵的事情，时刻汇报着何之舟的举动，这也是钟灵没找何之舟聊天的原因，两人密谋着在何之舟出去的时候，制造出一波浪漫的偶遇戏码。

何念棠本来想邀请钟灵来家里玩，奈何钟灵怕遇见何父何母，死活不愿意来，就只能退而求其次，让何之舟出门，可谁知何之舟每天宅在家里等待着发霉。

说话期间，何之舟又将一颗葡萄丢进嘴里，嚼了嚼才回答何念棠的问题："跟奕臻约好了，下午打篮球。"

何念棠的好脸色完全转变，拿起桌上的水果盘护在怀里："我们小区的篮球场？"

"对啊。"看着何念棠的举动，何之舟完全傻眼了，连拿着葡萄的手都停在半空中，"你怎么……"

没等何之舟说完，何念棠便收起一脸笑容，非常不满地望了一眼何之舟，临走之时将葡萄放进嘴里，故意馋着何之舟："真甜。"

"嘭！"

门已经合上，何之舟还处于一脸蒙圈，实在想不出何念棠这突然而来的坏脾气，然后不知所以然地玩了一把游戏。

游戏结束的时候，何之舟还是没想明白原因，何念棠一般是不会无理取闹的。他拿起桌上的手机猜测着，难道许奕臻不小心惹到她了？

"喂。"何之舟将身子靠在椅子上，退出了游戏界面，给许奕臻打了语音电话，"你又惹到炸炸了？"

许奕臻轻哼一声，何之舟这高帽子一下子就给他戴上了。

"我还想问你呢？"

"嗯？"何之舟语调上扬，怀疑自己出现了幻听。

"今天下午不陪你打球了。"许奕臻将方才得到的指令复述给何之舟，语气之中不难听出得意，"我下午要陪炸炸逛街。"

"我们都说好了。"何之舟已经几天没见到阳光了，怎么能容忍许奕臻放他鸽子，"你给炸炸说，你都答应陪我打球了，怎么能食言呢？"

“我说了。”许奕臻有几分幸灾乐祸，以前何之舟倚仗着何念棠对他百依百顺，没少给自己使绊子，现在何念棠终于不再黏何之舟了，“可是炸炸说，只要你约我打篮球，她就要让我陪她逛街。”

何之舟这下傻眼了，整个世界都快要玄幻了：“怎么……”

“你还是想想你哪里得罪炸炸了吧。”

手机突然振动了一下，许奕臻看了眼电脑屏幕，眼睛弯了弯，打断何之舟的话：“不说了，炸炸给我发信息了，下午好好享受一个人的自由时光吧。”

看着被挂断的通话，何之舟的脸在七彩中转换着，他这是得罪谁了吗？

钟灵正在和何念棠聊天，突然觉得鼻子痒痒的，毫无征兆地打了个喷嚏。她揉了揉鼻子，难道是谁又想她了吗？

到达学校的第一天下午，钟灵还没来得及去骚扰何之舟，反倒是何之舟主动找上了她。

这种概率简直堪比火星撞地球，钟灵娇羞地揉了揉脸，不会是何之舟那个榆木脑袋开花了，想要和她约会吧？

钟灵仔细梳了梳头发，在镜子前转了几个圈，拿出不常用的口红，美滋滋地涂了个烈焰红唇。

看着在楼下等待的何之舟，钟灵像是吃了蜜一样甜，娇羞地迈着小碎步，跑向何之舟，声音里全是不加掩饰的欣喜：“你怎么来找我了？”

何之舟的视线停在钟灵的嘴唇上，眉头皱了起来：“你怎么涂口红了？”

“因为你。”钟灵又将脸扬了几分，像是等待夸奖的小朋友，“好不好看？”

“擦掉。”何之舟从兜里拿出卫生纸，塞到钟灵的手里。

钟灵也不习惯涂口红，老担心将口红不小心蹭到衣服上，很轻易地妥协了，却疑惑着：“为什么呀？”

“这个颜色不适合你。”何之舟脸有些热，故意撇开视线，装作不在意。

“好了。”原来粉色的嘴唇已经完全显露出来，钟灵望着何之舟，询问道，“那什么颜色比较适合我？”

话落，何之舟的视线落到钟灵的脸上，扫了一眼钟灵的嘴唇，右手不经意放进兜里，说道：“这样就很好。”

钟灵赞许地点点头，无比同意何之舟的话：“听说有的口红涂了对身体不好，既然你不喜欢，我以后懒得涂了。”

那你会为了炸炸涂吗？这句话几乎要脱口而出，何之舟用着强大的自制力还是闭上了嘴巴。这样幼稚的事情，他是不会做的，而且就算不问，他也可以确定答案。

都可以为自己涂口红了，更何况是最喜欢的炸炸……何之舟一想，心情更加不爽了。

尽管站在何之舟的旁边，但是钟灵对何之舟丰富的心理活动完全不知。这会儿看着何之舟越来越沉的脸色，她突然觉得脖子一凉，后知后觉地问：“我们这是去干什么？”

“学生会的筛选开始了。”何之舟撂下这句话，便不再开口。

钟灵终于想起这茬，她耸了耸肩膀跟在何之舟的身侧，拼命降低自己的存在感。

在何之舟填报名表的时候，钟灵便给何之舟打了电话，让何之舟也给自己填下表，而自己就躺在床上用嘴巴指挥着何之舟报了名。

按理说应该有人通知她才对？

钟灵百思不得其解，毕竟当时何之舟也问了她联系方式。她抬头便看见何之舟满脸的严肃，只好吞了吞口水选择闭上嘴巴。

其实钟灵是说了联系方式，可是在何之舟看见负责人是个学长时，脑子一抽也不知道哪根筋没搭对，点开手机将许奕臻的联系方式填了上去。

许奕臻在知道这件事的时候，简直像被雷劈了一样惊悚：“何之舟你真是人才，你就不怕我打入你们内部吗？”

“负责人是个男生。”何之舟冷哼一声，他是会做亏本生意的人吗，“你注意着点。”

手机里出现了短暂的空白，听见堪称荒谬的理由，许奕臻差点一口气没提上来：“我真是服了你，口是心非可不是你的风格，你之前不是很坚定地说……”

许奕臻的声音便从这里消失了，何之舟将挂断的手机放到桌上，果然手机就是好，不喜欢听的话随时可以掐灭。

到达指定的教室之后，教室里都坐满了人，何之舟和钟灵选择了靠后门的位置，随意地坐下了。

“还有点小紧张。”钟灵来回地搓着小手，用毕生的演技演绎着恐惧，余光时不时瞥向何之舟，观察着何之舟何时能出现关心的表情。

何之舟则一眼就看穿了钟灵拙劣的演技，配合着钟灵：

“害怕的话，现在回去还来得及。”

出于私心，何之舟并不希望钟灵加入学生会，毕竟这极大增加了钟灵的曝光率，再加上钟灵这不长心的性子，被人骗岂不是分分钟的事情。

如果在自己身边出现钟灵被人拐跑的事……何之舟顿时耸了耸肩，那他可能要提着头去见何念棠了。

剧情不仅没有按照想象中的温馨发展，反而背道而驰，钟灵的手也恢复了正常，讪笑了两声：“这都来了，还是试一试吧。”

“下一个，何之舟。”

何之舟站了起来，对着钟灵安排着：“我面试完就回来，你在这里等着我，不要乱跑。”

钟灵点着头，像只啄米粒的小鸡，无比乖巧。

教室里的人已经越来越少了，钟灵扫了一眼教室，无聊地晃着腿打发着时间。

“哟！”一双脚走向前方，却又退了回来，站定在钟灵那一排，声音里带着明目张胆的揶揄。

钟灵听着这个声音，觉得有点熟悉，但又想不起在哪里听见过，抬起头来的一瞬间，抽了抽嘴角：“是你？”

那个在她面前插队的人。

不同于钟灵一脸惊讶，韩路宁脸上全是惊喜，毫不客气地坐在钟灵的旁边：“你也来参加面试呀？”

“嗯。”虽然不想搭理韩路宁，碍于礼貌却不得不回答。

而韩路宁显然没有看人眼色、适可而止的美德，话匣子一打开便再也关不住了：“你也要加入学生会，你想进哪个部门？”

“随缘。”钟灵避而不谈，看着韩路宁还没有停止的样子，皮笑肉不笑道，“马上到我了，请你闭嘴，让我安静地紧张一会儿，好吗？”

“一个人在这里紧张多没意思？”韩路宁非常喜欢钟灵说话的这种黑色幽默，挑了挑眉头，“我们说话吧，两个人一起紧张就不显得孤单了。”

在等待的几分钟里，韩路宁一直没停嘴巴，钟灵只能有一搭没一搭地随意回答着，谈话竟然意外地进行了下去。

这里是等待面试的教室，而面试的地点是旁边的一间教室，这会儿有位拿着笔记本的学姐出现在教室前门，环顾一周：“下一个钟灵，准备一下。”

“好。”听见自己的名字，钟灵终于觉得自己等到了曙光，面无表情地看着韩路宁，“让一下。”

“钟灵？”韩路宁重复着这个名字，皱着眉头想着在哪里听过这个名字，突然拍了下脑袋，“哦，你就是那个传闻中对何之舟爱而不得的疯狂女生？”

何之舟作为帅哥中的佼佼者，时常出现在男生的口中，而钟灵的名字总是和何之舟捆绑着出现的。

看着韩路宁没有站起来的意思，钟灵踢了一下韩路宁的小腿：“让一下。”

韩路宁的整个脑袋全是这个爆炸性的信息，虽然大脑还在死机中，身体却已经做出了反应，神游似的站起，给钟灵让出一条路。

在离开的时候，钟灵还是忍不住看了韩路宁一眼，阴恻恻地说：“什么爱而不得，是势在必得。”似乎还带着牙齿摩擦的声音，“不会用成语就不要瞎说。”

钟灵离开了，韩路宁轻轻地叹了一口气，略带惋惜道：“好不容易遇见个有趣的人，还心有所属了！”他托着下巴，感伤道，“我的喜欢又送不出去，白白又得了一张好人卡。”

“我在教室等你。”何之舟出来就看见了钟灵，指了下面试的教室，“加油。”

“嗯嗯。”钟灵重重地点点头，朝着何之舟比画了一个耶的手势，好心情地进去了。

何之舟从教室后门进去，本想着坐回原来的位置，可是刚进门就看见上面坐了一个“不明物体”。

韩路宁还不知道后面有人，仍然毫无形象地趴在桌子上，像一只软体动物瘫软在课桌上，唉声叹气地为自己还没开始的爱情祭奠，手指在书桌上滑动着：“钟灵……”

何之舟的脸瞬间僵硬了下来，抽了抽嘴角，望着韩路宁的身影，在韩路宁的抱怨声中走出了教室。

他刚才说什么来着，果然不该让钟灵抛头露面的，这才几分钟的时间，她就被一见钟情了！

“我表现不错，应该能和你一起进。”钟灵走在何之舟的身边，晃晃悠悠的步调显示出她的绝好心情。

何之舟还对教室那团喊着钟灵名字的“不明物体”耿耿于怀，用余光微微地扫了一眼钟灵，她就没什么想要和自己说吗？自己可是她名义上喜欢的对象，更何况就算是朋友，这么大的事情总该和自己商量一下吧。

虽然两人走在一起，但是心思各异，周围更是盘绕着一股莫名的氛围。

“你……”

“你……”

两人相视同时出声，愣愣地望着对方不知作何反应。

“没想到我们这么有默契。”钟灵扯开话题，挠了挠头偷笑，像是占了多大的便宜一样，“你先说。”

“咳！”何之舟垂下了脑袋，阴郁的心情散去了大半，“你先说。”

钟灵也没客气，快了两步站到何之舟的前面，盯着何之舟的脸似乎在寻找什么。

被钟灵打量得有些不好意思，何之舟抿着嘴巴，疑问道：“怎么了？”

“好像也没什么不对劲。”钟灵小声地嘀咕着，慢悠悠地回到何之舟的身侧，才回答道，“刚才我觉得你心情好像不太好。”她沉思了一下，最后否定自己的猜想，“不过好像是我误会了。”

在钟灵看不见的地方，何之舟的嘴角不受控制地上扬，阳光落在两人的身上，更是平添了几分温馨。

算了，不知者无过，事情还没有到控制不住的地步。何之舟很快说服了自己，心情就如现在的天空一般，变得万里无云了。

“你刚刚想说什么？”钟灵的心思藏不住，看着何之舟没有开口的打算，便自己问了出来。

何之舟开始装傻充愣，语调也配合着上扬，将单纯无知演绎得淋漓尽致：“哦，有吗？”

钟灵拧着眉头，仔细地回想一番，最后肯定地点点头：“有啊。”

“你记错了吧。”何之舟否认，只有两个人的时候最适合上演瞒天过海的戏码了。

看着何之舟肯定的样子，钟灵半信半疑，很快开始怀疑自己了：“难道是我记错了？”

看着钟灵蠢萌的样子，何之舟的笑意在脸上扩散，头顶上一缕头发也好心情地站了起来随风飘荡：“你记错了。”

本以为事情就这样糊弄过去了，可是钟灵却没有善罢甘休，在三番五次地回想之后，最终确定了问题一定出在何之舟身上。

衣角被拽住，何之舟停了下来，视线顺着衣角移到钟灵那张担忧的小脸上，他的声音也夹杂了几分不易察觉的紧张：“怎么了？”

钟灵咬了咬嘴唇，望着何之舟眉头都要拧到一块了，纠结了一会儿才出声：“你是不是有老年痴呆的迹象？”在何之舟越发黑的脸色里，她的声音越来越低，“我听医生说……”

何之舟觉得后槽牙都开始发疼，靠着顽强的自制力，硬生生地扯出一抹微笑：“接着说……”

在何之舟犀利的眼神下，钟灵战战兢兢地出声：“他们说记忆衰退是老年痴呆的前兆，你……”还怕何之舟不能理会自己的意思，钟灵抬手拍了拍自己的脑袋，“这里是不是……”

不等钟灵说完，何之舟已经迈开步子走了。他实在怕如果再继续待下去，他也控制不住自己的手脚。

钟灵急忙追上何之舟，为了表达自己明月可鉴的真心，还不忘添油加醋：“就算你老年痴呆了，我也会对你不离不弃！”

无论在什么地方，钟灵总有把何之舟气得七窍生烟的本领，在网络世界中也不例外。

“你还能回想出昨天发生的事吗？”钟灵还在何之舟是否得老年痴呆的事情上执着，就差扒开何之舟的脑袋一探究竟了。

“还能。”何之舟笑了笑，告诉自己没关系，继续回复道，“很抱歉，让您失望了。”

“没失望，没失望。”钟灵急忙否定，下一句话却啪啪打脸，“我们下午去买核桃吧。”

“我不喜欢吃核桃。”何之舟阴恻恻地看着手机，仿佛能看见钟灵认真的脸。他实在不知道钟灵哪来的勇气，将老年痴呆的病症加到刚成年的他身上。

“喜欢都是培养的，你吃着吃着就喜欢了。”

何之舟怒极反笑，手指快速地滑动，最后像是宣泄怒气一样，重重地点了发送键：“我为什么要吃？”

“都说以形补形嘛。”

短短几个回合下来，何之舟输得一败涂地，冲钟灵说了声再见就将手机扔在了桌子上。

“怎么了这是？”孔彦宇关心道，眼神却朝着仍然亮着屏的手机看去。

何之舟白了孔彦宇一眼，重新拿起手机放在兜里，站了起来。

“干什么去？”孔彦宇问。

从柜子上拿起水杯，何之舟面无表情道：“喝水败火。”

另一边，钟灵唉声叹气地趴在桌子上，重新按亮了快要熄灭的手机，何之舟应该暂时不会回她了。

在快要放弃的时候，手机却突然亮了起来，连同着钟灵的眼睛也亮了起来。

却没看见想要的信息，钟灵顿时觉得有些灰心丧气，盯着那条“你好”的好友申请信息。

也许是学生会的。钟灵猜想了一番，同意了申请。

“钟灵。”手机那端是兴奋的韩路宁，好不容易碰到一个欣赏的女生，他实在不甘心轻易放弃，没准事情有转机呢，“我是韩路宁。”

韩路宁？钟灵念了一遍，大脑里没找到任何有关的信息，可这股热情是怎么回事：“你是？”

“韩路宁啊。”韩路宁捂住受伤的小心脏，他难道没有被人记住姓名的资格？

钟灵仍然一头雾水：“可以再具体一点吗？”

“盖浇饭。”韩路宁害怕钟灵仍然想不起来，便提起了最近的一次见面，“上次学生会面试我们还见过，你还记得吧？”

何止记得，简直记忆犹新。钟灵一下子卸下和善的伪装，单枪直入：“有事？”

“没事就不能找你聊聊天吗？”

“不能。”

韩路宁看着钟灵的回复，更加乐开了花：“我就喜欢你这样的性子。”然后也不拐弯抹角，“我来问问你喜欢什么样的男生，我努力努力，没准就被你一不小心喜欢上了呢。”

钟灵的注意力都在“喜欢”两个字上面，瞬间就想起何之舟，认真地思考着这个问题：“我喜欢温暖，笑起来会发光的男生。”

钟灵的消息一经发出，韩路宁就回复道：“你是说太阳吗？”

就像何之舟那样。编辑好的短信正准备发送的时候，钟灵看着韩路宁的回复，一字一字地删除，最后咬牙切齿地回复了一个微笑和再见的表情。

“呼！”钟灵关掉手机，仍然觉得怒火难平，拿起桌面上的水杯，准备喝水冷静一下。

一物降一物永远是这个世界不变的法则。

第三章
对你何止一句喜欢

虽然钟灵复制了何之舟的志愿，然而企图逆天而为的她并没有如愿以偿和何之舟分到一个班，上帝偷偷地冲她开了一个玩笑，所幸的是，两人的课程有一起上课的，也总算给了她一丝安慰。

大学的班级都是流水式，和高中一出门就可以碰头的方式完全不一样。课后，钟灵无聊地趴在桌子上，这节课里没有何之舟，她看着何之舟的电脑在线，心里终于多了一丝舒坦，所幸何之舟比较宅，不然她还要在教室里担心他被哪个小姐姐盯上。

上课铃声响起，钟灵哀叹一声放下手机。在大学恋爱的话不在同一个班简直等同于异地恋，这无疑给她和男朋友约会又增加了难度。

而每周一次的思修课是两人为数不多的交集，钟灵自然很是兴奋，提前就问好何之舟坐哪里，挑了何之舟后面一排的座位，斜着眼睛欣赏何之舟的盛世美颜。

大学的座位属于流动式，而位置的选择一般是团体活动，整个宿舍经常独占一排，钟灵有些可惜，如果不是怕影响何之舟学习，她就坐到何之舟的旁边了。

何之舟心里一阵阵发毛，身后浓烈的视线让他很是不自在，这样的眼神比被老师盯住更让他紧张。

“灵灵。”萧苒用胳膊肘子碰了碰钟灵的胳膊，眼神朝着斜后方瞟去，“你好像被人盯住了！”

钟灵轻微地蹙起眉头，对萧苒的话百思不得其解：“什么？”

萧苒微微地侧了下身子，示意钟灵朝着斜后面看：“那个男生似乎观察你很久了。”

嗯？钟灵顺着萧苒的指示朝着后面望去，视线在触及韩路宁那张灿若繁花的脸时，嘴角就僵硬了下来。

原本只觉得是一面之缘，没想到现在发展成斩不断理还乱的孽缘了。

“嗨！”瞧见钟灵的目光，韩路宁的眼神都亮了，朝着钟灵用口语表达着兴奋。

钟灵点了点头，就将头转了回来。

亲眼见证这样的互动，萧苒再也忍不住那颗蠢蠢欲动的八卦之心，头朝着钟灵的方向移动着：“这么快就有桃花运了？”

“认识的人。”钟灵将视线移到马克思主义课本上，这节课是四个班一起上的，她也没想到和韩路宁会有这样的缘分。

“你确定？”萧苒用亮闪闪的眼睛看着钟灵，对这个说辞自是不相信，“他看着你的目光已经带着火了，你确定只是认识那么简单？”

“嗯，不熟。”钟灵也没有说谎，在她的定义里确实和韩路宁算不上熟识。

看着钟灵这般模样，萧苒恹恹地收起当红娘的心思，还不忘抱怨道：“你注定要在一棵歪脖子树上吊死了。”

钟灵的严肃顿时破了功，这还是第一次听见有人这样形容何之舟。

而前排的何之舟肩膀耸动了一下，即使萧苒的声音已经刻意压了几分贝，却还是很不巧地传到了他的耳朵。

“今天的课就到这里了。”

老师的话刚落，教室就响起了一阵阵收拾东西的声音。

萧苒急忙将耳机塞进包里：“赶快走，不然就只剩下第一排了。”

“我先走了……”慌忙之中，钟灵还不忘给何之舟打着招呼。

何之舟终于有转身的机会，看着匆忙的钟灵，沉了沉声音：“你慢点。”

“拜拜……”

下节课是高等代数，上课的老师是个年近半百的教授，虽然身上是正经的西装，但思想是非常超前，在课堂上更是活跃，唯一不好的地方就是目光太集中，总是聚焦到第一排，每次不会点名字，只找第一排的学生互动。

一想到要和可爱的教授探讨知识，钟灵的动作也快了几分。也许因为钟母是老师的原因，她非常不愿意被过度关注。

“钟灵。”韩路宁隔着好几个人，深情地呼唤着前方的女生。根据他多方面打听，钟灵现在还处于单身可撩的阶段，这么好的机会他自然不会放过。

听见这声呼唤，钟灵不得已转过头，冲着韩路宁笑着：“我还有事，先走了。”

面对被提问的风险，萧苒暂时放下了当月老的心思，抓住钟灵的手就往前冲。

“你小子行动够快。”

韩路宁没在意同伴的调侃，还是望着钟灵的背影，眉头挑了几下：“天下武功唯快不破。”

钟灵着急去教室，韩路宁的视线黏在钟灵的身上，所有人都没注意到身边何之舟那抹“小小的”身影。

“哟！”在两人身后走着自然见证了这一幕，孔彦宇是典型的哪壶不开提哪壶的人才，这会儿已经组织好语言，“那不是钟灵吗？”

自从军训知道了钟灵的存在，孔彦宇就认准了钟灵是何之舟小女朋友的事情，只要何之舟一解释，他就笑眯眯地给何之舟戴上欲盖弥彰的帽子，而何之舟放弃对他的治疗之后，他就更加确定了这件事的真实性。

何之舟冷冷地看了一眼兴奋的孔彦宇，他和钟灵高中三年同学，还用得着一个外人来告诉他？

孔彦宇显然是迟钝的榆木疙瘩，嘴巴还在不停地吐着让何之舟生气的字眼：“这是桃花运吗？”

韩路宁那声深情的呼唤他们自然听见了，何之舟深呼一口气，闭了闭眼睛，抬起脚朝着前面走去。

“哎！”看着何之舟平静的样子，孔彦宇急了，快步走到何之舟的身旁，“我说何大少爷，人家情敌都跑到家门口宣战了，你怎么还跟个没事人一样呢？”

听见这话，何之舟的步调又快了几分，都长一张嘴，怎么孔彦宇那张嘴那么讨厌呢？

“无敌可爱战队”的群头像抖动起来，将这个群组设成置顶，钟灵立刻就点开了群消息。

这个群名自然是钟灵和何念棠苦思冥想才决定的，当时将群名称刚修改，作为直男的何之舟第一时间就提出了质疑：“我不允许我有一个这样群名的群！”

还没等何念棠开口，许奕臻就第一时间站出来反驳何之舟，高举着支持何念棠的大旗：“我觉得挺可爱的。”

“你！”大抵是气得不行，何之舟半天才发出这一个字。

钟灵笑眯眯地回复道：“还有一个候选名字，超级无敌美少女。”

何之舟彻底地沉默了下来。

“看来有人对我和灵灵的英明决定提出了质疑？”何念棠已经和何之舟达成了相爱相杀的地步，近距离地接触下来，哥哥再也不是高高在上不食烟火的名词，“哥，要我把你请出去吗？”

“也没这么严重。”何之舟在指责许奕臻的同时，还不忘平复着何念棠的怒气，“为了避免奕臻的尴尬，我还是委屈一下。”

最后，群里还是四个人的数量，三个管理员和何之舟一个平民。

群里是一张图片，钟灵用手指将它放大，在无数名字之中，眼睛立刻定格在何之舟和自己的名字之间。

随后，何念棠就截了只有他们两个人的名字，马上祝贺道：“恭喜。”

钟灵立刻就欢呼起来，兴奋之余还不忘疑问："你怎么有这张图？我都没有。"

何念棠也是大条神经，光顾着开心了，这会儿才想起来："奕臻告诉我的。"

看见这句话，在手机的一端窥屏的何之舟再也忍不住了，他赶在许奕臻的前面解释："我告诉许奕臻的。"

"你发错信息了吧？"何念棠嫌弃道，"不应该告诉灵灵吗？"

钟灵倒是一副不在意的样子，毕竟能和何之舟一起进学生会已经让她的大脑兴奋起来："没关系，现在知道也不晚。"

何念棠还在群里吐槽着对何之舟的种种不满，钟灵宛如女娲补天般，拼命地挽回着何之舟的形象。

而另外两个人已经开启战火了，何之舟恨不得戳烂许奕臻的脸："就你手快！"

"我哪里知道你没说。"许奕臻也只觉得一口黑锅从天上而降，他只是单纯地向何念棠分享一下快乐而已。

何之舟的眼睛快要翻到天上了，路过的孔彦宇吓了一跳，吐槽道："大白天翻什么白眼，怪瘆人的。"

何之舟转过身作势踢了孔彦宇一脚，他身边朋友虽然不多，但是一个嘴快一个手快，倒也是十分热闹。

"灵灵还没加学生会的群。"看着何之舟还在充当透明人，何念棠直接圈出何之舟，"您给安排一下，伸出您老尊贵的手给拉一下呗。"

"好。"为了及时堵住何念棠的嘴巴，何之舟立刻回复着，还顺带着给钟灵单独发了一个消息，"你等一下。"

钟灵喜不自胜，眼睛弯了弯，挑了一个最可爱的表情包发了出去："好。"

才刚一进群，群里就显示出了许奕臻退群的消息。

何之舟看着那条刺眼的消息头皮发麻，许奕臻这会儿手怎么不快了？

"怎么回事？"钟灵给何之舟私聊问道。按理说，许奕臻并不是应该出现在群里的人。

人选刚公布，为了听取大家意见，暂时学生会还没有完全确定，所以群也只是为了通知选拔时间及名单的作用，更不会想到会有外校的学生凑热闹。

"他就喜欢凑热闹。"反正许奕臻不在这里，怎么说还不是由他决定，何之舟尽力地撇清自己的责任，"你也不是第一天才认识他。"

这边的钟灵蹙起眉头，虽然不是第一天认识许奕臻，但是爱凑热闹的性子是第一天才知道。

深秋已经不知不觉来到了，学校银杏树的叶子已经泛黄，正午的阳光也不再是刺眼，打在身上是说不出的温暖，所有的一切都沐浴在阳光之下。

钟灵骑着共享单车徜徉在校园里，两只脚频繁地运动着，双眼直盯着前方。

学生会都有了明确的分工，经过几次组织晚会的过程中，所有人对彼此都有了基本的认识，方才群里便通知各部门集合，有新的任务将要分配。

中午在外面吃了饭，钟灵就抛下萧苒骑着单车朝着大礼堂去。学生会通知午饭后要在大礼堂集合，共同商量一下关于元旦节的相关事宜。

大学的空闲时间很多，但每次小课的时候钟灵都看不见何之舟，所以她格外珍惜和何之舟相见的时间。

何之舟刚刚说了在大礼堂门前等她。钟灵的笑意早就藏不住了，骑车的速度又快了几分。

“钟灵。”

刚一转弯就看见疾行的钟灵，何之舟也不知道中了什么邪，朝着钟灵就大喊了一声。

熟悉的声音一下将她的视线全部吸引，钟灵朝着声源看去，目光所及便是何之舟。

何之舟穿着宽松的黄色卫衣，黑色的运动裤将长腿显得更加修长，白色的运动鞋更是一尘不染。

翩翩君子温润如玉。短短几秒，钟灵的脑海里闪过无数成语，下一秒她的笑容便无限放大，左手松开朝着何之舟招呼着：“嗨！”

“哎！”不同于钟灵的兴奋，何之舟脸上全是恐慌，声音也情不自禁地慌了几分，快步朝着钟灵跑去，“前方有……”

还不等何之舟说完，钟灵才想起自己正处于拐弯，还不等她回过头，单车已经奋不顾身地扎进了草坪。

何之舟跑来的时候，单车和钟灵双双不幸地立在了草坪之中。他赶紧扶着钟灵，慌忙着问道：“你没事吧？”

“没。”钟灵摇摇头，垂着头咬了咬嘴唇：真是太丢脸了！

借着何之舟的力，钟灵小心地从草坪里出来，拍打着粘在身上的草，努力避开何之舟的眼神。

看钟灵并没有大碍，何之舟才去拯救草坪里的单车，还是不放心地皱着眉头再次确定道：“没伤到吧？”

“穿的衣服厚，没关系的。”钟灵晃晃脑袋，双手揪着自己的裤腿，虽然腿不疼，但是她觉得这张脸有点疼。

周围路过的学生确定钟灵没有事情之后，看着钟灵蠢萌的样子，倒是轻笑了几声。

钟灵更加觉得窘迫，拉着何之舟的衣角，眼睛盯着地面，发出闷闷的声音：“好丢人。”

“单车可能对你还是惊险运动。”何之舟还没从方才的惊险中恢复过来，低着头看着钟灵，“以后尽量还是不要离开地面了。”

“哦。”钟灵乖巧地应下来，舔了舔嘴唇，扯了扯何之舟的衣角，想要快点离开这片是非之地，“那我们快走吧。”

看着钟灵的鸵鸟样子，何之舟的脸上终于软化起来，嘴角也浮现一丝浅浅的笑意：“你是不是应该配副眼镜了？”

“我不近视。”钟灵小声反驳着，两个食指绕着圈圈，不好意思道，“就是看见你，有点紧张。”

“所有人都齐了吧。”杨宇是这一届的组织部部长，微胖，看起来非常和善，这次会议由他主持，“我点下名。”

“王秋。”

“到。”

……

所有人按照各自的部门坐在了一起，何之舟和钟灵都是应选的组织部，此时挨着座位坐着。

钟灵的心跳都快了几分，眼睛虽然看着讲台，但是所有的余光都聚集在何之舟的身上。

杨宇还在点名的时候，突然大礼堂的门被推开了，钟灵也顺势看了过去，便看见了韩路宁那张久违的脸。

钟灵的嘴角僵了几分，以往学生会大多都是按照部门聚集，韩路宁并不是和她一个部门，两人倒是很少碰见。

钟灵的目光都在韩路宁身上，如果此时将视线分给旁边一点，那她就会看见何之舟的脸已经黑了几分。

似乎还搞不清状况，韩路宁不好意思地挠着脑袋："抱歉，迟到了。"

杨宇也没有为难韩路宁，笑着点点头："下次不要迟到了，先找个位置坐吧。"

"好。"韩路宁两眼环视一周，一眼就看见了钟灵，脚步欢快地朝着钟灵旁边的空位走去。

"韩路宁，我们在这儿。"看着韩路宁直奔钟灵，有认识他的同学小声地提醒着。

韩路宁仍然是一屁股坐到了钟灵的旁边，朝着同学努了努嘴唇："一会儿找你们。"

钟灵现在感觉头皮有些发麻，韩路宁还真是个不定数，分分钟就能让她感受到如坐针毡的滋味。

钟灵坐在座位的外侧，再加上眼睛的选择性忽视，等到韩路宁坐到座位上才注意到里面的何之舟，眉头顿时就皱了起来。

不要出声。钟灵在心里偷偷祈祷，和韩路宁谈不上熟识，她只是将韩路宁对她的热情归咎于韩路宁的天性使然。

虽然和韩路宁并没有什么，但钟灵就是莫名地紧张，她害怕何之舟为此生气，更怕何之舟不在乎，两种结果都是她不想面对的。

从韩路宁坐下来开始，何之舟周围的气压已经自动低了几度，从警戒准备已经开启到了备战模式。

韩路宁并不知道两人的想法，还徜徉在遇见钟灵的兴奋上，犹豫几秒就以“钟灵单身”的理由说服自己，然后以一个候选人的姿态开始搭话：“钟灵，真有缘分。”

“是吗？”钟灵的嘴角彻底僵硬，皮笑肉不笑地回应着，全身的注意力集中在何之舟的情绪中。

“是啊，在这里我们都能碰见。”韩路宁大言不惭道，望着钟灵的后脑勺开始给自己加戏。

钟灵的耳朵刚接收到信息，脑门瞬间划出了几分黑线，一瞬间连同周围的空气都稀薄了几分。

何之舟翻了个大白眼，他一直以为许奕臻是睁着眼说瞎话的创始人，结果高手还隐藏在民间，这不，又出来一个，而且这段位有赶超许奕臻的潜力。

讲台上杨宇正在放映主席团准备的PPT，告诉各部门划分着具体的任务。

而钟灵的脑袋里满是糨糊，所有的思维全部变成空白，她直勾勾地盯着桌面上的本子。

就在前几秒，何之舟从唯一的口袋里掏出了笔记本和一支水笔，杨宇每说一个步骤，他就会出声问钟灵：“你对这个有什么建设性的意见吗？”

看着何之舟这一系列的举动，韩路宁自然归结为赤裸裸的挑衅，当下也不服气了：“我觉得主席布置得很好，你认为呢？”

何之舟朝后望了一眼，本只是控制不住看一眼韩路宁，并没有什么恶意。

可是这样的视线在韩路宁的眼中就没那么简单了，如果他刚才只是想要觅食的小鸟，那么何之舟这一眼成功将他激发成愤怒的小鸟，战斗值瞬间直线激增。

“其实这样的晚会也只有那几个形式，相声、歌唱、跳舞……”

“关于这一方面，你有没有什么想法？”

钟灵的耳朵一直处在嗡嗡的状态，左边是何之舟低沉的声音，后面是韩路宁兴奋的赞叹，偏偏两人还不需要她回答，已经沉浸在享受自己单口相声的氛围里。

原来何之舟也可以话很多。钟灵才后知后觉意识到，但是让何之舟反常的竟然是韩路宁，她在心里叹了一口气，这个原因还真让人高兴不起来。

今年的冷空气来得格外早，才刚刚入冬已经有寒气逼近，除了树叶的脱落，清晨已经出现了雾气的踪迹。

“给你衣服。”何念棠将手里的包裹递给何之舟，还在安排着，“妈让你穿上。”

何之舟不用想也知道里面肯定是秋裤，自从他有自己可以穿衣服的能力之后，每到这个时间段的时候，他和何母总是就这件事产生分歧。

“哥，你已经成年了，冷了穿衣服还要妈妈操心，你羞愧不羞愧！”看着何之舟不情愿的样子，何念棠一阵心累，她真的不知道一条穿在里面的秋裤有什么好坚持，“这双腿早点保养好吧，不然老了看你怎么办？”

“知道了。”何之舟轻笑几分，揉了揉何念棠的脑袋，“不要皱眉，丑死了。”

何念棠一掌拍开何之舟的手，反驳道："一家四口，就你最丑。"

兄妹两人在嬉笑着，而远处一双泛着绿光的狼眼已经不知不觉地盯上了他们。

萧苒原本拿着奶茶疾行着，下一秒却倒退着回到原地，看着与她隔着十几米的何之舟，一双小眼睛眯得更小了。

何之舟有女朋友了？

这个意识一旦形成，立刻让萧苒变得怒不可遏。她马不停蹄地朝着宿舍楼跑去，她要让钟灵来看看何之舟的真面目。

"钟灵。"萧苒火急火燎地回到宿舍，将奶茶放在桌子上，带着一身的火气，"何之舟好像红杏出墙了。"

钟灵从电脑屏幕上抬起头，自从知道萧苒喜欢用词不当之后，她已经习惯了萧苒的出口惊人。她问："怎么了？"

红杏出墙，何之舟是不可能的。

"真的，真的。"萧苒拉了拉钟灵的胳膊，看着钟灵不急不躁的样子更加急了，"我看见何之舟和一个女孩拉拉扯扯，举止亲昵，你快去看看。"

"举止亲昵？"钟灵蹙起眉头，虽然萧苒时常夸大其词，但是绝对不会胡说八道。

"何之舟还摸了那个女孩的脑袋。"萧苒详细地描述着，还伸手冲钟灵模仿了何之舟的动作，"两个人看起来非常熟悉。"

钟灵的脑袋瞬间变得很乱："在哪里看见的？"

"一号教学楼的那条路上。"

"好。"钟灵朝着外面跑去，"我去看看。"

萧苒没反应过来，还愣在原地："要不要我……"

“不用了。”钟灵的声音从外面传来。

“不和你说了。”何念棠看了看手机，方才钟灵说自己在宿舍，她要给钟灵一个惊喜，“我去找灵灵。”

“沿着这条路到了路口……”何念棠很少来学校，何之舟还不放心，絮絮叨叨地安排着。

“知道啦。”何念棠重重地点点头，“如果我找不到的话，我就让灵灵找我。”

风那么大让钟灵出来？何之舟犹豫了一下，瞬间像下了决定般：“我把你送过去吧。”

这时一阵小寒风从远处传来，何念棠缩了缩脖子，看了眼何之舟，拒绝了何之舟的建议：“请你赶紧把秋裤穿上，好吗？”

何之舟就这样被何念棠半推着转了方向，还不忘做最后的叮嘱：“找不到的话给我打电话。”

“嗯。”何念棠重重地点头，现在她已经习惯被何之舟当作智障儿童照顾了。

钟灵几乎是小跑着从宿舍出来，脑子里乱糟糟一片，她从来没有这么慌乱过。

“灵灵。”在张望周围环境时候，何念棠意外看见钟灵，立刻兴奋起来。

钟灵才回过一丝丝神志，在看见何念棠的时候，反应了三秒：“炸炸。”

“哈哈！”何念棠并不知道钟灵的心思，只当是钟灵被吓傻了，搂着钟灵的胳膊，贼兮兮地笑着，“是不是惊喜坏了？”

钟灵慌忙收起所有的心思，就算真的发生了萧苒说的事情，她也不希望何念棠为了她去责怪何之舟。

“是啊，你怎么突然来了？”

“今天下午没什么事。”看见钟灵，何念棠的话一下子多了起来，“就来找你玩。”

钟灵将杂念全部甩开，看见何念棠兴奋的样子，她也不想扫兴：“好哇，我给你当向导。”

一路叽叽喳喳似乎总有说不完的话，有了何念棠的陪伴，钟灵的心情也好了不少。

“和你在一起时间总是不够用。”看着已经暗下来的天色，何念棠噘着嘴巴，略微有些失望，“我要回学校了。”

两人的学校虽然坐几站公交车就可以到，但是大学的空闲时间相对来说比较分散，能找到两个人同时闲下来的时间也不算容易。

“好啦。”钟灵碰了碰何念棠的胳膊，“总有时间见面的，再说我们还可以视频。”

何念棠点点头，冲着钟灵摆摆手：“你不要送我了，奕臻他在校门那里等我呢。”

“嗯，你们慢点。”钟灵点点头，看着何念棠蹦蹦跳跳的背影，轻轻地叹了一口气。

钟灵是真的发现缘分是妙不可言，以前她想看见何之舟的时候，总要经历九九八十一难，可是当她不知道如何面对何之舟的时候，缘分却不请自到。

何之舟正拿着课本朝着教学楼走去，仿佛有心灵感应似的，一回头就看见了钟灵。

钟灵硬生生地移开了视线，在心里暗叫不好，她原本想着这次走得离何之舟远一些，没想到在上课之前还能遇见。

孔彦宇比何之舟还要兴奋，胳膊不老实地朝着何之舟戳去，整个人都散发着一股如沐春风的感觉。

何之舟面上有几分不自然，被孔彦宇一掺和耳朵也微微发烫，脚步慢了下去，准备和钟灵打个招呼。

萧苒倒是安静了不少，余光瞧着钟灵的反应。

看着何之舟仍然像个没事人的样子，所有被刻意压下去的情绪彻底喷发，钟灵抿着嘴唇，第一次面无表情地看着何之舟。

“钟灵。”

韩路宁正往教学区赶着上课，远远地就从人群中看见钟灵，也没有任何意外地看见了何之舟，瞬间就激发出了所有的战斗力，朝着钟灵飞奔过去。

何之舟的脚一顿，眼神依然没有分给韩路宁，只是直勾勾地盯着钟灵。

看着何之舟的样子，钟灵突然不知道如何面对他，顺着韩路宁的话接道：“嗯。”

得到钟灵的回应，韩路宁雄赳赳气昂昂地从何之舟身边走去：“又到了每周我最喜欢的思修课了。”

因为有了钟灵的存在，韩路宁看着思修的教授也觉得顺眼了不少。

看着两人一唱一和地从身边路过，何之舟的脸色彻底地黑了下来，所以他这是被踢出局了吗？

看着钟灵从身边过去，孔彦宇直接傻眼了，似乎不敢相信眼前发生的事情般，询问道："那是钟灵吗？"眼睛望向何之舟，再次确认道，"我记得，她好像是喜欢你的吧？"

何之舟直接从孔彦宇身边走掉，钟灵是说过喜欢他，可是那只是朋友般的喜欢，他不是一早就知道了，可是这样浓重的失落感是怎么回事？

都怪孔彦宇这张嘴巴。

孔彦宇立刻跟上何之舟的步伐，在局外状况的他还在致力于为何之舟的怒气添火加柴："不会是你的魅力不行了，人家打算移情别恋？"

何之舟突然停了下来，僵着一张怨妇脸，冷冷地望向孔彦宇："能麻烦你一件事吗？"

"你说。"孔彦宇挑了挑眉间，这么长时间何之舟还是第一次麻烦自己。

何之舟的嘴巴微动，吐出几个字来："麻烦你闭上嘴巴。"

"哦。"孔彦宇才看见何之舟已经黑如墨的脸色，往自己的嘴巴上比画了一个封口的动作。

珍爱生命，远离何之舟。

"灵灵，你没事吧？"在偷看了无数次钟灵之后，萧苒终于忍不住，试探着问，"你看起来很不高兴。"

钟灵终于从何之舟身上收回视线，不知道是不是错觉，她总觉得何之舟的表情比平时更严肃了几分。

"没事。"钟灵朝着萧苒笑了笑，如果说在这之前是失落，那么她现在已经开始愧疚了，她害怕自己刚才的行为让何之舟不开心。

看着钟灵牵强的样子，萧苒就算是傻子也知道这是故作坚强，对何之舟的不满再次达到一个顶峰：“我看着韩路宁也不错，要不要试试？”

钟灵只当萧苒还在乱点鸳鸯谱：“我们只是同学，你不要瞎猜。”

“哪有。”萧苒这会儿不服气，“韩路宁肯定对你有意思，就差在脸上写着喜欢你这件事了。”

“我和他还没认识多长时间。”她的喜欢已经坚持了三年，她自然不会相信认识没多久的韩路宁会有这样的心思。

“喜欢是一种本能，又不是靠时间培养。”虽然没有过恋爱的经历，但是说起“喜欢”两个字，萧苒是有一套套的说辞，“再说，眼神可是骗不了人的。”

钟灵手指一顿，似乎陷入思索。

放在抽屉的手机振动起来，钟灵也不知道在期待什么，快速地拿出手机，在按亮屏幕的时候，眼神就暗了下来。

“你不开心吗？”

钟灵顿时觉得有几分心酸，就连认识没多久的韩路宁都感觉到了，何之舟却……

“有点。”想起萧苒的话，钟灵觉得还是说清楚比较好，她的喜欢还无处安放，实在对其他人的喜欢无能为力，“和何之舟发生了一些不愉快的事情。”

“可以问你个问题吗？”

韩路宁的信息很久之后才发出，钟灵这次倒没拒绝，尽量让自己看起来愉悦些：“好哇。”

“你很喜欢他吗？”

“对。”虽然从没得到过何之舟的回复，但是这个答案她从来没有动摇过。

钟灵恍惚了一下，在后面追加道：“很喜欢。”

“哈哈！”韩路宁发了一个没心没肺的表情，似乎立刻接受了这件事，“那你以后只能当我的哥们了。”

还不等钟灵回复信息，韩路宁的信息又插了进来：“好啦，哥们要上课了，有空聊。”

在钟灵看不见的地方，韩路宁全然没有任何兴奋，整张脸上全是失望。他的喜欢并不是玩笑，还要硬生生地摆出无所谓的姿态，唯恐给别人造成什么困扰。

女孩的头发被随意地扎成一个马尾，认真地翻看着课本。韩路宁坐在钟灵的后三排的位置，明目张胆地看着钟灵。

让他的喜欢最后放肆一次吧，在这之后，他要一点点努力地收回来了。

太阳已经高挂在上空，阳光温柔地洒向地面，所有人的脚步都慢下来，享受着日光的滋润。

何之舟的视线直勾勾地盯着宿舍楼，方才一放学他就跑了出来，这绝对是他学习生涯中第一次踩着点等待着放学铃声响起。

冥思苦想一节课，何之舟还是不知道钟灵是怎么了，原本他是想在教室问一下钟灵，可为了打发走孔彦宇，他便只好先出来了。

人群慢慢地从门口涌了出来，何之舟站在正当中的位置，唯恐错过钟灵的身影，韩路宁的出现和钟灵的反常，都成功提起藏在心底的焦急。

钟灵刚出教学楼，就看见了何之舟，她的脚步顿了一下，方才看见何之舟着急的样子，她还以为何之舟有什么急事。

“钟灵。”何之舟也不再掩饰自己的意图了，跨步走到钟灵的身边，直接用行动表明他的目的。

虽然对何之舟不满，但是萧苒接过钟灵手里的书，带着一百八十瓦的亮度马不停蹄地离开：“我在宿舍等你。”

钟灵极力控制着心跳，可“嘭嘭”的心跳声在她的世界里如同雷鸣那般响起，她吞咽了下口水：“你怎么来了？”

“看你不开心。”何之舟反问句都没用，直接说道，“是我的问题吗？”

何之舟的单枪直入难免让她有几分意外，钟灵也不是擅长藏住心思的人，也直接开口：“你有喜欢的人吗？”

何之舟的神情顿时变得有几分不自然，眼神瞟向钟灵，似乎不知道该怎么回答这个问题。

钟灵的眼睛始终盯着地面，对何之舟的沉默顿时委屈起来，故作轻松状：“萧苒说昨天见你和一个女生在一起……”

听见钟灵的声音，何之舟终于察觉到不对，在他世界里转悠的除了何念棠就是钟灵，哪还有别的女生。

“是炸炸。”给我送秋裤。后半句卡在何之舟的嘴巴里，他有几分哭笑不得，“昨天你们没见面？”

“啊？”钟灵睁大迷茫的大眼睛，昨天她刻意避开了何之舟的话题，自然不知道还有这么一回事。

“你可以问问炸炸。”何之舟就差举手发誓以证清白了。

“我相信你。”钟灵这下没有犹豫，拨开所有的烟云，她的世界瞬间被这万丈阳光照耀，顺带着笑容也放肆起来，“无论你说什么我都相信。”

看着钟灵的样子，何之舟郁闷半天的心情也轻松起来：“以后再有这样的事，第一时间问问我这个当事人怎么说。”

“Yes，sir！”钟灵敬了一个标准的军礼，走在何之舟的左边，仰着小脑袋问，“你要去吃饭吗？”

“嗯。”何之舟的眼角弯了弯，看着钟灵愉悦的样子，心情更加明媚了几分，“你想吃什么，我请客。”

她终于又可以和何之舟共进午餐了，还是何之舟请客。钟灵的脚步更加轻快了几分，摇晃着小身板，伸出右手指向食堂的方向：“麻辣香锅！”

钟灵捧着一杯奶茶悠悠地走在路上，往日里路途遥远的宿舍楼还没走几步就到了。她叹了口气，怎么这么快就到了？

“你回宿舍楼吧。”何之舟抿了一口奶茶，轻蹙起眉头，真甜。

“好。”钟灵只是觉得有些可惜，但心情还是愉悦的，因为笑意的扩散，嘴角浅浅的梨窝慢慢地显现出来。

被钟灵看得有些不好意思，何之舟作势抿了一口奶茶，又被那甜腻的味道刺激一下：“好。”

“啦啦啦啦……”上楼梯时，整个楼道都被钟灵不成调的曲子充斥，仅仅一个上午，她像是个丢钱却又被大奖砸中的小老百姓一样，整个心境跌宕起伏。

一只脚踏进宿舍，原本祥和的宿舍一下子安静下来，就连电视剧的声音都渐渐变小，最后调成了静音的模式。

“怎么了？”钟灵将奶茶放到桌子上，狐疑地看着宿舍的三个人。

在钟灵回来之前，萧苒已经给其他两个人打过预防针，要自动切换到悲伤的情绪，给钟灵无疾而终的暗恋默哀。

萧苒更是降低存在感，那天告诉何之舟的事情之后，钟灵那有气无力的样子，别说问事情的进展了，她现在更是大气也不敢出一声，谁知道何之舟在她们看不见的地方又做什么了。

“我说——”钟灵走到萧苒的旁边，“你们怎么回事？”

看着钟灵并无大碍，萧苒才试探着问道：“你……你还好吧？”

“我看起来不好吗？”钟灵疑惑着，还自顾自地转了一个圈，“明明容光焕发嘛。”

舍友吴雯和李雁也看向钟灵，看着钟灵并不像是受了刺激，才疑问着：“何之舟……”

“是个误会啦。”钟灵笑得那叫一脸甜蜜，仿佛她的失魂落魄只是别人的错觉那般，“那个女生是我的好朋友，何之舟的妹妹。”

萧苒也顿时变得生龙活虎一样，充分展示她事后诸葛亮的特质，附和着钟灵的话接道：“我就说那个女生看起来和何之舟有几分神似。”

“哦？”钟灵露出惊讶的样子，认真地看着萧苒的脸，“是吗？”

钟灵已经不难过了，危机已经成功解除了，萧苒自然也不压抑，开始放飞自我了：“当时情况危急，我还没来得及说，你就离开了。”说着还撇着嘴巴，一脸委屈状，“哪能怪我呢？”

钟灵从床上扯下粉红豹的玩偶，作势砸向萧苒的背：“话都让你说了。”

第四章
只想和你在一起

时间总在不知不觉中流逝，寒气从四面八方无孔不入地袭来，所有人都穿上了厚重的棉服，走在路上也总是恨不得让脖子消失。

随着寒气的侵袭，属于钟灵和何之舟大学的第一个元旦也如约而至，在紧张准备了一个月节目之后，元旦晚会终于如期举行。

钟灵和何之舟虽然都参与组织，但是作为刚加入学生会的新生并没有独挑大梁，只是跟着学长学姐做事。

舞台上被五颜六色的光芒照耀，台上的人在劲歌热舞，所有人都沉浸在这高涨的热情中。

后台上同样是一片热闹，随着节目进行到最后，钟灵也跑完最后一趟腿，气喘吁吁地走到何之舟的身边：“终于快要结束了。”

何之舟从旁边搬来一把椅子，放在钟灵的身后：“坐会儿吧。”

“好。”浑身的疲惫感瞬间消失，钟灵舒服地躺在椅子上，拿出裤兜里的手机。

手机里是何念棠发给她的视频，钟灵将手机举到何之舟的面前，冲着何之舟笑道："炸炸学校也在举行活动。"

何之舟微微弯了一下腰，眼角弯了弯："看着也还不错。"

想到即将放假的事情，钟灵悲喜参半，放假就意味着有更多空闲的时间，但是离何之舟就越远了。她问："你们寒假有什么打算？"

"也没什么打算。"何之舟摊摊手，回到家除了在家里待着，就是出去和许奕臻打球。

"我也没什么打算。"钟灵有些病恹恹的样子，她回到家就只剩一个人了。

看着钟灵突然感伤的样子，何之舟转移着话题："先别想那么多，放假之前还有考试呢。"

"小意思了。"钟灵摆摆手。倒不是她自大，在学习这件事上她还真没有怕过。

何之舟笑意浅浅，这样的钟灵才是他记忆中的样子，永远都是无所畏惧的样子，足够优秀足够让人羡慕。

钟灵一抬头就对上何之舟的视线，欣喜立刻挂在脸上："你还没这样看过我呢！"

何之舟干咳两声，被抓包的窘迫让他快速收回视线，其实从很久以前他就观察过钟灵。

一向品学兼优，外加长相出众，何之舟和许奕臻符合被暗恋的所有条件，但是两人性子偏冷，身边倒也是很清静。

而钟灵向何之舟高调告白，年少轻狂其实还是拨起了少年的心弦。

何之舟不自觉地注意过钟灵，虽然那样高调地宣扬了自己的喜欢，但是钟灵并没有插入他的生活，甚至挑选座位时都没有刻意靠近他。

似乎不是喜欢。何之舟不知道喜欢应该是什么样子，但也总不会是这样的陌生，他想过无数次的理由，最终却只觉得钟灵只是为了叛逆，而他恰好是一个不错的对象。

如果不是何念棠的出现，两个可能除了绯闻再不会有其他的交集，可偏偏命运总是这般出其不意，永远不会按照预定的轨迹走下去。

而到了大学之后，钟灵似乎变了一个人，像是再次拾起了从前的勇气，说起喜欢很是自然。

何之舟却一直困惑不已，他不知道钟灵这份源自年少的喜欢可以持续多久，甚至不知道钟灵是否真的明白喜欢的意义。

舞台已经接近谢幕，主持人的谢幕词隐隐地传到后台，何之舟垂眸，状似无意看了一眼钟灵，清冷的声音就这样飘散在空气中："钟灵，新年快乐。"

尽管周围全是噪音，钟灵还是捕捉到何之舟堪称自言自语的呢喃，抬起头看着已经移开视线的何之舟，嘴角的梨窝越发明显："新年快乐，何之舟。"

寒气已经在校园肆虐，树叶只剩光秃秃的枝丫，行人都穿上厚重的防冻装备，冬天已经全面入驻这座城市，而期末考试也如约而至。

"软件测试实施的步骤……"在去考计算机的路上，萧苒还在掰着手指记着，企图做着最后的挣扎，"单元测试、集成测试、确定测试……"

钟灵考试全靠平时积累，但是萧苒全靠考试前的临时抱佛脚，特别是这种概念的东西，是她最不擅长的东西。

看着萧苒求助的目光，钟灵忍不住摇头，提示道："系统测试。"

"哦哦。"萧苒恍然大悟，默念了几遍，最后哭丧着脸，"好难记。"

看着萧苒烦躁的样子，钟灵笑道："选择题占的比例不大，你操作题很好，别太担心。"

虽然萧苒概念背得不熟，但是平时学得也还是八九不离十，总不至于挂科。

一路上，钟灵的眼睛都在四处张望，何之舟和她一起考试，只不过在两个教室而已。

晃晃悠悠却还是没看见何之舟的身影，钟灵有几分失落，虽然在手机上说了让何之舟加油的话，但她还是希望当面给何之舟说一次。

两人的考场紧挨在一起，路过何之舟的考场时，钟灵恨不得把脑袋探进去，往教室环视一圈并没有找到何之舟的身影。

都要考试了怎么还没来？钟灵在心里嘀咕着，眼睛朝着何之舟必经之路上徘徊。

功夫不负有心人，快要进教室的时候，钟灵向下一瞟，就看见还在楼下优哉游哉的何之舟。

"你先进去，我再呼吸口新鲜空气。"钟灵张嘴就来，眼睛直勾勾地盯着楼下。

"空气？"萧苒自然不信，看见何之舟的身影的时候，嘴角一翘，胳膊碰了碰钟灵，"我看你是想给何之舟一个爱的抱抱吧？"

“去。”钟灵被调侃得脸上泛红，将萧苒推进教室，深呼吸调整着自己的心情。

“哟。”孔彦宇识趣地加快了步调，进考场之前，还不忘好心地提醒着何之舟，“还有二十分钟呢，不要着急。”

孔彦宇的一句话，让钟灵刚刚平复好的心跳再次混乱。

何之舟倒是将表情控制得极好，朝着钟灵走去：“准备得怎么样？”

“和以前一样，目标是满分。”钟灵的眼睛弯了弯，笑容很是灿烂。

何之舟笑意多了一分：“那祝你如愿以偿。”

“好啊。”在学习方面，钟灵从来没有怕过。

“进教室准备一下吧。”走廊不断有人经过，何之舟抿起了几分笑意，他向来不喜欢被人过分关注。

“嗯。”钟灵已经很满足了，转身朝着教室走去，走进教室之前扭过头，“你也要加油哦。”

还不等他回答，何之舟就只能看见钟灵的身影了，在目送钟灵到达座位之后，他才转身离开。

考号是按照学号的顺序，钟灵的学号在女生的前几位，而萧苒则是在后几位，两个人的座位相差甚远。

萧苒闭了闭眼睛，深呼一口气，朝着钟灵说着唇语：“祝我好运。”

“祝你好运。”钟灵重重地点了一下头，像是给萧苒一颗定心丸一般，“必过。”

“也不用我讲什么考试的纪律了吧。”教授推了推眼镜，“保持安静，允许提前交卷。”

随后教室响起一阵键盘声，钟灵慢吞吞地输入学号名字，考试时间很长，她不想提前交卷，毕竟在她的印象里，何之舟可不会提前交卷，她还想和何之舟见一面呢。

可是萧苒这边就没这么乐观了，才刚做完选择题，她就有想上厕所的冲动，方才只想着背概念，完全忘记了生理需求这回事儿。

除了选择题，其他题都不算难题。萧苒的手指在键盘上飞速地移动，所有的注意力全部集中到小小的屏幕里。

大学的考试都只是基础题，只要平时留点心根本算不上难题，考试时间才刚过半个小时，已经有人提前离开考场了。

在一阵猛如虎的操作后，萧苒快速地浏览了一下试卷，在心里估算着已经到达及格分数之后，果断按下了提交的按钮。

而另一边的钟灵还在慢悠悠地享受做题，可是就算刻意放慢速度，试题已经只剩下最后的操作题了，她不慌不忙地点开，打算浏览一下所有的操作题。

只有两道操作题，钟灵快速地浏览了一遍，都是熟悉的步骤，算不上难。

从厕所出来的萧苒想着给钟灵告个别，扭头朝着第二个窗户跑去，身体侧着避开教授的视线，沿着墙慢慢地探出去半个头。

听到窗户那边有动静，钟灵不以为然地看了一眼，只一眼就让她的心脏瞬间绷紧了几分，以她的视角萧苒的半个头颅悬挂在空中。

完了，好像按到鼠标了。钟灵瞬间感到了前所未有的绝望。

“我先走了。”萧苒用口语无声地说着，完全没注意到钟灵欲哭无泪的表情。

钟灵控制住自己的表情，轻轻地点着头。

在萧苒离开之后，钟灵才慢悠悠地转过头，似乎还在抱有一丝希望般，慢慢地睁开眼睛。

考试结束！

钟灵生无可恋地闭上眼睛，那么大的页面，为什么鼠标不偏不倚地点在了交卷的按钮上，这不应该是个小概率事件吗？

再逗留下去也没什么意思，钟灵认命般地离开了考场，整个人浑浑噩噩地走在走廊上。

钟灵望了坐在靠窗的何之舟一眼，为了不影响何之舟，微微弯着腰从窗边走去。

“灵灵，你怎么也交卷了？”下一秒，萧苒的声音响彻云霄，她方才赶时间忘记拿学生证了，只好拐回来拿。

“不小心交卷了。”钟灵压低声音，眼里有几分落寞，“我后面两道操作题都没做。”

“没做？”萧苒的声音再次拔高，眼睛瞪得圆溜溜的，“五十分吗？”

还不等钟灵有所反应，监考老师已经探出了头：“两位同学交卷之后不要在这里逗留，还有在考试的学生。”

“好。”钟灵点了头，压低了声音，“你怎么又回来了？”

“我去拿学生证。”萧苒已经用上了唇语。

“你去吧。”钟灵朝前指了指，“我先走，待会儿宿舍见。”

教室外的声音慢慢消失，何之舟的手指顿了顿。

钟灵要挂科？

从小就是优秀的代名词，钟灵在学习上是佼佼者，这样的失误应该从没有出现过，这应该算得上是致命打击。

再也无心做题，何之舟的眼睛盯着屏幕，手指一顿关闭了将要完成的操作题。

钟灵应该很沮丧吧，大学第一次考试就遇到这样的事情，电脑屏幕上慢慢浮现钟灵快要哭的脸。

何之舟思绪完全不在考试上，点开之前的选择题，顺便改了两道选择题。

这次没过的话要补考。何之舟在心里念叨着，如果再出现意外的话，就要面临重修的风险，这次钟灵能交半张白卷，难保下一次不会出现挂科的意外。

重修就要和大一的学生一起上课，和小学弟一起学习？何之舟的眉头蹙了起来，韩路宁的身影瞬间就跳进他的脑海里，绝对不能允许这样的事情再次发生了。

此时不交何时交！

鼠标发出一声清脆的响声，何之舟看着已经提交成功的试卷，挂到这样的试题上，他多少有点小遗憾，不过也没有后退的可能了，他起身走出考场。

平时成绩满分三十分，考试成绩所占比例百分之七十，如果要越过及格线的话，考试成绩最少要四十三分。钟灵的思维快速地飞转着，三秒之后轻叹一口气，如果她记得不错的话，最后两道操作题占了五十分。

以前只会考虑离满分还差多少分，这还是第一次担心是否会及格，钟灵瞬间百感交集，这样的体验对于她来说还是第一次。

远远就注意到了那抹落寞的身影，何之舟蓦地紧张起来，还没想好措辞的时候，就提起脚步朝着钟灵走去。钟灵的心思全部都沉浸在悲痛之中，丝毫没注意到何之舟的靠近。

直到感受到肩膀上有人轻拍自己，钟灵才回过头，本以为是萧苒，在看到何之舟的时候，表情有几分蒙："你怎么出来了？你不是在考试吗？"

看着钟灵失落的样子，何之舟感觉自己已经丧失了思考能力："你不是也出来了吗？"

不仅钟灵愣住了，连何之舟都觉得不可思议，他毫不怀疑何念棠在场的话，应该会撬开他的脑壳看看里面是什么构造。

不能影响他接下来考试的心情。脑子里一直被这个思想占据，钟灵努力地扯着嘴角，还没说出口时所有的笑容就塌了下来，所有的委屈在这一刻爆发，说话的声音也带了哭腔："何之舟，我要挂科了。"

何之舟像是不知道前因后果那般，虚心请教着："怎么会？"

"我计算机考试的时候一不小心提交了，还有五十分的操作题没做。"钟灵吸了吸鼻子，已经处在快要崩溃的边缘。

"这么巧吗？"何之舟没说过谎，完全没有演戏的天分，将手轻轻放到钟灵的头上，"我最后那两道大题也不怎么会做，这次考试有点难，挂科也不丢人的。"

何之舟会挂科？这应该是钟灵听过最好笑的笑话了，她只当是何之舟安慰自己的借口，但是刚刚还难过到不行现在竟然好了许多，故作轻松玩笑道："那我们一起参加补考，哈哈，有人陪我了。”

何之舟看着笑出来的钟灵，嘴角轻轻勾起，感同身受果然是最好的安慰。

“好好准备以后的考试，不要再不开心了。”

“嗯嗯。”钟灵的笑意又深了几分，“一起加油。”

“好无聊。”寒假已经过去了一个多星期，躺在床上挺尸的钟灵看了一下已经十点了，翻了个身，选择继续装死。

“嘭嘭嘭！”

连敲三声还没得到应答，钟母立刻推开门进来，入目第一眼就看见背对着她躺着的钟灵：“起床，待会儿你爸的同事会来家里，你收拾收拾。”

“哦。”钟灵有气无力地应了声，以往起床她是绝不敢拖拉的，她不敢轻易挑战钟母三寸不烂之舌，可是半年不见，钟母对她的容忍度已经达到了一个全新的高度。

“快点。”钟母关上门时，不忘下最后通牒。

钟灵慢动作般地坐了起来，闭着眼睛摸索着衣服，她不困但是睁眼好累。

一身衣服穿了十几分钟，钟灵才晃晃悠悠地从房间里走了出去。

“哈哈哈……”

电视机里传来一阵笑声，不用猜也知道是春晚的重播。每到新年将至，钟父总会把所有春晚的节目温习一遍，明明每个春晚毫不相关，却总被钟父当成连续剧一样看。

“灵灵，来坐这里。”看到钟灵出来，钟父招了招手。

钟灵拖着沉重的步伐，有气无力地移动着。

路过的钟母瞧见了，终于忍不住了：“怎么上个大学连路都不会走了？”

“孩子好不容易休息一次，当时要放松一下了。”钟父为女儿说话。

钟家的相处一向是虎妈猫爸的模式，可惜虎妈不幸成为教导主任，这是钟灵人生中一大憾事，如果钟父是老师的话，没准还能在追何之舟的事情上出谋划策，哪像钟母百般阻挠。

“你就宠着她吧。”钟母瞬间将火力集中到钟父身上，看着钟父还乐呵呵地嗑着瓜子，立刻将摆好的瓜果盘撤了下去。

钟父的笑容依旧没下去，看得钟母更加火大，只好眼不见为净地朝着厨房走去。

“你妈已经四十多岁了，更年期要来了。”钟父对此深有体会，摸了摸钟灵的脑袋，“你让着她点。”

钟灵一副人小鬼大的样子，与钟父达成一致，郑重地点点头：“我心里有数。”

“灵灵，市里有一家商场就要开业了，晚上七点有活动，你有没有时间看一下？”

何念棠的一条短信成功点燃钟灵的激情，她蓦地坐了起来：“哪个？”

“家家福。”何念棠的信息传来，“地点就在我们两家的中间，公交车二十分钟左右就到了。”

“想去。”钟灵已经按捺不住体内的洪荒之力了，自从放假之后她都没怎么出门，可是晚上出去的话，母亲那一关就很难过。

“要是可以出来的话，我们四个人也可以聚一下。”何念棠知道钟母的严厉，只觉得有些可惜，毕竟何之舟也是宅男一枚，在她苦口婆心的劝说下才答应迈出大门，这机会可是难得。

何之舟也去。钟灵瞬间就抓住了这句话的关键，所有的犹豫全部被打消，距上次他们吃饭已经过去了小半个月，她还在想着见面的理由，现在这现成的机会已经摆在了她的面前，哪有拒绝的道理。

“我去。”钟灵回复道，“我先收拾东西了，一会儿见。”

钟灵立刻跑到衣柜面前，手快速地翻动着衣服，像是即将要走红毯的巨星在挑礼服一样郑重。

棕色的大褂垂下，腰间以下是裙摆的轮廓，白色的高领毛衣露出一点，黑色裤子配上小靴子。

钟灵满意地看着镜子中的自己，毫不犹豫地指着镜子里的自己，不留余地地赞叹：“你可真美。”

门被推开一条小缝，钟父摆着手，指了指旁边，用口型道：“等会儿。”

早在开始，钟灵就和钟父商量好对策，准备给钟母来个先斩后奏，她冲钟父比画了一个“OK”的手势。

“一个看电视无所事事，一个整天躺在床上不务正业……”钟母依旧在念念叨叨，中途给钟父一个白眼，就朝着厨房走去。

钟父自责的表情在钟母转身时消失，他弯着腰看了一下厨房的情况，冲钟灵点了点头。

钟灵早已经摆好的冲刺姿势终于有了动态姿势，眼睛直盯着大门，在心里给自己念经：不能停，不能停下来。

一个人影奔驰而去，教导主任的敏捷让钟母一下子反应过来，一秒钟不到便完成了教导主任的变身。

“钟灵，你去哪里？”

钟灵一阵嘚瑟，嘴里念叨着何之舟，将钟母的声音关在了室内，最终扬长而去。

“怎么回事？”钟母还望着大门，话却是对着钟父说的。

“有同学找她玩。”钟父表情凝固起来，看着钟母还来不及放下的菜刀已经朝他举起，他立刻双手举起做投降状，“冷静，冷静……”

“灵灵……”

刚下车钟灵就准备给何念棠发信息，却听见清脆的一道女声，她惊喜地抬起头，就看见何念棠朝着自己奔过来。

一个温暖的熊抱，钟灵的头压在何念棠的肩膀上，目光停在何之舟的身上。

何之舟朝着钟灵打了个招呼，在钟灵的目光下无处遁形，眼神慢慢地飘忽起来。

“你看我干什么？”许奕臻紧了紧身上的大衣，一听说要和何念棠出去，许母就自动解读成约会，翻箱倒柜地说要找出最能彰显他帅气的一面的衣服，在零下的温度里他就穿着呢大衣被赶出了家门。

看着许奕臻颤抖的样子，何之舟皱了皱眉头：“要风度不要温度。”

他倒想要温度，但许母说想要帅气就要冻人，说他这朵温室的花朵该去遭受磨难了。许奕臻刚要反驳就吸了一口冷气，他跺了跺脚，只希望可以早点进超市。

等到钟灵到面前，何之舟的脸色又黑了一度，又一个不要温度的人来了。

“快点去商场吧。”何念棠也看出钟灵穿得有些少，“你怎么穿这么少？”

钟灵也被寒冷吓了一跳，缩了缩脖子：“我好多天没出门了，不知道已经是这个温度了。”

到了商场里面，还不等钟灵说话，何念棠就已经决定了四人的行程：“我和奕臻一起，你们一起，出发了。”

何之舟还处在微愣的状态，何念棠已经拉着许奕臻走了：“我刚才还想问你，你怎么也穿这么少？”

“我没冬天穿的衣服。”许奕臻将许母给他准备的理由原封不动地说出来，在家里许母已经设想了无数的情景，这一问也在射程目标内，“我妈让你帮我挑件。”

“我还没挑过男生的衣服……”

“你觉得好看就行。”许奕臻笑眯眯道，“反正我是穿给你看的。”

两人的对话悠悠地飘到何之舟的耳朵里，他轻轻咳了一声表示：“许奕臻现在是越来越油腻了。”

“明明是甜而不腻。”钟灵乐呵呵地笑着，看见何之舟就满心欢喜，“我们去哪里？你有要买的东西吗？”

“没有。”何之舟看了看钟灵有些发白的嘴唇，眉头就拧在了一起，将脖子上的围巾摘下来挂在钟灵的脖子上，口是心非着，“我有些热了，你帮我拿下围巾吧。”

“好。”男生的围巾有些长，钟灵把围巾绕了几圈，塞进棉衣里，脸上全是笑容，“我正好有些冷。”

虽然说着没什么要买的，何之舟到了商场里的超市就停不下来，薯片、饼干、巧克力，买得毫不含糊。

“给你奶茶。”两人出了超市在商场闲逛，何之舟把刚刚买好的奶茶递给了钟灵，顺手接过了她还剩一半的薯片，“先喝。”

“好。”钟灵笑眯眯地接住，很享受被何之舟当成废物照顾的感觉。

商场的三楼是游戏大厅，因为刚开业有很多优惠活动，所以每个游戏机上都有很多人。

钟灵的眼睛都亮闪闪了起来：“看起来好像很好玩的样子。”

何之舟停在一个娃娃机面前，看着钟灵兴奋的小眼神，说：“你等我一下。”

等到何之舟回来的时候，手里已经有了一捧游戏币，他摊开手冲钟灵笑道：“你试一下。”

“我不会，浪费钱。”钟灵摇摇头表示拒绝。

“你浪费的，我帮你赢回来。”何之舟挑了挑眉，接过钟灵的奶茶，“大胆地试吧。”

钟灵也不再拒绝了，伸手就拿三个钢镚投了进去，手僵硬地按着控制键，求助似的看向何之舟：“怎么弄？”

“怎么舒服怎么来。”何之舟只给钟灵一个鼓励的眼神，“其他的听天由命。”

钟灵自然没让何之舟失望，连布娃娃都没提起来，还没等她窘迫，身后就传来一道清脆的笑声，一个路过的小男孩用笑声评价了她的技术。

钟灵怎么说也不再尝试了，接过何之舟手里的东西：“你来，你来。”

看着钟灵不好意思的模样，何之舟有莫名的成就感，一直以来都是他害羞居多，现在终于轮到了钟灵。

游戏币发出清脆的声音，虽然对玩偶不感兴趣，但是男生对游戏感兴趣，何之舟和许奕臻可是为这游戏投资了不少零用钱，大抵男生都对游戏无师自通，玩了一段时间就掌握了基本技巧，后来没什么征服欲的时候就放弃了。

看准时机，把握好时间。何之舟少见地认真起来，钟灵的在场更让他对结果重视几分。

“哇——”钟灵比自己玩游戏还要紧张，在玩偶摇摇欲坠地进入出口时，才惊呼出声，眼神中对何之舟是满满的钦佩，“好厉害。”

何之舟听了自然心生欢喜，情绪却没有外露，脸上已经是云淡风轻，将手指张开望着硬币：“还可以玩两次，你想要哪个？”

钟灵指了一个看起来最容易抓到的玩偶：“我喜欢这个。”

“好。”何之舟点点头，眼睛便望向玩偶。

何之舟一共玩了三次，抓到了两个玩偶。

钟灵拿着玩偶爱不释手，虽然玩偶体积不大，但是布料非常柔软，她微仰着头看向何之舟：“刚好炸炸和我一人一个。”

大约逛了将近两个小时，钟灵觉得时间差不多了，毕竟她把钟父一个人扔在家里接受教育是不道德的。她支支吾吾外加不情愿地提出了回家：“我可能要回家了。”

“也应该回家了。”看着钟灵委屈的样子，何之舟一脸好笑，“你那是什么表情？”

“好不容易出来一次。”钟灵唉声叹气，这次回家之后再出来可就没那容易了。

两人说话间，已经到了商场的出口，他们和何念棠约好在这里见面。

何之舟推开门，示意钟灵先过：“反正马上也要开学了。”

还有好多天。钟灵在心里补充着，不过刚一只脚踏出商场，就感受到了这个冬天浓浓的恶意，真是太冷了。

“以后出门注意保暖。”看着钟灵单薄的衣服，何之舟终是忍不住提醒出声，“我们这里冬天很冷。”

“嘭！”

还没等钟灵回答就被突如其来的爆竹声吓了一跳，她张望了一下，一旁有个小朋友正不知所措地看着她。

何之舟看了一眼小朋友，便看见小朋友手里的凶器，都是男孩子他自然对这不陌生。他说：“小弟弟，去空旷的地方去玩。”

小朋友似乎也没想到会吓到人，听见何之舟的话，立刻点点头跑开了。

“你把小朋友吓到了。”钟灵终于回过神来，望着何之舟调侃道。

似乎没想到钟灵会这样说，何之舟愣了一会儿，嘴角就上扬了上去，心情愉悦道：“小朋友也把你吓到了。”

被爆竹声吓到，钟灵也觉得方才的动作有点大，干咳了一声回应道：“我从小就很害怕这样的声音。”

不知想到什么，何之舟轻笑出声，却只看着钟灵并没有说话。

“你笑什么？”钟灵看着何之舟，有点摸不着头脑。

何之舟原本不想说，但看着钟灵求知欲强烈的表情，绷着笑容真诚地问：“你确定你要听？”

钟灵更加好奇了，点了点头：“要听。”

“你知道为什么有放爆竹的传统吗？”何之舟看着钟灵仍旧迷茫的小眼神，提示道，“你听过年兽的故事吗？”

钟灵瞬间被击中，动作连同着表情都出现凝固，足足反应了好几秒，最后不可置信地看向何之舟，声音沾上了几分不可置信：“你说我是年兽？”

众所周知，在传说中年兽最害怕爆竹声！

“我可没说。”何之舟甩得一手好锅，看着钟灵傻乎乎的样子，“你可是小仙女管理员，我一介平民哪敢放肆。”

外面风很大，何之舟张望了商场几眼，依旧没看见两人的身影，看着钟灵冻得通红的耳朵，朝着一旁的站牌走去：“不等他们了，你先回家吧。”

钟灵也没再逞强，跟在何之舟的后面，准备将围巾摘下来还给何之舟。

“不要摘了。”何之舟阻止道，睁着眼睛说瞎话，“我不冷，你先戴着吧。”

“公交车上暖和。”钟灵仍旧没有停下动作。

何之舟腾出空闲的一只手，将钟灵解下来的围巾重新缠绕回她脖子上：“这是刚买的，和你比较有缘分，送你了。”

公交车缓缓地停在了站牌上，何之舟推了推钟灵：“上车了。”

何之舟也上了车，但仅仅是帮钟灵投了两枚硬币，在钟灵还没反应过来的时候将手上所有的零食递到了钟灵的手里，然后下了车。

“小妹妹要坐好。”司机从后视镜里望了钟灵一眼，善心地提醒着。

钟灵也顾不得拒绝了，找了个靠近窗户的座位，眼睛立刻寻找车下的何之舟。

路灯影影绰绰地映在何之舟的脸上，他脸上挂着柔和的笑容，朝着已经发动的公交车摆手。

尽管听不见一丝声响，钟灵看着何之舟，突然读懂了何之舟的唇语——

“开学见。”

没过多久，何念棠和许奕臻终于姗姗来迟。何之舟这时也不在乎形象了，缩着脖子吐槽着：“感谢上帝，你们终于来了。”

“刚刚结账人有点多。”何念棠解释着，眼神朝着旁边瞟着，“灵灵走了吗？”

“刚走。”何之舟紧了紧身上的衣服，这天还真是冷。

何念棠在何之舟的身上上下打量了一圈，最后视线停在何之舟的脖子处，挑了挑眉头：“你的围巾呢？”

“咳！”看着何念棠意味深长的眼神，何之舟望向许奕臻明显想要岔开话题，“你们买的什么？”

看着何之舟这明显害羞的模样，何念棠已经不需要什么答案了，撞了撞何之舟的肩膀，满意地点点头：“哥，你终于长大了。”

许奕臻立刻笑得很放肆，看着何之舟的目光也盛满了欣赏，附和道：“确实长大了。”

何念棠不能凶，何之舟立刻白了许奕臻一眼，摆上了长辈的样子教训着：“你怎么跟哥说话的！”

年关将至，期末考试成绩也陆陆续续出来了，班群里刚通知计算机考试成绩下来了。

钟灵深呼吸了一口气，该来的事情始终都要来，躲也躲不掉。

郑重地拿出手机，钟灵带着前所未有的虔诚划开了手机屏幕，默默地闭上了眼睛默念了几句保佑，然后点开了查询。

62分！

钟灵惊呼起来，直接站了起来，双手朝着天空张开双臂，仿佛是在汲取天地之精华。

自己乐呵完了，钟灵第一个想要通知的人就是何之舟。她整颗心全部都沸腾起来，当年满分都没能让她这么兴奋。

而另一边何之舟看着显示为红色的成绩，在一堆接近满分的成绩堆里，这个成绩格外刺眼。

何之舟倒是很平静，这也算是如他所愿，他截了个屏想要去安慰钟灵那颗受伤的心灵。

“我计算机及格了！”

图片发出去的同时，何之舟就接收到了钟灵的信息，他恍惚了一下，仿佛做梦般地看着钟灵的消息。

这个世界太玄幻了！

“你挂科了？”钟灵的惊讶不亚于何之舟知道她没挂科，她首先想到的是系统问题，“是不是评分系统出错了？”

何之舟还是清楚怎么回事，不过他关心的是钟灵：“你成绩怎么回事？”

“平时成绩应该是满分。”钟灵只能想出这一个可能，“刚刚过及格线两分。”

何之舟的心脏受到一百点的暴击，好像有口气提不上来了，现在想起在交卷之前自作聪明地改了两道选择题……何念棠总是吐槽他的情商，现在看来他还需要重新估测自己的智商。

“你还好吧？”看着电脑屏幕上大片空白，钟灵有些害怕一向骄傲的何之舟承受不了这样的打击。

“还好，这次没过下次也肯定能过。”只是需要静一静，何之舟揉了揉眼角，“很晚了，你也早点休息。”

何之舟关了电脑，也没有别的兴致，他现在只想早点脱离这魔幻的现实。

“哥。”何念棠的声音突然在门外响起，声音还夹杂着几分不知名的担忧，“你还好吧？”

即使已经跟何之舟说了晚安，钟灵还是担忧不已，就通知何念棠要去安慰一下何之舟，于是何念棠就知道了她那优秀的哥哥在大学第一次考试中挂了科。

何之舟拉开门，看着妹妹，好笑道：“怎么了？”

何念棠从何之舟的肩膀下闪身进到房间里，看着房间里电脑都关了，现在才九点多，以往这个时候何之舟的夜生活才刚开始。

种种现象都告诉她很异常，何念棠语带悲伤，语重心长道：“人生就像心电图，有忽高忽低的频率，如果都是一路平坦，只能证明人生已经over（结束）了。”

何之舟蹙起眉头，这不像是何念棠的风格。他盯着何念棠，疑惑道：“今天不走山大王的风格了，开始灌鸡汤了？”

“哥，没关系的。”何之舟现在所有的反应在她眼里都是强颜欢笑，何念棠踮着脚拍了拍何之舟的肩膀，“你放心，无论发生什么事情，你都是我的哥哥。”

何之舟轻弹了一下何念棠的脑门：“到底怎么了？”

“听说你挂科了？”看着何之舟一脸迷茫的样子，何念棠还是揭开了何之舟的伤疤。

听说？何之舟又觉得自己中了一枪，听谁说的根本也不要猜了。

“哥。”何念棠双手在何之舟眼前摇晃着，召唤着何之舟出走的神志。

“我没事。”何之舟原本没在意，可是现在快被人安慰出事了，他按住何念棠的肩膀，轻轻地将何念棠推出门外，“哥保证，明天早上你一定还能看见你亲爱的哥哥安然无恙。”

第五章
他也是个胆小鬼

在钟灵日日期待中，终于等来了开学的喜讯，所有人都沉浸在还没玩够的遗憾中，只有她美滋滋地起了个大早，在镜子前换了几身衣服，将自己打扮得美美的，因为马上就要和何之舟见面了。

“妈，我走了。”钟灵背着背包和行李箱出门时，朝着厨房打了声招呼。

以往开学都是她一个人去，就算钟母和她一同顺路，也从不捎带着她，美其名曰：培养你独立自主的能力。

这一次，钟母却放下手中的家务，一个箭步来到钟灵的身边，顺手拿走了行李箱：“我送你。”

“妈，不沉。”钟灵只当母亲口中的“送”是送到楼下，仍乐呵呵着。只有在放假前几天和开学的时候，母亲才会完全释放母性的光辉，把她当成小公主伺候。

“我今天没什么事。”钟母走到钟灵的前面，随口道，“顺便把你送到车站。”

不是吧？钟灵瞳孔猛地一缩，似乎受到了惊吓，她和何念棠已经约好了，这怎么可以？

钟灵立刻走到钟母面前试图拿过行李箱：“不用，不用，我坐公交车就好了。”

“我送你。”由不得钟灵拒绝，钟母拖着行李箱就向前走。

“我和同学约好了。”钟灵克制住自己想抢行李箱的举动，在钟母的旁边游说，“我怕他们不好意思。”

准确地说，是怕何之舟不好意思。

“又不是没见过。”钟母可是见过大世面的人，一个眼神她都知道钟灵打的什么算盘，“我也很久没见他们了，正好见一面。”

“谁……谁啊？”钟灵干笑着，嘴角都僵住了。

“你说谁？”钟母反问，一个眼神扫过去，瞬间就将钟灵扫得一个激灵。

在去车站的路上，钟灵连忙发信息给何念棠，这情景就和上课看见老师来了提醒同桌是一样的性质。

“炸炸，我妈送我去车站了。”

“教导主任？”何念棠对钟母印象深刻，她可是被抓包了好几次呢，难免有些心虚，“那，我们要躲一躲吗？”

“我妈知道是你们在等我。”钟灵欲哭无泪。钟母做了那么多年的教导主任，对他们这一年龄阶段的人了解得非常透彻。

“那……那我们准备准备。”何念棠瞬间有种上课被老师提问的紧张，而且是在她没预习的情况下，那种回到中学的紧张感立刻席卷全身。

“好。”

二十几分钟的路程，钟灵非常煎熬，望着钟母欲言又止。

“你想说什么？”被钟灵盯了一路，钟母斜斜地望了钟灵一眼。

“没。”钟灵立刻摆摆手，所有的挣扎一瞬间烟消云散。

车子停稳，钟灵就迫不及待地推开车门。

一下车，钟灵就像是享受到了总统般的待遇，她愣在原地，看着前方的三人队伍。

以何念棠为首，三人按照身高从左到右依次笔直地站着，三人并没有因为钟灵下车有任何异样，眼神全都看着驾驶座的那扇门。

这也太夸张了吧！钟灵直接傻了，在一旁呆若木鸡。

钟母姗姗下车，看见那三人的阵势，并没有如钟灵一般惊讶，平静道：“都到了。”

“老师好。”三人慢慢走到钟母面前，尊敬地点点头。

一旁的钟灵僵笑着，这一对比显得她多没气势，果然无论毕业多久，你教导主任永远还是教导主任。

“新学校都适应了吧？”钟母自然知道他们都在什么学校，“学习都怎么样？”

“还不错。”何念棠和许奕臻乖巧地点点头。

只有何之舟没有回答，只是抿着唇点了点头，就这么一瞬间他又想起了他那可怜的计算机成绩。

“你们都是优秀的学生。”当了那么多年的教导主任，钟母很少夸奖人，这会儿难得柔和起来，“继续加油吧。”

在一旁无人问津的钟灵从后备厢拉着行李箱走过来，何念棠立刻用胳膊肘碰了碰何之舟，何之舟立马上前。

何念棠满意地点了点头，何之舟总算有点进步了。

钟母看着拉着行李箱的两人，没有制止，就算她再怎么不愿意承认，钟灵都已经长大了，而且何之舟很好，毕竟也算是她看着长大的孩子。

“那老师我们走了。”许奕臻礼貌地笑着，发车的时间快到了。

“去吧。”钟母嘴角有丝不易察觉的笑容，最后叮嘱道，“小心点。”

何念棠舔了舔嘴唇，在转身离开之前，朝着钟母深深地鞠了一躬，趁着脸红之前匆忙转身：“老师，您辛苦了。”

钟母愣了一下，她对何念棠印象很深刻，毕竟何念棠是近几年最励志的学生，也是她挂在嘴边的榜样。

望着四人的背影，钟母的视线模糊了一下，她擦了一下眼角，真是年纪越大就越感性了。

开学第一件重要的事便是体育选课，网站开放选课已经进入了倒计时，所有人都坐在电脑前跃跃欲试，准备着与时间赛跑。

“同志们，请注意！”萧苒看着电脑上屏幕显示的时间，那双眼睛就快要钻进屏幕里了，“还有最后一分钟。”

“收到。”

全宿舍进入一级戒备状态，因为之前没有经验的事情，上学期的体育课她们一宿舍都成了健美操的学员，偏偏老师还非常严格认真，她们一学期都活在被体育老师支配的恐惧中。

其他三个人的电脑页面都是选课的状态，只有钟灵的还是聊天界面。上学期的体育课，何之舟选的是篮球课，在她健美操课的旁边。

何之舟身材颀长，一表人才，再加上高超的篮球技术，分分钟就成了焦点人物。每每这个时候，钟灵都恨得牙痒痒，她不但要忍受一大堆女生望着何之舟，还要做出毫无美感的健美操舞蹈动作。

不过，这一次，钟灵已经有了计划。

鼠标放在与何之舟的对话框窗口抖动的图标上，钟灵的眼睛一眨不眨地盯着电脑屏幕，等待时机。

“伙计们，冲啊！”

随着萧苒的一声令下，键盘声啪啪响起，钟灵控制鼠标抖动窗口，每隔几秒就按一下，她嘴角泛起了一丝得逞的喜悦。

“乒乓球抢到了！”

“排球，耶！”

热门的体育课程一分钟不到就会被抢完，钟灵估摸着时间差不多了，才停止发动抖动。她发过去一句话：“嗨，你在吗？”

另一边，孔彦宇抢到了篮球课，立刻转身关心起何之舟：“你抢到没有？”说着凑近看何之舟的进展，却看见何之舟的电脑都快成脑震荡了，惊讶之余说话都不利索了，“你……你电脑发神经了？”

发神经的不是电脑，是钟灵。何之舟面无表情等待着抖动停止，接着钟灵的信息就跳了出来，他没着急回复，斜斜地看了一眼孔彦宇：“看完了吗？”

“完了。”孔彦宇笑得意味深长，瞬间就捋清了前因后果，拍了拍何之舟的肩膀，“好好聊。”

“在。”何之舟也不再挣扎了，篮球课早就没了，他现在只能看钟灵打的什么算盘了，“怎么了？”

“嘿嘿！”钟灵笑得一脸憨厚，隔着屏幕她都能想象何之舟黑成炭的臭脸，越想笑意便又扩大了几分，“要选课了，我怕你不知道选课，想提醒你一下。”

“那还真是有劳你费心了。”钟灵那点小心思尽人皆知了，何之舟也不揭穿，给钟灵充分的发挥空间。

“应该的。”钟灵将自己的目的娓娓道来，“你要选什么课？篮球课好像满了呢，太可惜了。”

“那麻烦你看看还有什么。”既然钟灵已经把话说到这个份上，何之舟觉得如果再辜负钟灵的一片苦心就太残忍了。

“还有体育舞蹈和健美操。”选课之前，钟灵早就做好了调研，体育舞蹈是唯一一个男女搭配的体育课。

她搓了搓手，一脸娇羞地回复道：“我上次学的健美操，毫无美感可言，而且男生几乎没有。”

何之舟嘴角一抽，他在体育课上也见识过健美操的魅力，他实在是驾驭不来：“那就选体育舞蹈吧。”

“好。”铺垫了那么长，终于得到了想要的话，钟灵喜不自胜，毫不犹豫地选了体育舞蹈。

除了学习，钟灵所有的脑细胞，都被用在了征服何之舟这个庞大的工程上。

和何之舟一起上公共课，已经满足不了钟灵，上课的时候何之舟自动开启“上课勿扰”模式，他们可是零交流。

于是，在新的学期里，最让钟灵期待的就是每周两节的体育舞蹈课，不仅能和何之舟见面，而且还可能有肢体接触，想想就很激动。

盼星星盼月亮，周三的体育舞蹈课终于在钟灵的期待下如约而至。

“伙伴们。”钟灵娇羞地拉了拉身上的小裙子，在宿舍转了一圈，“美不美？”

尽管春天已经来了，但天气还没有彻底回温，时不时地刮一阵小阴风。钟灵上身穿一件米黄色毛衣，下身是打底裤和短裙，这身衣服穿出去注定会在寒风中瑟瑟发抖。

“好看是好看——”萧苒看着毛衣，眉头皱了起来，“但是，你这毛衣不透风吗？”

“对呀。”李雁看了一圈，点头同意，“毛衣都是由透风的孔构成的，会很冷的。”

“我里面穿了好几层。”钟灵撩开毛衣，“而且我现在心中可是燃着一把火，肯定不冷。”

“人家都是去上体育课，只你一个人是奔着约会的目的去的。”萧苒佯装嫌弃道，“羞不羞？”

“不羞。”钟灵兴奋地搓着小手，眼神透露着一股狼性。

萧苒捂住自己的胸口，表示受到了惊吓：“我以前是担心你羊入虎口，现在我觉得何之舟才是那只羊。”

“这都被你发现了。”钟灵在镜子前转了一个圈，自我欣赏一番，“走了，姐妹们为我加油吧！”

“加油，祝你早日革命成功。”三人异口同声。

“你来这么早。”看见何之舟，钟灵一路小跑，像是仙女下凡般飘到了何之舟的面前。

“你这是……”何之舟看到钟灵的衣着，毫不意外地皱起了眉头，“回去换衣服。”

“我里面穿很多。”钟灵哭笑不得，为什么何之舟在意的重点那么不同?

快点夸我美！钟灵在心中大喊。

“那也冷。”何之舟揪起钟灵肩膀上的衣服，半拖着钟灵，“时间还够你换身衣服。”

钟灵期待的肢体接触就以这样的形式提前出现了，但是和她想象的差别也太大了点吧。她还在为小裙子垂死挣扎：“我真的不冷。”

何之舟犹豫了一下，眼神就捕捉到有男生的视线落在钟灵身上，心里也立刻不舒服，连带着脸也垮了几分，他没精力想这些情绪的由来，全心全意地给钟灵洗脑道：“你冷。”

再次穿上肥大的棉衣时，钟灵的内心除了挣扎还夹杂了一丝复杂，准备了那么久没想到一瞬间就被打回了原形，而且还是何之舟亲自将她打回的原形。

不能想，不能想，钟灵晃了晃脑袋，太委屈了！

看着包裹成一团的钟灵不情愿地从宿舍楼出来，何之舟才满意地点了点头：“这才像话。”

钟灵却再也笑不出来，好不容易脱离了母亲的管束，没想到何之舟接管了这项任务，一想到春天要穿成熊，她便失去了所有的期待。

“同学们，今年的体育课是我带……”

体育老师是个中年男子，没有啤酒肚，那柔软的身形一看就是练过的。

钟灵却无暇欣赏，方才男女分成两队，何之舟和她相隔了万里，她现在正努力地透过层层屏障去看着何之舟的盛世美颜。

选择体育舞蹈课的同学，男少女多。钟灵看着庞大的女生群体，已经做好了抢人的准备，她惦记那么久眼看着要煮熟的鸭子可没道理落在别人的盘子里。

“我们所学的体育舞蹈和拉丁舞有异曲同工之处，都是男女搭配的舞蹈。”体育老师先进行了简单的介绍，“所以我们开学第一课，首要任务是挑选自己的舞伴。”

有人欢喜有人忧，不少女生已经有了小姐妹，自然是不愿意和男生组队。可是钟灵眼睛发亮，她做了那么久的准备，终于要迎来收获的季节了。

“我们班女生很多。”老师环顾了一周，“接下来交给你们自己，男女生进行互选，剩下的女生就只能遗憾地和女生搭档了。”

体育老师话落，钟灵就率先朝着男生的队伍进攻，穿越人群挤到何之舟的身边。

所有人都惊呆了，在这个男生应该主动的环节，谁也没想到最先主动的是一姑娘。

钟灵倒不在意别人的目光，对体育老师说道：“老师，我选好了。”

体育老师满意地点着头，对钟灵异常欣赏：“不错，你们都要向这位女生学习，不要害羞。”

何之舟自然知道钟灵打的算盘，由着她来。但在看见钟灵的笑容越发放肆之后，他终于忍不住出声：“你笑得太开了，收敛一下。”

钟灵努力地绷住，但还没坚持三秒就彻底破功，眼睛再一次眯成了一条缝。

何之舟似乎无可奈何地看向别处，在钟灵看不见的地方，眼睛里的愉悦便偷偷地跑了出来。

不一会儿，所有人都挑选好舞伴，准备就绪等待老师发话。

“请各位同学记住你们舞伴的脸，下一次可不要两个人面面相觑，像陌生人一样。”老师调侃了两句后回归正题，“这节课我们先学习一些基本的动作。”

钟灵微微侧头望了望何之舟，却只看到他的肩膀，他的高度对她来说似乎有一点高。

“现在两个人面对面，女生的手搭在男生的肩膀上，男生的手搭在女生的后腰处……”

钟灵伸出自己的手略微艰难地搭上了何之舟的肩膀，接着朝何之舟粲然一笑：“我们这身高可是标准的情侣身高哪。”

何之舟绅士地将手搭在钟灵的腰上，与钟灵靠得这么近，他不得不微微低着头，才能看见钟灵的发顶：“你把‘没脖子’说得还蛮动听的。”

一米八和一米六七差正好就是一个脖子的长度，几天不见，何之舟可真是越来越“会”说话了！

钟灵张了张嘴巴没说出话来，以前何念棠吐槽何之舟毒舌时，她还不以为然，现在已经充分见识到了。

钟灵这才发现自己手脚不协调，跟着老师数的拍子，竟然会时不时地踩一下何之舟的鞋子。

何之舟和大多男生一样，是典型的“你可以踩着我的脚亲我，但不能踩着我的鞋亲我”的类型，看着白鞋上一个个黑色的脚印，心里像是被一万只猫挠了般。

何之舟迫使自己的注意力从鞋子上移开，视线一下子撞上钟灵那张脸。

“以前没发现，现在来看你的脸真跟水蜜桃有一拼。”

钟灵刚刚还在担心脸上残留着不明物体，这时立即乐开了花：“哪有，我最近老熬夜，我皮肤都差了很多……”

“我不是说肤质。”何之舟一本正经地迈着小碎步，靠近钟灵一小步，眼睛眯了眯，揶揄道，“我是说，真的有绒毛。”

有绒毛！

钟灵的笑容僵持在脸上，愤怒之余，脚再次踩到何之舟比脸还白的鞋上：“是吗？”

看着有好几个黑印子的鞋子，何之舟只能言语攻击：“没想到你不但头脑简单，四肢还不发达。”

闻言，钟灵又是一脚，眼睛瞪得如同黑猫警长那般：“这都让你看出来了。”

何之舟小半生修来的毒舌功力完全展露，分分钟引爆钟灵体内的暴力因子，以至于她时常忘记了温柔。

进入大学，钟灵脱离了钟母的管束，翻身成主人。作为懒癌晚期患者，她的大学生活可以用一句话总结，看见何之舟时动若脱兔，独自一人时静若处子。

何之舟并不喜欢在校园闲逛，所以在没课的周末，钟灵基本在躺尸，没有何之舟的世界一点都勾不起她的兴趣。

萧苒抱怨了半天食堂太远，最终还是受不住美食诱惑，艰难地从被窝里爬出来，打算出去觅食，其余两人也轻轻地收拾东西准备去浪。

钟灵无力地翻个身，窗外的光透过窗帘洒在她的脸上，唉，注定又是一个无聊的周末。

钟灵拉了下窗帘，漫无目的地向楼下瞥了一眼，两米多宽的路上只有一个人的身影，了无生趣的她又一下子瘫软在床上，如死鱼一般。

一米八的身高，偏瘦的体形，和何之舟相似的穿衣风格……钟灵脑海中浮现刚才随意瞥到的身影，思想聚拢的同时她虎躯一震，学校里有这样的人物，哪怕是背影相似也难逃她的法眼。

“所以真相只有一个。”刚刚还在闭目养神的钟灵眼里突然迸出一发发冷箭，她腾地起身，眼中燃起了大片怒火，“何之舟！”

钟灵简单粗暴地套了件外套，抓了两把头发，不一会儿就已经站到了镜子前。

还在慢吞吞地收拾自己的萧苒被钟灵吓了一跳，她恐慌地问：“你你……你要干吗？”

“去找何之舟。”钟灵抬起头皮笑肉不笑地盯着镜子里的自己，何之舟最好不是去见什么小姐姐了，不然……

尽管心里的好奇已经达到了顶峰，可是钟灵一看到何之舟，还是非常㞞地缩着脑袋尾随在他身后。

我要人赃俱获才能定你的罪。钟灵在后面边走边安慰着自己。

何之舟在心里又叹了一口气，钟灵拙劣的演技和“感人”的智商总是让他无言以对。早在钟灵出宿舍楼的时候他就察觉到了，用脚趾想也知道那个神奇的不明生物非钟灵莫属，毕竟明目张胆地跟踪的除了她再无第二人。

还认为自己瞒天过海的钟灵不知不觉地缩小着距离，在她以为小姐姐马上要出现的时候，何之舟却毫无预兆地踩了急刹车。

“好险。”零点几秒的反应时间，她就已经蹲在地上假装系鞋带，钟灵平复着那颗快要跳出来的心脏。

本来想着躲过一劫，钟灵在看到何之舟的脚尖时暗道不好，无奈之间她只好把戏做全套，可等她准备扯开鞋带时发现了一个异常尴尬的问题，谁偷了她的鞋带！

早上着急出门的钟灵自然不会浪费系鞋带的时间，所以穿了双一脚蹬，她头皮发麻地看着前面那双丝毫没有移动意思的脚，大脑一片空白。

何之舟努力地控制住自己上扬的嘴角，看了看手表还有十分钟，不耽误他看个结局。

“啊，原来是一片叶子，我还以为是一块钱。”钟灵脸不红心不跳地看着地上那片绿得发亮的叶子说。

“别那么大声。”何之舟抱着胳膊俯视着钟灵，“你脑残我一个人知道就好了。”

被发现的钟灵也懒得争辩了，正大光明地张望着可能和何之舟相见的姑娘：“你来找人吗？”

“找什么人？”时间紧迫，何之舟开门见山地说，“我是来考试的。”

“怎么可能，才开学哪里有什么考试，再说你有考试我会不知道？”倒不是钟灵自大，凡是和何之舟有关的事情她比自己还上心，就连课程表她都是先背会了何之舟的。

“计算机补考。”何之舟看着义正词严的罪魁祸首，冷冷地说，“您不会忘了吧？”

脑容量不够的钟灵想了好久才想起了这一茬，揉了揉眼角，在感受到眼角不干净的固体时，立刻转过身去，她竟然没洗脸就在外面招摇了那么久，还是在何之舟的面前。

“不进去坐坐？”看着钟灵突然找回记忆，何之舟调侃道。

“不了，我没有坐坐的资格。”钟灵心情大好地冲何之舟摆摆手，这下可以去安心地补觉了，“毕竟我一不小心考了62分。”

何之舟看着那嚣张的背影无奈地摇摇头，转身迈进教学区。计算机补考的人好像只有他一个，也是创造了选修课挂科的纪录，所以他待会儿面对的可能是一个监考老师监考一个学生的尴尬情景。

从大学开始，何之舟的人生中就横空出现了很多意外，而二分之一的源头都有一个相同的名字——钟灵。

除了没有和何之舟一个班级，钟灵对大学的生活还是很满意的，在这里她的天性得到了最充足的发挥，就连何念棠都说她从学霸切换到全能霸了。

天气逐渐回温，树木变得葱绿，转眼之间夏天就来了。

“你在哪里？”图书馆里，刚完成作业的钟灵慌不迭地发着信息。

“宿舍。”何之舟坐在椅子上，宿舍的人都喜欢出去学习，他很喜欢自由的环境，宿舍就是最好的选择。

“图书馆的温度调得有些低。”钟灵穿着长裙，但是露着的脚踝一点庇护都没有，她边和何之舟发着信息，边收拾着课桌上的书，“我要回宿舍了。”

何之舟那边依旧只有一个字：“好。”

刚和钟灵发完消息，孔彦宇的头像就闪了出来：“之舟，外面下雨了，你快把窗户关上。”

何之舟才将视线移到窗外，果然方才还是晴空一片，现在已经乌云密布了。

夏天的天气，孩子的脸，说变就变。

关好窗户，何之舟也没学习的心思了，所有的心思都停在钟灵回宿舍的消息上，拿起雨伞就出了门。

而站在图书馆的钟灵一脸蒙，刚刚才艳阳高照，这会儿暴风雨怎么就来了？

钟灵立马就伸手朝着包里伸去，昨天萧苒发神经拉着她去阳台上夜观天象，望着漆黑的天空卜了一卦，说今天有雨。

钟灵只当萧苒发神经，随着附和了几声，可是谁知萧苒竟然当了真，偷偷地往她的包里塞了一把伞，今天她坐在图书馆里摸到这个圆鼓鼓的不明物体，内心是无比拒绝的。

刚想拿出伞，钟灵却突然想起和何之舟说自己要回宿舍，随后将伞放回包里，不知道何之舟会不会英雄救美？

钟灵看着手机上太阳的形状还霸道地占据着实时天气表上，一阵唏嘘，现在相信天气预报就跟赌博似的。

手机只有一条提示好友生日的系统信息，钟灵叹了一口气，天上下红雨都比何之舟那个榆木疙瘩的脑袋开花概率大。

隔壁系的系花从钟灵面前一闪而过，穿着漂亮淑女装的系花在雨幕中狂奔，那刘翔式的跨栏彻底地暴露那颗汉子的心。

“哇，好猛。”闲情逸致赏着雨的男生一动不动，一脸佩服地看着溅起的水花感叹。

是理工科的无疑了，跟何之舟一样的情商。钟灵在心里吐槽。

只能靠自己了，钟灵正准备打着伞散发自己淑女气质时，突然一瞥就看见何之舟撑着一把伞悠悠走了过来。

演技在线的钟灵立刻忧郁得如同巷子里的丁香姑娘，抬起柔弱无骨的胳膊：“天哪，雨怎么这么大！”

旁边的理工生的嘴里可以塞下一枚鸡蛋了，一旁的钟灵还在全身心地投入表演：“这怎么回宿舍，有没有人可以捎我一段哪？”

何之舟倒是没有到聋的地步，原本就是来接钟灵的他望了钟灵一眼，丝毫没有停下来的打算。

钟灵卖力的表演只赢得何之舟一个不为所动的冷笑，外加带着看智障的眼神，她当下就加大了声音：“好大的雨啊！”

可惜何之舟最终还没有回头。

钟灵看着越来越远的背影，狠下心豪迈地冲进雨幕里，人未到声先到：“我就看着像你，没想到真的是你呀，何之舟。”

何之舟低下头看着伞里的不速之客，不知道最近是怎么回事，他很喜欢逗钟灵，看见钟灵智障的表演心里总是升起一股变态的成就感。

尽管心里乐开了花，但是何之舟的表情仍纹丝不动：“现在确定了，所以可以出去了吗？”

“你看看这伞，一看就是为两个人量身定制。”钟灵瞅了瞅深蓝色的伞柄，笑眯眯道，“你刚才不是说是在宿舍吗？不会是专门来接我的吧？”

何之舟否认道：“有些事就出来了。”说着低头看了一眼钟灵，“怎么办？我们似乎不顺路呢？”

钟灵选择性装聋，嬉皮笑脸地感叹着：“哇，好大的雨。”

何之舟难得地没拆钟灵台，轻轻“嗯”了一声表示同意。

一看何之舟没反驳，钟灵反而不习惯了，按照以往的惯例，何之舟都要拿出全部实力拆台，于是话还没经过脑子，就从嘴里吐了出来：“你竟然没反驳，我还以为你要跟我一决雌雄？”

“我对自己的性别还是有自知之明的。”何之舟已经对钟灵乱用词语的事情习以为常，自从钟灵上了大学之后，就将所有的语文知识还给了高中老师，他望了钟灵一眼，将手里的伞递到钟灵的身前。

“送你的‘费用’。”看着钟灵疑惑的表情，何之舟解释道，“帮我撑伞。”

在看到何之舟一副理所应当的表情时，钟灵就放弃了抵抗的天真想法。她已经对褪下绅士外衣的何之舟见怪不怪，乐天派的她对这种特殊对待喜出望外，这分明就是何之舟把她当成自己人了！

一路上，钟灵踮着脚配合着何之舟的身高，像开了外挂一样，每一脚都精准地踩到水洼里，走到女生宿舍楼的时候，何之舟那双惨白的鞋子上终于有了些许烟火气。

“你现在可以出去转转，说不定还可以踩到狗屎运。”何之舟看着惨不忍睹的白鞋子，以后和钟灵在一起他还是不要穿白鞋了。

一男一女，郎才女貌，很快成为宿舍楼前的一道风景，引来无数人的关注。

钟灵感受到各路投来的嫉妒的眼神时喜不自胜，狗腿子似的讨好："是是是，您说什么都是对的。"

何之舟接过钟灵递过来的伞，他现在迫不及待想要回宿舍刷鞋："走了。"

钟灵还站在原地傻傻地笑着，望着何之舟挺拔的身影，她脑洞异常地想现在要不要散布点谣言，然后贿赂点水军来把他们的热度炒上去。

钟灵还一脸徜徉地享受在自己构造的美梦中，不知所以然的路人看着这诡异的一幕，找了个离她最远的路线走了。

去上课的路上，钟灵遇到了韩路宁，两人聊了几句话，然后韩路宁冲她挥了挥手："拜拜。"

自从把话说明白之后，两人相处很是自然，钟灵也是豪爽的性格，和韩路宁的性格很是契合。

韩路宁前脚离开，钟灵就看见迎面走来的何之舟，眼睛瞬间散发出无数光芒："何之舟！"

钟灵的一声呼喊，所有的视线不自觉地朝着何之舟的方向看去。

被视线包围，何之舟已经习惯了这样的待遇，走到钟灵的身边："嗯。"

"也没什么事情。"钟灵不好意思地挠了挠头发，反而不知道该说些什么，"就是想叫一下你。"

“我知道。”何之舟点点头，脸上已经温柔了几分，看着钟灵散落到两颊的头发，手放到了裤兜里，“你头发落下来了。”

“嘿嘿！”钟灵憨笑了两声，眼睛已经眯成一条线，将头发捋到了耳后。

何之舟清咳一声，视线从钟灵脸上移开：“那我先去上课了。”

“好。”

“喂，我说。”孔彦宇是典型的瞎操心的代表，看着两人的互动，碰了碰何之舟的胳膊，“哥们，你还要没有名分地跟着人家多久，不会等着人家给你告白吧？”

方才看见钟灵的好心情一下子被孔彦宇破坏，何之舟望了一眼孔彦宇，用眼神说明了自己的不开心，示意孔彦宇停止说话。

但是孔彦宇岂是轻易就罢休的人，被何之舟一扫，心里的愤懑更加浓烈了：“怎么，还不让人说了？”

何之舟假笑一番，瞬间就加快了速度。

“你也是个男子汉……”加快速度让孔彦宇的气息不稳，但是拼着喘不上气的风险，他还在嚷嚷着，“怎么害羞得跟个姑娘一样？”

好想拿只臭袜子把孔彦宇那张嘴堵上。何之舟的脸再次变了一个颜色，可是孔彦宇仍旧喋喋不休，丝毫没有停下的打算。

上课铃声响起，孔彦宇才意犹未尽地闭上嘴巴，最后还恨铁不成钢地看了何之舟一眼，给出最后的警告：“且行且珍惜。”

讲台上老师声情并茂地讲着，何之舟难得跑了神，所有的心思都围绕着“钟灵”两个字展开。

不知何时起，钟灵对自己的影响越来越大，不经意间钟灵的喜怒哀乐已经可以轻易地影响到自己了，何之舟出神地想着。

也许，是喜欢她的吧？何之舟抿了抿嘴唇，不知道为什么曾经坚定将钟灵当作朋友的笃定变得充满不确定性。

那，钟灵的喜欢到底是哪种？水笔在何之舟的大拇指与食指之间转着，他的眼睛望向窗外，心思飞出了教室。

他们现在的相处模式很舒服，就算是真的确定了自己的心思，何之舟也并不会立刻告白，他没有多少自信维持这样的氛围，他也是个胆小鬼，害怕很多事情。

所有的事情涌上心头，何之舟有几分颓废，他有那么多钟灵不知道的缺点，那些不知名的小嫉妒、莫名的小情绪会控制不住地跑出来，他怕让钟灵感到失望，更害怕不小心伤害到钟灵。

再等一等，何之舟深呼一口气。

等他变得再成熟一点，等他再勇敢一些，等他彻底地明白喜欢的意义。

窗外的世界被太阳笼罩，树枝轻轻晃动给夏天带来一丝凉意，温度还在不断地上升。在同学们的抱怨声中，期末考试已经进入了倒计时。

第六章
我是一匹好人

“哥，我进来了。”

一到暑假，何之舟就喜欢宅在家里。何念棠刚说完这句话就毫不客气地打开了门，拿着冰激凌走了进来。

何之舟从电脑中抬起头来，看了眼何念棠的手中，确定没有给他准备的另一个，他的小情绪顿时就上来了：“你知道雪糕有多少卡路里吗？”

何念棠刚开始的时候，整个人对他小心翼翼言听计从，这还没多长时间，他就已经失宠了，地位已经快和许奕臻平起平坐了，甚至偶尔许奕臻还在他的上面。

“吃胖了怎么啦？”何念棠又咬了一口冰激凌，做出一副享受的样子，“许奕臻他说就算我胖起来也很可爱。”

何之舟被噎了一下，当他什么也没说。

“哥，在家里窝了那么长时间。”何念棠醉翁之意不在酒地扯着话题，在何之舟耳边旁敲侧击道，“你知道开学最重要的事情是什么？”

何之舟无奈地闭了闭眼睛，将椅子转了一圈，看向何念棠：“我记得。”

从暑假放假的那一天开始，何念棠时不时地问一句，这已经不知道是第几次了。

“你可是有前车之鉴的惯犯。”何念棠直勾勾地望了何之舟一眼，那眼神全是防备。

事情要追溯到上一年钟灵的生日，何念棠想带着何之舟给钟灵准备礼物，何之舟却一脸信誓旦旦地说已经准备好了。何念棠还沉浸在一阵欣慰中时，钟灵就发了一条朋友圈，晒出了所有收到的礼物。

第一张图片就是一个大红色的笔记本，何念棠顿时有种不妙的感觉，立刻去质问何之舟：“你送给灵灵的礼物是什么？”

“笔记本啊。”何之舟还大言不惭，“她说很喜欢。”

那一刻，何念棠就有种想砸开何之舟脑袋的冲动：“生日送笔记本，你怎么不送三年高考五年模拟？”

“高考过了，用不到了。”何之舟还一本正经地解释着礼物的缘由，“笔记本就不一样了，什么时候都可以用。”

为了防止何之舟再次送出奇葩的礼物，何念棠决定这次必须强势插入到送礼物的环节：“这次你打算送什么？”

看着何念棠严肃的脸色，何之舟一下子便谨慎了起来：“你有什么好建议吗？”

何念棠的脸色以肉眼可见的速度柔和了下来，咬下最后一口冰激凌，将链接甩给何之舟：“对女生来说‘包’治百病，买包。”

钟灵又没病。何之舟在心里小小反驳一下，表面却还附和着：“好主意。”

何之舟在电脑上打开何念棠发来的链接，他看了一圈，觉得都没有上次他送的本子有价值。

看着购物车里五颜六色的包，何之舟的审美系统彻底崩塌，到底哪一个好看？

本着尊重收礼物人的感受，何之舟决定和钟灵聊聊，没准就套出了什么。这么一想，他就立马点了一下钟灵的对话框："有时间吗？"

"有。"钟灵的信息马上弹了出来。

何之舟也不想问得太明显，斟酌着字句问道："最近有个表姐过生日，想送件礼物，你有什么好的建议吗？"

钟灵在大脑搜寻了一圈，何之舟有一个姑姑，膝下只有一子，哪来的表姐？以她对何之舟的人际关系的了解，三秒之后她就断定何之舟在撒谎："每个女生都不一样的。"

何之舟面上一喜，仍不动声色地问道："比如你呢？有没有喜欢的东西？"

"有啊。"钟灵显然不和何之舟在同一频道上，张口就来，"你啊！"

何之舟的脸瞬间烫了起来，他拿起手边的水杯喝了一口，盯着屏幕来回看了几遍，最后联系了一下上下文："你是在骂我吗？"手指在键盘上快速移动，"我是说东西！"

钟灵似乎思考了一会儿，过了三秒之后才回复道："钱算吗？"

钱？何之舟的嘴角抽了抽，如果他送这么实际的东西，何念棠绝对要拿着刀追着他砍了。

彻底地放弃从钟灵嘴里得到有用的信息的可能性，何之舟决定还是单刀直入比较好，瞬间将何念棠发的链接给钟灵甩了出去：“你觉得哪个好看？”

何念棠挑的正好是当下最流行的款式，是这个年龄段不能拒绝的样式。

可惜的是钟灵并不知道是买给自己的，眼睛转了几个圈圈，心里那一丝小嫉妒跑了出来，给何之舟说了一个最不符合她审美的。

“好。”何之舟倚在椅子上，这次应该不会再出错了，算了算还有几天就开学了，索性就下单订了下来。

开学就是大二了，钟灵还没体验被人叫学姐的威风，反而开学时的迎新就快要了她半条小命。

接新生，讲报名流程，办各种手续。

而何之舟为了提防小学弟近钟灵的身，全天都跟在钟灵身边寸步不离，时时刻刻监视着钟灵的一举一动，唯恐再意外出现第二个韩路宁。

所有的重活何之舟抢着干，钟灵的小心思也在小学妹身上，看看在哪个女生面前何之舟最殷勤，她也好做好准备。

“我去趟厕所，你在这儿等我一下。”钟灵将红色志愿者标识的帽子递给何之舟，再三警告，“不要乱跑。”

“知道了。”何之舟点点头，看着疾跑的钟灵，在后面皱着眉头安排着，“慢点……”

“请问……”一个女生在环顾一周之后，慢慢地靠近何之舟，“二号女生宿舍楼在哪里？”

何之舟转过身就看见一个短发的女生站在自己面前，他礼貌地笑了一下：“前面左转就可以看见了。”

女生顺着何之舟的目光，仍旧是一脸迷茫。

何之舟望了一眼已经没有踪迹的钟灵，反正离这里很近，早去早回应该可以赶在钟灵的前面。

“我送你。”何之舟接过女生的小行李箱，转身便朝着前方走去。

女生撩了一下头发，看着何之舟的背影，笑着跟了上去：“学长是什么专业的？”

“数学与应用数学。”何之舟象征地回应了两句，方才接新生时都是钟灵负责说话，他只负责拿行李这种苦力。

“我也是。”女生的眼睛亮了几分，“我叫陆慕晚，学长叫什么呢？”

“何之舟。”何之舟现在是典型的身在曹营心在汉，整个心思都在钟灵是不是在找他，不知不觉又加快了步调，“你宿舍在几楼？”

“一楼。”陆慕晚似乎心情很不错，还想开口的时候就看见何之舟停了下来。

“一楼的话我就不进去了。”何之舟将行李箱递给陆慕晚，行李箱是女生款的，不算很大，“还有人在等我，我要先回去了。”

“嗯。”陆慕晚笑笑道，目送着何之舟走远，视线迟迟没有移开，这个男生很有意思。

“啊，累死了。”回到宿舍，钟灵直接瘫软到椅子上。

“有没有看见好看的小学弟？”萧苒立刻凑上一颗头颅，

眼睛向上挑了挑。

“友尽。”钟灵噘着嘴巴，表示自己非常委屈，“你都不问下我累不累吗？”

“好，你累不累？”萧苒连敷衍的样子都没做全套，还没等到钟灵回答，立刻转移了话题，贼兮兮道，“这一届小学弟质量怎么样啊？”

“你走！”钟灵委屈巴巴地作势推了一下萧苒。

“既然你今天这么累，那我们现在就给你恢复元气。”萧苒一招手，其他两人也全聚了上来。

“小仙女，提前祝你生日快乐。”三人齐刷刷地将粉色的包装盒递了上来，“明天香喷喷地去见你的小哥哥吧。”

钟灵捂住嘴巴惊呼着：“难道是我看上很久的香水？”

“是的。”

“太感人了。”钟灵双手叠在一起放在胸前，就差泪眼汪汪了。

四人小打小闹之后，钟灵坐在椅子上想象着何之舟的礼物，一会儿就笑不出来了，因为何之舟到现在为止都没有提过生日的事情。

不会是忘记了吧？

这个想法在钟灵脑中一出现，就迅速发酵蔓延，以至于所有的心思都围绕这个可怕的想法展开，如果何之舟还记得，应该会约她，可是现在何之舟仍旧安静得不像话的情况是怎么回事？

不行。钟灵望了眼窗外的天色，她现在要隐晦地提一下，何之舟如果真的忘记了，现在准备礼物的话也不晚。

倒不是多期待礼物，钟灵在乎的是与何之舟独处的时间，如果何之舟真的忘记了，那她岂不是要错过一个亿？

“明天就是我生日了。”钟灵隔着屏幕都能感觉到大写的尴尬，在权衡一番之后，把说说设置成仅“何之舟可见”后按了发送。

按照何之舟那颗能考一百分的聪明脑袋，应该能明白她的司马昭之心吧，钟灵抱着手机纠结地皱着眉头。

“集合，庆生。”一大早，何念棠就在群里呼朋唤友，无数个表情包就在群里炸开了。

钟灵隔着屏幕都能感受到何念棠的暖心，世界上最懂她的人非何念棠莫属。

美滋滋地跑到校门口，钟灵却没看见何念棠和许奕臻的身影，她望着何之舟带着半分疑惑：“他们两个呢？”

“跑了。”何之舟一脸黑线，就在刚才何念棠和许奕臻气势汹汹地将礼物塞到他的手里，一句话也没说就走了，他扯开嗓子喊就像是在喊两个聋子一般，看着两人的背影，更是将他衬托得像个傻子。

钟灵的手机振动了一下，她打开手机就看见何念棠的温馨提醒：“送你最好的生日礼物：两人世界。”

钟灵顿时心头像抹了蜜一般，在这条追赶着何之舟的路途上，何念棠绝对是她隐形的翅膀。

何之舟清咳一声：“我的礼物在快递那里，先去取一下。”

钟灵愣了一下，眼睛忽而充满了色彩：“嗯嗯。”

如果快递已经到了的话，那何之舟岂不是已经早就知道了，哪还需要她特别提醒。

两人的课程表难得同步，整天几乎都没什么课程，钟灵吃着雪糕心情几乎要飞到天上，这老天都在帮她的感觉真好。

陪着钟灵在商场逛了一上午，何之舟望了眼仍旧不知疲倦的钟灵，嘴角漾起一丝不易察觉的笑意，望了眼湛蓝的天空，真好。

“啧啧。”看着时不时笑出声的钟灵，萧苒和李雁对视一眼，互相摊了摊手，每次和何之舟相处之后，钟灵总会出现智障般的神情。

恋爱中的人啊！萧苒在心里感叹着，突然皱起眉头，她现在要不要将傻乐的钟灵摇醒，他们应该还没确定关系，你还要继续奋斗，不可玩物丧志啊！

晚上最后一节课下课，钟灵刚出教学楼，就看见何之舟已经在等自己了，萧苒碰了碰钟灵：“那我先走了？”

还没等钟灵开口，何之舟已经拒绝了萧苒的好意：“不用了。”他将手里的蛋糕递给钟灵，“你早点回去和室友庆祝一下吧。”

作为宿舍第一小机灵，萧苒自然不会辜负这个称呼，笑嘻嘻地从何之舟手里接过蛋糕：“我们先回宿舍准备，你们再说两句。”

钟灵几乎要热泪盈眶了，身边的每个人都是神一般的助手，只有她像个扶不上墙的阿斗。

学校灯火通明，所有的路上都被暖黄色的光亮充斥着，钟灵看着地上的影子，又朝着何之舟的方向靠了几分。

何之舟的呼吸都轻了几分，以往也有很多时间和钟灵独处，可偏偏现在很紧张，连心跳都比平时快了几分。

"生日快乐。"走到宿舍楼下，何之舟才说出祝福，憋了一天不知如何说出口的话，现在很自然地说了出来。

"好。"钟灵难得羞涩几分，双手背在后面，晃了两下身子，"那，晚安。"

"晚安。"

等到何之舟看不见自己的时候，钟灵终于不再故作矜持，一个狭窄的过道已经被她走出了六亲不认的步伐。

宿舍已经熄灭了灯，在钟灵推门而入的时候，三个人围在一起："生日快乐！"

蛋糕上的蜡烛已经燃起来，将宿舍映得很是温馨。

"许愿许愿。"萧苒异常兴奋，在她的眼中，许愿是生日蛋糕最重要的环节。

钟灵闭上眼睛双手合十，非常虔诚地动了动嘴巴，过了几秒睁开眼睛，将蜡烛吹灭。

"吃蛋糕。"萧苒把灯打开，将刀和叉递到钟灵的面前，"寿星切蛋糕。"

蛋糕是水果蛋糕，四个人吃得很是开心，稍稍地闹了几下就作罢。

"这我们收拾就好了。"萧苒将钟灵推到桌边，冲着她挤眉弄眼道，"你快去拆礼物。"

何念棠送的是一条精致的手链，许奕臻送的是手账本，钟灵小心翼翼地将礼物放在抽屉里，接着看着何之舟送的礼物，仅仅只是看了一下包裹袋子就心生欢喜。

拿着剪刀小心地剪开，钟灵的笑容越发扩散，直到包裹全部在眼前展开，她的笑容还不知所谓地放在脸上，反正带着“何之舟送的”这几个字，这件礼物在她这里便已经自带光环。

是个包，似乎还似曾相识。

还没等钟灵细细回想，萧苒就凑了上去，话已经脱口而出：“这个包的颜色……”

钟灵顿时想起了几天前，这可不就是何之舟让她选的生日礼物吗？不是送给别人的吗，怎么到了她的手里？

萧苒看了一旁的包裹袋子，猜想着是送的礼物，也不好过多评价，只得换了一种委婉的说法：“这颜色够独特的呀。”

“是吗？”钟灵失神地回应，现在她倒是没别的想法，只是对自己的情商产生了无数的怀疑，这么明显的伎俩，她之前竟然没看透！

她还没恋爱呢，情商已经变成了负数，这以后可怎么办。

钟灵意识到陆慕晚的存在的时候，新生已经开学一段时间了，而陆慕晚也已经成了他们组织部的一名成员。

“学长。”陆慕晚看见何之舟时，眼睛一亮，就朝着何之舟走去。

何之舟微微地点了一下头，声音淡淡地应了一声：“嗯。”

钟灵在一旁呆住了，毫不掩饰直勾勾地看着陆慕晚，栗色的短发外加明晃晃的笑容，与其说漂亮，惊艳是更好的形容。

“这是学姐吗？”陆慕晚望着钟灵，笑意仍旧不减半分，“你好，我是陆慕晚。”

“你……你好。”钟灵才堪堪回过神来，立刻自我介绍，

"钟灵。"

简单地打过招呼之后，陆慕晚就将所有的视线放到何之舟的身上，大大方方地交谈："新生迎新晚会已经要开始准备了吗？"

"对。"何之舟点点头，"晚会在军训之后。"

"我可是一窍不通，你可要多多关照一下。"

何之舟眼睛瞟了一下钟灵，像这样的情景，钟灵可是话匣子，今天却是异常沉默，可是有陆慕晚在场，他暂时忍住没问，礼貌地回答着："应该的。"

钟灵的眼睛一直望着地面，嘴巴扁了又扁，也许女生的心思比较细腻，才一眼就看出了陆慕晚对何之舟的特别。

等陆慕晚走后，何之舟看着失神的钟灵，钟灵在他的记忆里永远都是鲜活明丽的，这样失落的样子几乎不属于她。

"你怎么了？"何之舟望着钟灵，有几分担忧，"不舒服吗？"

如果让何之舟猜，估计是一辈子都无法明白，钟灵委屈地想着，这个追逐的过程中，是她先主动的。

"你认识那个女生啊？"钟灵仍旧低着头。

何之舟自然没有半分隐瞒："迎新的时候恰好碰见的。"

"胡说。"钟灵这次抬起头来，盯着何之舟，唯恐错过何之舟一丝心虚的表情，"那天我都和你在一起，我怎么没看见？"

"你上厕所了。"在钟灵的面前，何之舟虽然情商几乎为零，但是记忆力很是不错，张口就来，"我把她送到了宿舍楼，为了怕你找我，我都……"

看着何之舟笨拙解释的样子，钟灵心情瞬间好了，又恢复以往的样子，笑意盈盈地望着何之舟，眨巴了下眼睛：“你都怎么样了？”

“没什么。”何之舟清咳两声，躲开钟灵的视线。

迎新晚会可谓是学校最重要的一场晚会，除了新生的期待之外，学校也相当重视，所以学生会的人大多忙得焦头烂额。

何之舟和钟灵见面的机会也直线上升，只不过两个人不像大一那么清闲，再加上做事认真的何之舟已经成了部长，很多事情都需要他拿主意。

“学长，赞助商那边已经商量好了……”

“学长，那个节目的人训练的时间没有统一到一起……”

“学长，关于训练地点已经协商好了……”

不得不说有些人的能力与生俱来，就像陆慕晚，虽然是大一的新生，但是在组织活动方面已经远远超过了钟灵。

何之舟和陆慕晚又在一起讨论事情，钟灵站在远处看着，以前何之舟身边没有女生的时候，她一直以为她是何之舟最合适的人，可是现在那个看起来更适合的人似乎出现了。

“钟灵。”何之舟看着钟灵在远处傻站了，朝着钟灵招了招手，又朝着陆慕晚摆摆手，“我们先去另一边看一下。”

“好。”陆慕晚大方地点点头，眼底的温柔一展无遗。

钟灵跟在何之舟的后面，她一向是个藏不住心思的人，已经问出了声：“我是不是很没用，除了跑腿一直没什么用。”

“怎么会这么想。”何之舟的脚步慢了下来，看了眼失神的钟灵。

钟灵一向大大咧咧，对于学生会一些烦琐的工作有些不适应，何之舟知道她是很努力地去适应了，但是每个人都有自己的短板，而钟灵的短板在学生会已经体现出来了，为人和善的她并不适合成为主导地位。

何之舟用手中的本子轻轻地拍了钟灵的头一下，想要赶走钟灵的胡思乱想：“你已经做得很好了。”

“可是所有人都知道怎么做。”钟灵的声音轻了几分，脸上全是挣扎的痕迹，“只有我不知道自己要做什么。”

何之舟将本子塞进钟灵的手中，语气也变得异常温柔：“你不需要知道做什么，跟着我就好了。”

跟着我就好了。心脏似乎被什么东西击中一般，钟灵抬起头望向何之舟，只见何之舟的神情非常认真，没有半分开玩笑的样子。

“嗯。”所有的失落被这句话轻易扫光，钟灵的嘴角止不住地上扬，伴随着“怦怦”的心跳声，她甚至能感受到浑身血液的澎湃声，她的眼中满是憧憬，而何之舟便是唯一的那束光。

是的，她跟着何之舟就好了，这件事她已经做了四年，不是吗？

“杨宇学长，张薇然学姐今天下午有些发烧，可能来不了……”

张薇然是晚会的主持人之一，可是因为身体情况只能缺席最后一次的彩排，所有的人都已经忙得团团转，这件事无疑又增添了一丝烦躁。

杨宇还保持着镇静，彩排虽然只是走一下过程，可是对时间的控制和现场的把握都至关重要。他环视一周，最后视线集中到钟灵身上：“钟灵，你先替一下。”

钟灵指着自己，似乎不可置信：“我……我没有主持过。”

“有专门的主持人带着你。”杨宇笑着鼓励钟灵，冲旁边的人说，“把张薇然的台词本给钟灵。”然后望着钟灵说道，“你只需要念就可以了。”

“怎么办？”手里的台词本就像一块烫手的山芋，钟灵感觉到小腿肚子都在打战，无助地看向何之舟，“我不会啊！”

“我相信你。”何之舟望着钟灵，冲钟灵点着头，“你可以的。”

虽然脑海中有何之舟的鼓励，可等到钟灵上了台，双腿就像充了电的马达，抖动已经成为生理反应，从前一腔孤勇满是叛逆，即使当众告白都没这样紧张，可是许久没站在这么多人面前，再加上情况紧急，所有的紧张都成为控制不住的身体反应。

“学妹不要紧张。”等待上台时，许是看出钟灵的紧张，一旁的搭档李维航笑了笑，望着钟灵的样子，眼神又柔和了几分，“张薇然第一次上台时，也像你这么紧张。”

“真的吗？”钟灵似乎有些不相信，张薇然可是学校第一女神，怎么会如她一般窘迫。

李维航终是笑了笑，望着钟灵的样子：“嗯，她第一次上台的时候，腿晃得比你还厉害。”

闻言，钟灵的腿抖动的幅度又大了几分：“是吗？”

“嗯。”李维航的笑意藏不住了，笑得十分灿烂，“她用台下没有人的谎言，自欺欺人地克服了恐惧。”

“我也试试。”闲谈之后，钟灵的紧张轻了几分，腿却十分不给面子地晃着。

“该我们上场了。”李伟航看着钟灵，“不要紧张，加油。”

“嗯。”

“尊敬的各位领导，各位来宾、老师、同学，大家晚上好！”

彩排要走完所有的流程，作为临时主持人的钟灵需要念出张薇然所有的台词。

何之舟站在下面，所有的目光都放在稍显局促的钟灵身上，虽然钟灵依旧有些紧张，却尽力地表现出最好的状态。

“我是主持人钟灵。”李维航说完之后，钟灵就按次序接上了。

其他主持人全是脱稿的状态，只有钟灵一个人盯着台词本，这么短的时间她真的没有背出来的能力：“军训的号角还在耳边回响，希望的种子已经破土发芽，求学的钟声早已敲响，大学的生活已经拉开了帷幕……”

彩排所有的活动按照流程有序地进行，钟灵也慢慢克服了紧张的心理，为了不影响整体的效果，她尽力地记着台词，试图脱稿。

一首歌缓缓结束了，李维航和钟灵再次上台，介绍下一个节目。

“熟悉的旋律还回荡在耳边，学长学姐用歌声充分表达着对新生的欢迎……”

李维航的台词结束，钟灵就扬起小脸，这段台词只有几句话，趁着休息的空当也是可以记下了，她望向台下：“我们的新生也有所表示，在军训之余仍然准备了节目。”目光一转就看见何之舟的脸，她的心莫名地紧了几分，台词开始在脑海中混乱，“下面让我们欣赏新生作品，小品《我们一家都是人》。”

随着钟灵的话落，台下静了几秒，接着传来不少的哄笑声，何之舟也忍不住，在钟灵下台之前露出了一整排的牙齿。

“学长，我刚刚是说错什么了吗？”下了台，钟灵已经不记得自己方才说过的话，只得眼巴巴地求证李维航。

“说错了顺序。”李维航也有几分绷不住嘴角，安慰似的望着钟灵。

那一刻，钟灵撞死在豆腐块上的心情都有了，所以她刚刚是夸奖学弟学妹都是人吗？

彩排结束后，钟灵说完台词去后台的时候，何之舟已经在等她了。

因为在台上的出丑，钟灵暂时还没缓过来，抿着唇朝着何之舟走去。

“不要在意。”何之舟自然知道钟灵在别扭什么，安慰着钟灵那颗幼小的心灵，“第一次，已经很好了。”

“我应该影响不大吧。”钟灵根本不知道台下人的反应，此时小心翼翼地看着何之舟。

“挺大的。”原本有些紧张的气氛因为钟灵变得轻松几分，何之舟回忆起方才的场景，眼里是藏不住的笑意，“你成功地承包了那个小品所有的笑点。”

虽然何之舟和陆慕晚私下没什么接触，可钟灵还是有几分不安，女生的直觉都来得毫无道理，却都异常准确。

“炸炸。”钟灵脸上敷着面膜，对着手机的另一端僵硬地笑着。

何念棠看着整张黑脸的钟灵，在大白天差点吓出鬼叫，她轻拍着胸脯，趴到屏幕上，似乎想透过屏幕撕开那张面膜：“你怎么敷起面膜了？”

钟灵和何念棠自恋的时候，经常叫嚣着对方天生丽质难自弃。

“不行了。”因为脸上的面膜的影响，钟灵皮笑肉不笑道，“年纪大了，皮肤是越来越差了。”

“怎么会？”何念棠摸了摸脸，轻轻地弹了一下，“还是很有弹性的。”

钟灵看着何念棠的样子心生羡慕，何念棠和许奕臻早就两情相悦，而她还在取经的路上，未来还不知道会遇见什么妖魔鬼怪，必须要严格要求自己。

何念棠自然感觉到钟灵的出神，按照她以往的经验，钟灵所有反常的动作几乎导火线都是何之舟。犹豫几分，她还是问了出来：“我哥最近又有什么小动作了？”

“也没有。”钟灵微微张嘴回应道，这只是她的一些小情绪，却是和何之舟没多大的关系，可是对面是何念棠，她也毫不掩饰自己的小心思，“就是最近看到了很多漂亮的小学妹，对我的打击很大。”

以往钟灵可是从来没担心过这个问题，毕竟何之舟身边只有许奕臻，所以说现在是有什么情况了？何念棠的心理活动很多，但是这些问题她都要找何之舟验证，此时她做的就是安抚好钟灵的小情绪：“没关系，年龄也会带来代沟，你就不一样了。”

钟灵一怔，反应了好一会儿才道：“小可爱，你是在说我老吗？”

“当然不是。”何念棠毫不犹豫道，现在钟灵抓重点的角度越来越刁钻了，“你和我哥还在同一个年级和专业，有共同的话题，所谓近水楼台先得月。”

“话不是这样说的。”钟灵拍了拍脸，促进水分更好地吸收，“不存在什么年龄差和知识，只要脸好看，上下五千年都不是问题。”

“真的吗？”何念棠一皱眉头，“男生都是这么肤浅的。”

“可不是嘛，人是视觉动物。”钟灵点点头。

何念棠像是长了不少的知识，摸着自己的脸，犹豫半分：“这么说，我也得抓紧保养保养自己。”

“我们每天晚上应该来个面膜直播……”

学生时代的生活简单而又值得记录，钟灵时常庆幸，有这么多的人停驻她的世界，让她的青春拥有属于自己的色彩。

日子就在这样小打小闹中度过，在寒风的侵袭下，一年一度的春节又近在眼前。

放假将近，为了庆祝这一年学生会的工作完满完成，杨宇组织了一场聚会，所有学生会的成员都同意参加。

到了和何之舟约定的时间，钟灵便揣着手机走出宿舍。

刚出宿舍楼，钟灵就看见在一旁等待的何之舟，步子都轻快了不少："你来这么早。"

"也没多早，刚到。"何之舟弯了下嘴角，只要见到元气满满的钟灵，他的心情也会情不自禁地好上几分。

"学长、学姐。"看见何之舟的身影，陆慕晚朝着身旁的人说了几句话就朝着何之舟走去，话却是对着钟灵说的，"我可以和你们一起吗？"

"当然。"钟灵的笑容敛去几分，朝着陆慕晚点点头，虽然陆慕晚没有冒犯的意思，可她就是免不了胡思乱想。

两人行变成三人行，钟灵的满身欢喜也散去了大半，安静地走在何之舟的身边，这次却想要逃离。

"学长，昨天给你的宣传设计还有需要修改的吗？"

"没有，可以定下了。"

"那就好。"

钟灵低垂着脑袋，耳边全是两人的声音她却不发一言，不是她故意不说话，只是陆慕晚和何之舟讨论的话题她参与不了，强行插话只会显得她多余。

何之舟注意到钟灵的沉默寡言，眼神时刻关注着钟灵的动态，却又不得不回复陆慕晚，只想着等到剩他们两个人的时候再开口。

"小心。"何之舟的脸色绷了几分，看着前面一闪而过的车子，眼睛低垂着望着钟灵，"看着点路。"

原来已经到了十字路口。钟灵才从恍惚中回过神来，看着紧张的何之舟，硬生生地挤出几分笑意："嗯。"

男生的心思没有女生敏感，何之舟却也能从其中了解一二，只要陆慕晚出现，钟灵的情绪一般都比较低沉，可是现在的情况，即使知道原因也没法开口。

而钟灵的兴致一直没提上来，一路默然走到约定的地方，陆慕晚显然也注意到两人的异常，话也少了许多。

聚会是在一家中高档的饭店，在一楼腾出了几张桌子，杨宇正在安排着座位的事情。

“你坐着。”何之舟拉开一把椅子，提醒着明显还神游的钟灵。

钟灵也没反对，老实地坐下了，除了说一句谢谢之外，再也说不出其他的话。

陆慕晚看着两人的互动，眼神暗了几分。在这之前她听过很多钟灵和何之舟的传闻，两人一路从高中走来，可谓是才子佳人，她也无数次想要放弃，可是他们并没有在一起的事情一直成为她最后一丝希望。

如果不存在插足的话，那么她何不为感情争取一下呢，即使她知道结果也许并不好，但也舍不得说放弃。

杨宇总结了一下这一年的成果之后，饭菜已经开始陆续上了。

钟灵的心情不太好，胃口自然也不算太好，看着满桌子的美食，只是做做样子吃了吃。

何之舟的眼神始终都注视着钟灵，但是氛围不太对，他也并没有着急开口。

钟灵被何之舟的眼神盯得心里有些发毛，中途想要透下风，对着何之舟说道：“我去下卫生间。”

钟灵前脚刚走，何之舟就找了个借口，跟上了钟灵。

男女卫生间是一左一右，何之舟刚到卫生间就看见钟灵站在洗手池前，他慢慢地靠近钟灵，洗手池是通用的，并不会产生什么误会。

“你心情不太好吗？”何之舟一直是属于直来直去的类型，这会儿自然不懂山路十八弯的套话技巧。

钟灵摇了摇头，低着头手上却感受到一抹温热，明明没有什么大事，却委屈到不行。

钟灵的种种反常，何之舟也有些感觉。他微微眯了眼睛：“是不是不习惯和别人在一起？”

是不喜欢你和别人在一起。钟灵在心里补充着，面上却不动声色：“没有。”

“虽然你没有，但是我不习惯你沉默的样子。”何之舟也知道钟灵口是心非，打开水龙头洗着手，“以后我有什么做得不好的你就和我说。”

钟灵突然觉得自己十分没有出息，何之舟只说了几句话，她所有的委屈都统统消失，一直以来能掌控她情绪的从来不是她自己。

“不要不开心了。”何之舟用带着水珠的手甩了一下钟灵，故意让自己的声道显得轻快些，“你不开心的时候，我都不知道怎么笑了。”

“哼！”钟灵故意撇开头，转身的时候擦了一下眼角，再面对何之舟时，脸上全是佯装出来的恶狠狠，“我不开心的时候，你竟然还想要笑。”

自从何之舟走开之后，陆慕晚的视线一直不经意地冲着何之舟离开的转角望去，心不在焉地吃着甜点。

何之舟终于出现，陆慕晚的眼神还没来得及惊喜，就看见了跟在他身后的钟灵，她慌忙移开视线，苦笑着抿起嘴角。

何之舟似乎说了什么话，钟灵故作恼怒地打了一下何之舟，他们确实只是普通同学，但是似乎感觉所有人都插不进去。

吃饭只是聚会的一小部分，更大一部分是为了相互了解，大家都吃得差不多之后，便有人提议玩点游戏。

“十三个人，一个人当上帝，正好十二人的狼人杀！”

此话一出所有人都一致同意，只有钟灵十分忐忑，她一向不擅长玩游戏，更何况这种需要演技的游戏。

所有人都用手机进到游戏中，钟灵碰了碰何之舟的胳膊：“怎么办，我不怎么会？”

“很简单的。”何之舟安抚着紧张的钟灵，“大部分都是没身份的平民，不需要说谎，你保持镇定就好了。”

“噢。”虽然心慌慌但还是要保持微笑，钟灵拿着手机祈祷着：平民就好！

上帝果然是没听见钟灵的愿望，因为在第一局的时候，钟灵就抽到了狼人的身份。

“各位看清自己的身份就放下手机，下面游戏要开始了。”

比赛从这里已经开始了，但钟灵因为紧张，眼睛朝着何之舟望去，满眼都是求助。

这一眼落在别人的眼里，所有人对视一下眼神，似乎知道了些什么。

陆慕晚的眼睛看了一下何之舟，收回了目光，失落来得猝不及防。

“狼人请睁眼！”

十二人的局一共有四个狼人，钟灵睁开眼睛第一时间望向何之舟，就看见何之舟无奈地和自己对视了一眼。

钟灵顿时就心安了，笑意都藏不住，游戏在她这里已经不重要了。

“女巫请睁眼，昨天晚上被杀的人是这个，你有一瓶解药要用吗……”

……

所有的信息都被隐藏，这个时候拼的只是演技。

钟灵的深情一望，让所有人把注意力都放在了钟灵的身上，才几次发言就已经踩了钟灵好几下。

轮到钟灵的时候，望着所有看过来的眼睛，她咽了下口水，心里暗暗地咬定自己的好人身份：“首先我要说明，我是一匹好人……”

话还没落，所有人的眼神都变了，望着钟灵的眼神里有掩饰不住的笑意。

一匹好人？何之舟默念了一次，顿时整个人都不好了。

“哇呜……”

善意的笑声传来，何之舟就看见钟灵闪躲的眼神朝着自己这边望了过来，他抿了抿唇，将笑意尽力地掩盖下去，现在他认输还来得及吗？

第七章
你曾让我怦然心动

和何之舟还保持着不咸不淡的关系，钟灵觉得自己实在太失败了，都说女追男隔层纱，怎么到了她这里就失灵了呢？

学生会的工作越来越多，何之舟和钟灵经常在一起组织各种活动，以往钟灵期待万分的事情，现在却变成了避之不及的事情。

“这个活动的海报色彩搭配不是特别好……”

“我也有这样的感觉，蓝色有些浓重，我待会儿和同学说一下。”

“海报主要的内容都以文字的形式体现，但图片更能冲击视觉，需要重新规划一下。”

“好，我会沟通。”

钟灵站在旁边听着两人的对话，轻轻地嘘了一口气，眼神飘忽了一下，咬了咬嘴唇默不作声。

“辛苦了。”何之舟冲陆慕晚礼貌地感谢。

“没有。”陆慕晚笑得落落大方，嘴角弯成一个漂亮的弧度，“那学长下午我带着画稿来找你，你再帮忙看一下。”

“嗯。”何之舟点点头，收回视线望向钟灵，“也不早了，去吃饭？”

“不用了。”钟灵挤出一个笑容，望了两人一眼，硬生生地维持着最后一抹微笑，“我和同学说好了，先走了。”

心里是空荡荡的一片，心酸一股股地袭来，钟灵知道自己并没有委屈的理由，可是所有的失望却席卷而来。

“准备吃什么？”何之舟小跑着到钟灵的身边，他能体会钟灵的感受，如果钟灵的身边出现另一个男生，他可能反应比钟灵还要激进。

“没。”钟灵大口地喘着气，尽力地调整着自己的呼吸，“你怎么也来了？”

“孔彦宇放了我鸽子。”这样的借口张口就来，何之舟看着钟灵的样子，心里也沉甸甸的，“我也不知道要吃什么，不介意多我一个饭友……”

何之舟的话戛然而止，因为他看见钟灵的脸上滑下一颗泪珠。站到钟灵的面前，他微微弯下腰，语气里满是小心翼翼：“是不是我惹你不开心了？”

虽然想和陆慕晚减少接触，但是在同一个部门，有些交流是不可避免的。

“没有。”钟灵的声音带着些许哭腔，将头垂得更低了，“是我觉得自己太没用，什么都帮不上忙。”

“胡说。”何之舟皱起眉头反驳道，“所有的事情都是我们一起做的，你怎么会这样想？”

“不知道。”钟灵依旧不肯抬起头，不知什么时候开始她想要的越来越多，而她没能力抓住这些，期待和现实的落差让她控制不住地怨恨自己，“我好讨厌现在的自己。”

“我喜欢。”何之舟脱口而出，他不允许钟灵妄自菲薄，不希望看见颓废的钟灵，所以在钟灵的视线看过来的时候，即使耳朵已经发烫，但是他仍没有躲开，“你很好，真的。”

矫情之后面临的便是无尽的尴尬和胡思乱想，钟灵根本没什么时间伤心，整颗心被何之舟一句“喜欢”搅得翻天覆地，只要无事可做，那日的场景就循环在脑中播放。

“啊——”钟灵揉了下脑袋，将脑袋放在桌子上，何之舟的“喜欢”两个字再次将她所有的理智线全部扯断。

也许只是安慰，钟灵敲了敲自己的脑袋，叹了一口气，以何之舟的情商来看，这句话的分量充其量可能就是一句安慰。

从桌子上拿起手机，点开何之舟的聊天界面，钟灵绞尽脑汁想着开场白，现在她已经不知道用什么样的方式和何之舟说话了。

“忙完了吗？”好久之后，钟灵才编辑四个字发了出去。

“嗡……”

钟灵返回界面，就看见韩路宁的头像在闪动着，他们已经好久没聊过天了：“你没去办公室？”

为了避免自己的情绪影响到何之舟，钟灵下午借口身体不舒服没去，何况有何之舟和陆慕晚在的话，她也帮不上什么忙。

“嗯。”钟灵病恹恹地回复，时刻注意着置顶的何之舟的头像，生怕错过什么。

“这里也没什么事情。”韩路宁扯着话题，三句就开始不正经起来，“不过待在宿舍有什么意思，外面世界这么美，多出来看看总没什么坏处。”

何之舟还没回复信息，钟灵心里涌上一阵阵懊悔，早知道就跟着何之舟去了，就算帮不上什么忙，也总比现在只能趴在这里胡思乱想好。

“问你个问题。”脑袋一片混乱，钟灵也开始放飞自我了，“如果一个男生不及时回复信息的话，应该怎么办？”

韩路宁一向是不走寻常路，基本上不要抱从他嘴里得到什么有价值的信息的希望。

“建议你换个人发，比如我，回复就比较快。”

钟灵也是病急乱投医，此时看着韩路宁发来的信息，嘴角开始急促地抽动。她竟然问韩路宁这样正常的问题，简直就是脑子抽了。

不一会儿，韩路宁又发来一条信息：“虽然我不忙，但是看起来办公室里其他人似乎很忙。”

韩路宁是宣传部，现在活动还在组织中，自然没什么任务。

钟灵的眼睛蓦地一亮，嘴角一下子弯了起来，韩路宁发来一张图片，图片里的人是何之舟。

何之舟正看着桌面，眉头轻皱着，似乎在写什么东西。

不要被发现了。还没等钟灵发出信息，韩路宁又发来一个视频，她也顾不得发送了，急忙点开。

视频里何之舟正转着水笔，似乎遇到什么麻烦题，他揉了下头发。也许是意识到有什么目光，突然抬起脑袋，朝着手机的方向望去，一瞬间手里的水笔就飞到了一旁。

尽管隔着屏幕，钟灵都能感受到大写加粗的尴尬，如果在何之舟面前她算是没什么理智，而韩路宁简直可以用处在疯狂的边缘来形容。

不是被发现了吧。钟灵这个念头刚起，正想着问韩路宁，可是何之舟的信息已经插了过来。

“刚刚在想海报的事，没注意到手机。”何之舟解释着，丝毫不提韩路宁的事情。

“我没什么事。”钟灵觉得脸开始发烫，现在她有种被抓包的窘迫，小心翼翼地问着，“打扰到你了吗？”

“不算打扰。”何之舟回了一个含糊的信息，马上转移话题，“如果我没回复的话，你多发几条，就像上次选课一样。”

钟灵闭了闭眼睛，不知道是不是她的错觉，现在何之舟越来越喜欢和她翻旧账了。

“这几天你都在忙什么？”萧苒好奇地朝着钟灵的电脑瞅了一眼，满眼全是好奇心，“整天对着电脑屏幕傻笑。”

“当然是干大事。”钟灵骄傲地扬起小脑袋，满脸都是兴奋，“你不懂的。”

那种被何之舟需要的感觉太美好了，钟灵在心里补充着。

萧苒将一个水果干放进钟灵的嘴边，笑意浓浓：“那请钟灵大人功成名就之时不要忘记我，更不要忘记这一个水果干的恩情。”

“那是自然。”钟灵重重地点了点头，眼睛又弯了一个弧度，看样子心情相当不错。

这次是宣传单的制作，何之舟难得地没有时间，于是将主要的设计都交给了她。钟灵自然美滋滋地接受了任务，这么长时间终于有了展现自己本事的机会，她心情自然澎湃万分。

中午的时候，钟灵带着成果兴冲冲地去见何之舟，抱着一颗被夸奖的心，扬着一张明媚的笑脸，企图在何之舟面前一鸣惊人。

“这个颜色不太适合主题。”何之舟十分认真，轻轻几句话就打碎钟灵满脸的期待，修长的手指点了点电脑屏幕，“不能只考虑美观。”

“嗯嗯。”钟灵晃晃脑袋，在心里安慰着自己，除了颜色还是有很多优点的。

“图案和文字所占比重是不合适的。”何之舟用自己的经验指出钟灵的问题所在，声音顿了一下，“你需要重新选取一下内容。”

钟灵有点小情绪了，皱着眉头反问着：“是不是因为排版的问题？”

何之舟嘴角弯了一下，难得地开起了玩笑，形象生动地比喻道：“你说，垃圾和一箱垃圾有什么区别吗？”

“有。”钟灵自然没有想到何之舟的意有所指，脱口而出，“少了个箱子。”

钟灵是个无时无刻散发着魅力的女生，何念棠曾这样评价过钟灵。当时何之舟还不以为然，现在可是深有体会，毕竟有这样反向思维能力的人已经很稀少了。

何之舟眼底的笑意又深了几分，转过头想要和钟灵说话的时候，恰好看见陆慕晚走来。

“学长，学姐。”陆慕晚笑着招了招手，将脑袋凑到两人中间的电脑上，“你们在讨论什么？”

“没什么。”何之舟关掉了钟灵的文档，设计有很多漏洞，他会亲自指导钟灵完善，在这之前他可不希望让任何人看见，为了保护钟灵那颗脆弱的少女心。

陆慕晚的神情并没有丝毫变化，拿出手机给何之舟：“我试着设计了一下这次的活动海报，你看下。”

不是交给她做的吗？钟灵的瞳孔一瞬间紧缩，双手握成拳头，沉了沉声音：“我还有事，先走了。”

“钟灵……”还没等何之舟说完，钟灵就已经转身离开。

“是我做错了什么吗？”陆慕晚没有说谎的痕迹，她确实不知道钟灵为什么突然离开，望着何之舟突然收起的笑容，这会儿有些局促，“是不是我来得不是时候？”

“没事。”何之舟敛了敛神情，他知道钟灵误会了什么，陆慕晚和钟灵设计的是同一款海报，他望着手机里精致的海报，声音没有丝毫起伏，“不是说这海报我来弄吗？”

“学长那么忙，我就想着帮忙分担一下。”陆慕晚的视线里全是何之舟，在何之舟看不见的时候，眼中热烈的情意不加掩饰。

“不忙。”何之舟在心里哀叹一声，原本是不忙的，不过看钟灵方才的样子，他确实有的忙了。

“我不知道陆慕晚也会设计，并不是拿你们比较。”

“你不要误会，我真的和你一样无辜。”

“其实你设计得也还不错，修改一下还是能成为一个优秀的作品的。”

“对不起，是我的错。”

……

何之舟的消息每隔一段时间都插进一条，钟灵看着手机上的消息，眼睛清亮但就是没有回复的意思。

其实在何之舟妥协发信息的时候，钟灵已经原谅了何之舟，可是这样的心理却让她越发不舒服，她总是这样轻易地就被哄好。

手机终于消停了，钟灵看着安静下来的对话框，将手机放在枕头下。

这次她要赌气久一些，至少熬过午睡的时间，在闭上眼睛之前，钟灵给自己下了一个伟大的目标。

“灵灵醒醒。”还没等钟灵进入睡眠，萧苒就摇着胳膊将钟灵晃醒，“你的春天要来了。”

“嗯？”没有一丝困意，钟灵望着萧苒一脸不解，“什么？”

“我晾衣服的时候看见何之舟在下面。”萧苒一脸贼兮兮，简直比钟灵还要开心，“你革命成功之时，宿舍给你放鞭炮庆祝。”

钟灵咽了咽口水，她没回信息，某人是找上门了吗？

“也许只是路过。”钟灵自欺欺人道，眼睛却朝着窗外望去。

“我已经观察他一分钟了。”萧苒犹如福尔摩斯上身，撩了撩散下来的头发，“其间他望了宿舍楼三次，如果不是等你的话，那真相就只有一个！”

钟灵看着活宝似的萧苒，抚了抚额头，等待着萧苒语出惊人。

“那只能用变态来解释何之舟的一系列行为。”

还没等钟灵开始维护何之舟，手机就响了起来。钟灵定睛一看，确实是楼下那位。

萧苒一看情势，眼睛亮了几分，朝着钟灵摆摆手："我继续晾衣服，不打扰你们了。"

"喂。"钟灵接通了电话，准备下楼，她可不希望何之舟被当成变态。

"我……"何之舟轻呼了一口气，才继续说话，"我在宿舍楼下，方便出来吗？"

"等下。"钟灵挂断了电话，绷紧的脸庞彻底放松下来，嘴角弯出一个漂亮的弧度，其实在何之舟的眼里，她还是很特别的吧。

"刚好路过，顺手帮你买了一杯。"何之舟将手里的奶茶递给钟灵，右手瞬间无处安放，最后插进裤兜里。

"谢谢。"钟灵低着头，抿着嘴角才没让笑容露出来。

"海报那件事是误会。"何之舟垂眸望着钟灵，方才没得到钟灵的回复，他在宿舍坐立难安，跑了很远的地方买了奶茶，才找了一个这么笨拙的理由来见钟灵。

"我知道。"钟灵抿了一小口奶茶，眼睛飘忽了两下才落到何之舟身上。

何之舟嘴角微微扬了一下："我还以为……"

"我之前很生气。"钟灵低着脑袋望着地面，声音嗡嗡地渗进空气，"所有关于你的事情，我总是学不会放平心态。"

她无法控制那些突如其来的小脾气，她也从来没有那么喜欢过一个人，喜欢到别人看一眼，她都要忍不住嫉妒很久。

钟灵慢慢地抬起头，眼神认真带着些许探究，似乎要望进何之舟的心里：“我很自私，想要你身边只有我。”

何之舟的呼吸都急促了几分，窝在裤兜里的手攥紧了几分，他的视线还停留在钟灵的身上，眼神却暗了暗。

看着何之舟紧张的样子，钟灵随即移开视线，如果让何之舟这样为难的话，那，还是她再委屈一点吧。

“不过我知道。”钟灵弯了嘴角，那温顺的样子仿佛方才只是错觉，笑容越发明媚，心却不可避免地酸涩了起来，“那是不可能的。”

何之舟张了张嘴巴，嗓子却紧了几分，还没来得及说话，钟灵就转身朝他摆摆手：“我要午休了，你也早点回去吧。”

等到终于逃离出何之舟的视线，钟灵一下子停了下来，她深呼一口气，眼睛里所有的东西开始模糊起来。

从什么时候开始，她竟常常落荒而逃了呢。

何之舟依然停在楼下，看着钟灵离开的方向，垂下眼睛望着脚尖，无力感侵袭全身。

是不是因为他，让钟灵不快乐了？

“这个活动的条幅已经制订好了，你们谁有时间去取一下？”

平时这样的事情都是大一的新生来做，但是现在他们忙着布置场地和宣传，一时找不到合适的人手。钟灵刚好完成自己的事情，便立刻毛遂自荐：“我去吧。”

“好。”杨宇冲着钟灵笑了一下，望了何之舟一眼，“那你们两个负责带回来吧。”

所有人都知道钟灵和何之舟是最佳拍档，所有的任务几乎都是一起行动。

“不用不用。”钟灵连忙摆了摆手，冲着杨宇尴尬一笑，立刻转身就朝外走去，“我一个人就可以，保证完成任务。”

何之舟盯着钟灵的背影没有说话，钟灵的疏远明眼人都可以看出，作为当事人的他更是感受颇深。他移开目光，如果钟灵下定决心要远离他，那么他又有什么理由去打扰钟灵？

“啦啦啦……”钟灵哼着小曲，摇摆着身体，尽量地让自己看起来并不那么寂寞。

制作条幅的地方离学校并不远，钟灵刷了辆共享单车准备骑着去，时间段并不是上班的高峰期，路上车辆并不多。

两旁的树枝晃动着，凉风轻轻地略过钟灵的脸庞，她抿了抿嘴唇，两只眼睛盯着路旁的风景，尽量让自己心无旁骛。

“谢谢叔叔。”拿到条幅后，钟灵礼貌地道谢，条幅被折成整齐的两卷放进背包里，便准备返程。

路上基本是畅通无阻，两旁都是葱绿的树木，偶尔会有宠物狗出没，钟灵被阳光照着，所有的烦心事都躲在了暗处，心情这会儿是无限好。

绿灯还有九秒，钟灵望了望路口并没有什么车经过，况且如果稍稍骑快一些，肯定也可以通过，思索一下便加快了速度。

交警环视一周，眼睛立刻就锁定到疾行的钟灵，朝着前方迈了两步，大手一挥：“姑娘，停车，停车！”

看着前方出现的交警叔叔，钟灵半个魂都吓没了，急忙停下了车子。

“红灯都快要亮了。”交警一脸严肃，望着冒失的钟灵，眉头轻皱着，“小姑娘要注意安全。”

“是绿灯啊。”钟灵缩了缩脖子，还是小声地反驳，“我没有闯红灯啊。”

“绿灯时间只剩几秒钟了，你也敢加速？”以往这样的事情经常发生，交警已经处理了不少这样的事情，“宁等一分钟，也不能拿生命去冒险。”

“嗯嗯。”钟灵立刻一副乖宝宝的样子，认错态度相当端正，“是我有些着急了。”

“你可是赶上了好时候，现在我们对这样的事情有专门的解决办法。”交警从兜里拿出手机，朝钟灵眼前一晃，“为了让你深刻记住这次教训，给你一个小小的惩罚。”

何之舟时不时张望着门口，再次看了眼时间，这个时间应该差不多回来了，怎么现在还不见人影？

几分钟之后，没等来钟灵，何之舟就接到了何念棠的夺命连环call。

“哥，你怎么让灵灵一个人出去了？”何念棠的不满透过手机传来。

“嗯？”何之舟立刻坐不住了，皱着眉头疑问道，“她怎么了？”

“你都不关注吗？”何念棠已经有了几分急切，此时说话也有些冲动，“你可是说会好好照顾她的。”

“发生什么事了？”何之舟也着急起来，听着何念棠的话越发紧张起来。

何念棠调整了下呼吸，声音才归于平静：“你看下灵灵的朋友圈，再跟我说话。”

何之舟仍然处在发蒙的状态，望着已经挂断的电话，慌忙点开了钟灵的朋友圈。

钟灵的朋友圈堪称鸡汤聚集地，每一条都是感谢天感谢地感谢命运让我们相遇，何之舟上下翻了翻，钟灵的每条朋友圈他都会看几遍，最新的那条早安语录时间已经是两天前了。

没什么异常，是什么意思？何之舟便给何念棠回了过去，张口就是一阵无知地发问："你说的朋友圈是什么意思？"

何念棠那边安静了三秒，接着声音更阴沉了几分："你是不是被屏蔽了？"

屏蔽？何之舟眼神恍惚了几下，视线慢慢地望向地面，轻轻地呼了一口气："她怎么了？"

"一会儿给你发信息。"何念棠的声音顿了一下，接着语重心长地说，"哥，抓住机会啊。"

何念棠挂断电话后很快就发了信息过来，何之舟迅速点开图片，是钟灵的一条朋友圈。

"本人骑共享单车在××大道路口试图闯红灯，幸运的是及时被交警叔叔拦了下来，特发朋友圈曝光此事，我已经深刻意识到自己违章的错误，希望大家引以为戒，不要有闯红灯的意图，宁等一分钟，不抢一分钟，真爱生命！"

何之舟的脸上挂了几条黑线，视线突然下移，入眼的便是钟灵的一条评论。

"交警叔叔说要集满三十个赞才放我走，请大家帮帮忙，感恩。"

何之舟已经不知道自己是什么心情了，具体地说应该是五味杂陈，跟人打过招呼后，就急匆匆地朝着外面走去。

本以为他不打扰钟灵的生活会让钟灵开心点，何之舟现在觉得自己的脑子绝对是被驴踢了，快不快乐他不是很清楚，可现在是钟灵连生命都保障不了了。

等到何之舟到的时候，钟灵正一个人站在马路边，眼睛直盯着手机，不知道在看什么。

红灯恰好亮起，何之舟停下车子，一条腿放在地上支撑着，整张脸全是阳光，眼睛里却只有钟灵的侧脸，所有压抑的心情终于轻松了几分，嘴角也难得地露出一抹弧度。

也许是凑够了点赞数，钟灵终于挪动了几步，手机递到交警的面前，嘴巴鼓动着不知道在说什么。

交警叔叔朝着钟灵点了点头，貌似安排了几句，朝着钟灵点点头，应该是放行了。

钟灵立刻骑上车子，只是眼睛朝着对面看了一眼，所有的笑意顿时就僵在脸上，她看到了什么？

何之舟？！

思维还没反应过来，钟灵的脚已经开始行动了，朝着交警叔叔的背后躲了几分，光天化日之下企图上演一出掩耳盗铃的大剧。

何之舟无奈地摇了摇头，看着还有十秒的红灯，从兜里掏出手机，给钟灵打了过去。

钟灵还处在看见何之舟的震惊中，脑神经极度紧张的情况下，手指下意识地滑动了接通键，望着接通的手机哭丧着脸，也只得将手机凑到耳边。

“不要动。”何之舟的声音似乎藏了几分笑意，悠悠地从手机里传来，“我去接你。”

绿灯亮起，车辆开始行驶，何之舟骑上车，开始朝着钟灵驶去。

太尴尬了。钟灵的脑子里就只剩下这四个字，既然何之舟知道她在这里，那么肯定知道她屏蔽了他。

被人发现心里的小九九不是第一次，可这次绝对是史无前例的尴尬！

“走着回去吧。”到了钟灵的身边，何之舟停下了车子，笑盈盈地望着钟灵，“离学校很近了。”

哪里还有别的心思，钟灵只觉得脸上开始发烫，心里是一阵发麻，待会儿她怎么解释朋友圈的事情？

两人走得极慢，仿佛是夜晚散步那般，何之舟垂眸看了旁边一眼，钟灵低着头不知在想什么。

“怎么闯红灯了？”看着钟灵没有丝毫开口的意思，何之舟扯开话题。

方才还沉迷在自己的世界，一听何之舟的话，钟灵便着急了：“没有，绿灯还有十秒呢，我肯定能过去。”

两双眼睛终于难得地对视，却是以大眼瞪小眼的形式。看着何之舟探究的眼神，钟灵咽了咽口水，率先移开了视线。

“遇见这样的情况，还是等一等吧。”何之舟说道，像是不知想到什么一样，嘴角扯开了一抹笑容，“你的骑车技术一向不怎么样。”

这已经算是第二次事故现场了，钟灵也不反驳了，闷闷地应了一声：“嗯。”

何之舟有些无奈，看着一旁低着头装鸵鸟的钟灵，迂回的战术肯定没什么用，于是直接开口道：“你朋友圈屏蔽我几天了？”

“只有……”钟灵立刻扬起头，在看见何之舟似笑非笑时，激动的情绪一下子被压了下去，“这一次。”

何之舟了然地点了点头，他一向不是打破砂锅问到底的性子，可是这次求知欲却十分强烈，继而发问：“为什么屏蔽我？”

即使没有看何之舟，钟灵的眼睛还是躲了躲，这几天一直不知道怎么去见何之舟，更不会想要在这种情况下去见何之舟，想一下“尴尬癌”都要犯了。

可现在的情况比想象中还要尴尬，钟灵在大脑搜寻一圈，也没找到什么合适的借口：“我不是、我不是怕你担心嘛。”

空气出现几秒的安静，钟灵已经准备去看何之舟表情的时候，何之舟带着些许委屈的声音却突然出现在空气中：“你还知道我会担心。”

“嘭嘭嘭……”

钟灵的心跳许久都没跳这么快了，最后一丝思维拉扯着神经，在心里做着挣扎：要有点出息，保持呼吸，稳定心跳。

可是心跳的频率又快了几分，钟灵闭了下眼睛，微微斜着眼睛去观察何之舟的反应。

何之舟依旧走在外侧，侧脸有阳光洒落显得异常柔和，眼睛朝着四周望着，始终没朝向钟灵的方向。

钟灵的笑容这才更加扩散了几分，看起来紧张的似乎并不是她一个人。

和何之舟的相处似乎又回到原来的模式，她笑她闹，时不时做点无伤大雅的蠢事，何之舟还是一副嫌弃的样子，却也总是包容她的一切。

钟灵的眼神移到桌上的奶茶上，几乎每天早上总能和何之舟偶遇，而何之舟手里恰好有一杯没有喝的奶茶，顺手就递到了她的手里。

萧苒已经注意钟灵很久了，也早已摆好了吃瓜群众八卦的眼神，计划着等钟灵回过神的时候杀她个措手不及。

不知过了多长时间，钟灵还沉浸在自己的世界，萧苒一双眼睛都快要瞪出来了，结果还是没等来钟灵的一个回眸。

“看够了没有呀？”只能靠声音拉回钟灵神游的思绪，萧苒又是刚才那副表情，笑眯眯地望着钟灵，“现在是什么情况？”

“没什么情况啊。”钟灵收回视线，若无其事地翻开课本。

“这奶茶都送了，还想骗我！”萧苒收起钟灵的书，那副执着的模样显然是不达目的誓不罢休。

钟灵苦笑一下，摇了摇头：“还是普通同学。”

看着钟灵的样子，萧苒抿了抿嘴巴，在心中暗道不好，似乎闯祸了。

萧苒还在想怎么圆场，上课铃声宛如救命音符一般响起，她第一次觉得上课铃声和放学铃声一样有让她解脱的效果，慌忙把课本放回原处：“不要多想了，认真听课。”

钟灵扯了一下嘴角，眼睛盯着课本，心思却不在书本上。

她和何之舟看起来和以往并没差别，可是这样的情景她并不觉得心安，她心里已经有一根刺，时不时刺痛她一下，提醒着她不能够被忽视的事实。

暑假临近，所有人收拾着行李准备回家。

一学年的生活已经悄然落下帷幕，学生会的人需要对一整年的信息进行核实，这几天晚上一直在办公室加班。

杨宇从外面买来一箱水果，招呼着所有人：“都休息一下，吃点水果。”

钟灵一直坐在何之舟的身边，已经完成了何之舟交给她的任务，这会儿听见声音，朝着何之舟说了声：“我去看下有什么。”

何之舟轻笑一身，点点头：“好。”

水果有很多种类，钟灵看得眼花缭乱，终于找到一个苹果，她笑了起来，何之舟最喜欢的水果就是苹果。

从水龙头那边洗完苹果，钟灵甩了两下就朝办公室跑去，所有的好心情都在脸上展露无遗。

到了办公室的门口，钟灵的脚步却突然停了下来，视线盯着何之舟和陆慕晚的背影，尽管知道两人只是聊天，可是她的脚再也迈不开，拿着苹果愣在原地。

一旁的同学给陆慕晚递了一个橘子，她笑着接下。

何之舟的视线依旧停在桌面上，话却是对着陆慕晚说的：“你刚刚喝了牛奶，最好不要吃橘子。”

清冷的声音透过空气，轻轻飘到钟灵的耳朵里。

牛奶和橘子不可以一起吃。

钟灵的呼吸轻了几分，眼底突然漫过伤感，用力地捏紧了手里的苹果，嘴角的弧度弯了又塌下来。几个挣扎下来，她最终转过身朝着外面走去。

这是她告诉何之舟的，何之舟却对着别的女生嘘寒问暖。

“钟灵。”钟灵走得很急，差点和他撞上，韩路宁撤了下身子，“小心点。”

“嗯。”钟灵慌乱地点点头，努力地控制着自己的情绪。

看着钟灵失神的样子，韩路宁皱了下眉头，关心道：“你干什么去？”

“洗苹果。”钟灵胡乱地应着，在情绪崩溃的时候跑了出去。

韩路宁的眉头皱得更深了，他方才看见钟灵洗完苹果了。他朝着办公室环绕一周，在看见何之舟和陆慕晚的时候，眼神冷了几分。

只是瞪了一眼何之舟，韩路宁就回到自己的位置上。钟灵现在需要一个人静一静，就算需要人安慰也不是他，他去找钟灵带来的也只是打扰。

何之舟的视线看向门口，被韩路宁瞪得不知所以然，却也没察觉到钟灵的异常，心里还有些欣喜，所以钟灵是去给他洗苹果了吗？

陆慕晚的视线顺着何之舟看去，却只看见愤然离开的韩路宁，她心思微动，片刻便想到了原因。

陆慕晚看着手里已经剥好的橘子，犹豫半晌却还是开口：“你怎么知道的？”

“一个很重要的人说的。”何之舟依旧盯着办公室门口，似乎想到什么一样，眼睛又柔和了几分，“所以就记在了心里。”

陆慕晚盯着何之舟，抿了抿唇，慢慢垂下视线。这句话她应该会像何之舟一样记很久吧，可是何之舟脸上这种表情，她也许永远都不会有了。

第八章
我还是很喜欢你

已经放假一周了，钟灵整天窝在家里消磨时间，反倒是钟母害怕她在家里发霉，总是让她出去走走。

世界虽然那么大，她还真没有多少走出去的兴致，往日里这会儿她都和何念棠策划着怎么和何之舟相遇的偶像剧情节，可现在一想起何之舟便如同霜打的茄子，整个人都蔫了。

也不知道何之舟在干什么？不过肯定不会像她这样魂不守舍，整天盯着手机期待着他能主动联系自己。钟灵轻叹了一口气，将自己放空在床上。

大多数女生的青春里都有一个特别的存在，而对于钟灵来说，她的青春只有何之舟一个人的模样。

认识何之舟的时候，是高中第一天报到。

下午两点是规定的报到时间，钟灵早早地就到了班级里，在钟母的影响下她习惯走到时间前面，就算只能趴在教室睡觉，她也习惯必须要坐在教室。

午后的阳光透过葱郁的树木层层洒下来，教室也有阳光洒落下来，坐在第一排靠窗的钟灵被阳光簇拥起来，在这样的温暖下进入了睡眠。

教室的声音慢慢大了些，钟灵有些清醒的迹象，却挣扎着不愿意睁眼，窗外越来越多的人经过，闭着眼睛还是感觉忽明忽暗，无奈之下只得直起身来。

已经快两点了，钟灵揉了揉惺忪的眼睛，望了一眼黑板上方的钟表，老师就快要到了。

“同学们，你们的班主任有些事情耽误了，今天报到的事情由我来负责。”年轻的老师板着一张脸，望着讲台下的学生，似乎要树立威信。

钟灵打量着讲台上的老师，应该是刚毕业入职的老师，如果有几年工作经验的，应该像钟母一般，根本不用说话，眼神一扫就能掌控全场。

虽然只是临时班主任，钟灵还是规矩了几分，按照钟母平时挂在嘴边的说法，刚毕业的老师树立威信的方法，一般是杀鸡儆猴。

“报到！”

钟灵的思维被这一道突兀的声音打断，她弯了一下嘴角，等着看好戏。

果不其然，老师的脸色瞬间变黑，周围的气场也被压低几分，瞪着教室前门的两个人：“有没有时间观念，报到都能迟到？”

钟灵微微抬头，两个少年穿着白色短袖，脸上还有剧烈运动后的红晕。看着大发雷霆的老师，两人相视一眼，还一脸迷茫的样子。

“老师，是不是您的时间有点快？”其中一个男生仍旧一脸轻松状，望着板着脸的班主任，那一脸笑容丝毫没有收敛，

“我们是计算好时间来的，如果没有出现误差的话，应该可以准时到。”

被学生当众质疑，老师的脸色又黑了几分，扬起胳膊上的手表，脸色更加不好看了：“现在迟到了。”

男生反应了几秒，神情里全是不可思议：“老师你相信吗？如果您再拖延四十五分钟，我们可能会旷课。”

教室里传来些许低笑，老师不仅没有被逗笑，反而更加严肃了起来：“你叫什么名字？”

“何之舟。”

听见这个名字，钟灵的视线终于集中到这个男生身上，分班的时候她就注意到这个名字，以往第一名都是她，这次前面有两个名字，而这个名字就是其中之一。

钟灵轻轻侧了一下身子，就望见男生背着的双手上那个摇摇欲坠的篮球，这个人还真是出乎她意料。

“你背后是什么？”老师的焦点瞬间转换，“把手伸到前面。”

男生似乎有些为难，望着老师铁青的脸色，也意识到似乎没有商量的余地，接着将双手慢慢地移到前面。

“嘭嘭嘭！”

钟灵看着滚落的篮球，嘴角僵了一下，她也是第一次看这种“大场面”，难免有些小小的惊慌。

望着男生无奈又稍带委屈的样子，老师一肚子的怒气硬生生地卡在喉咙里，最后才吐出几个字：“你们先站在那里。”

阴影笼罩下来，钟灵斜了斜眼睛就看见两个男生站到窗边，将所有的阳光全挡在了外面。

“应该早一点来教室的。”

“我最后一球都没来得及进，不然我就赢了。”

“要不是你最后一球，我们怎么会迟到？”

“许奕臻，你这样就不够意思了，怎么能全怪我呢？”

“不怪你吗，最后可是你承诺不会迟到的，现在什么情况？”

“我何之舟对天发誓，绝对是老师来早了。”

“你知道迟到的意思是什么吗？”

“什么？”

“在老师后面就叫迟到。”

……

被压低的声音若有似无地钻入钟灵的耳朵里，在钟母的耳提面命下，她也一向讨厌没有时间观念的人，可是面对这门外的两人却生不起任何厌烦。

窗外的两个男生还在讨论，钟灵的视线落到其中一个男生身上，男生的下巴上冒出一颗不太明显的青春痘，面对着另一个男生，皱着眉头争辩着什么。

何之舟。钟灵默念了两遍这个名字。

那是她在高中记住的第一个名字，彼时的她也并不知道这个男生会在她的青春里扮演着举足轻重的角色。

钟灵的生活并没有多少变化，依旧趋向于三点一线。她一向是自律的性子，即使钟母和她在一个学校，也几乎没有打扰过她。

黑板上全数粉笔字，教室里也只有老师的声音，钟灵的视线从黑板上移到书本上，低头的瞬间无意识地扫了一眼何之舟。

何之舟和许奕臻大概是吸睛类型，开学还没几天就已经活跃在女生的八卦中，钟灵经常能听见这两个人的名字，不过她更关注何之舟，具体出于什么心思，她自己也说不上来。

放学之后，轮到钟灵和安夏打扫卫生，安夏递给钟灵一把扫把，指着教室的其中一边："灵灵，我负责这边。"

安夏是钟灵在学校的第一个朋友，说起话来很温柔，在班级里是个很安静的存在。

何之舟还趴在桌子上睡觉，钟灵也不知道出于什么心思，打扫卫生的声音都刻意轻了几分，余光时刻注意着何之舟的动静。

不知是被声音吵醒，还是睡的时间够了，何之舟终于醒了，但意识还处在模糊中，他扫了教室一眼，看着旁边的钟灵以及钟灵手里的扫把，有些抱歉道："对不起，是不是耽误你了？"

除了在许奕臻面前张牙舞爪，在其他人面前，何之舟总保持着君子风度，就比如现在。

"没事。"钟灵急急否认，脑袋也剧烈地晃动着，"我刚想叫醒你。"

何之舟嘴角弯了一分，朝着钟灵伸出手，笑道："我来扫这里吧。"

"不用。"钟灵再次晃动着脑袋，双手朝后将扫把放在背后。

"好吧。"何之舟也没再勉强，歪歪脑袋冲钟灵笑了一下，将板凳放在桌子上，"那，辛苦你了。"

钟灵愣在原地，眼神追随着何之舟，脑袋才后知后觉地晃着：“不辛苦。”

“回神了。”安夏的声音响在教室里，笑盈盈地望着钟灵，像是不在意般问道，“你和何之舟很熟吗？”

“不。”钟灵慌忙低下头，像是被人猜中心思一样，脸色红了几分，却还是解释着，“没说过几句话。”

“这样啊。”安夏点点头，也不再说话。

那时，钟灵神经还处在紧张中，没注意到安夏有些失落的情绪，脑袋里慢速回放着方才的情景。

“怦怦怦！”

那是钟灵心动时的号角声，一下下缓慢却又很坚定。

午后的教室已经坐了不少人，即使是在饭间，班级里也几乎没有空位，优异的成绩从来都需要等价的努力换取。

钟灵皱着眉头在思考一道物理题，随着学科难度的加深，她需要更多的时间钻研，特别是这种有些抽象的学科。

教室里不如上课那般安静，有些嘈杂，但是钟灵的注意力非常集中，整个心思都扑在物理题上。

“张伟，给你作业！”坐在第一组最后面的男生，冲着钟灵前面的男生摇了摇手，接着将本子扔了过去。

高空传作业的方式一直在高中盛行，既不用麻烦别的同学传递，也可以让自己少走两步。

张伟准备好接住的姿势，这样的事情经常发生，他们已经可以掌握住作业本的角度和速度，按照自由落体的原理施加合适的力度，准确无误地到达目的地。

可是这次情况并不怎么顺利，作业本还没到达张伟的手上，已经呈现出向下的趋势，张伟微张着嘴巴，顺着作业本应该下滑的趋势，就看见了钟灵的脑袋。

可是钟灵早就屏蔽了外界的干扰，笔在书本上快速地移动着，仿佛已经找到了突破口。

作业本像是瞄准了目标，快速地朝着钟灵的脑袋降落，张伟内心非常纠结，可是已经没有多余的时间去阻止这场事故，唯一能做的就是闭上眼睛。

作业本在砸到钟灵的前一秒，被一只手截住了，堪堪地落在了钟灵头顶上空。

一道阴影落在课本上，钟灵才算有些察觉，抬起头的瞬间就愣住了。

何之舟快走几步，将手中的作业本递到张伟的手上："小心点。"

"好。"张伟舒了一口气，冲何之舟道谢，"谢了。"

何之舟轻点了几下头，垂下头与钟灵的目光撞到了一起，摸了摸鼻子，反倒有几分愧疚："没吓到你吧？"

"没。"

钟灵整个人都处在恍惚中，充满阳光的午后，她的眼睛里只有何之舟。

"那就好。"何之舟微微弯了下嘴角，便离开了。

何之舟身后的许奕臻也冲钟灵笑了一下，然后跟上何之舟，调侃的声音被压低几分传入空气："不错，都学会救美了。"

课本上的字在眼中虚化，钟灵的嘴角不可抑制地扬了几分，最后双手托着两腮，怎么办，心跳好快。

其实，心动真的只是一瞬间，也真的只需要一件小事的催化。

“喜欢”对于钟灵是个陌生却令人兴奋的词，她整日怀揣着这个秘密，日复一日的生活也变得新奇起来。

她对何之舟越来越关注，虽然两人没有任何交流，可是这丝毫不影响钟灵的喜欢，在暗角处那些不为人知的情感慢慢滋生，汲取着青春的养料，茁壮地成长。

如果发生在普通女生身上，这样的暗恋大概只能成为一个秘密，可是钟灵并不是一般女子，从小在钟母的教育下，她比一般女生更加勇敢与果断。

期中考试的表彰大会上，她作为优秀的学生代表在礼堂上进行发言，面对无数双眼睛，她丢掉准备好的演讲词，那些从没有组织过的言语像经过无数次排练一样，流畅地从她的嘴巴里钻出来。

“大家好，我是高一一班的钟灵，很荣幸站在这里分享关于我在高中的变化。

“高中和我想象中的几乎毫无差别，桌子上是厚重的课本，还是要穿统一的校服，这条长达三年的路途，似乎没有任何值得期待的事情。”

所有目光集中到钟灵身上，他们望着台上被灯光照耀着的钟灵，眼神中布满好奇，这样的发言倒是第一次听到。

钟母慢慢抿着嘴巴，钟灵的发言稿她事先是看过的，根本不是这样的内容，虽然不知道接下来的话，但是以担任过多年教导主任的经验来看，她有种极度不好的预感。

“可是我所有的失望全部被一个人的到来打消。”钟灵的声音还在继续，她顿了一下，视线往台下一扫，精准地找到了何之舟，目光开始变得柔和，“经过我无数次的判断，我觉得这就是心动的开始。”

“哇……”

所有的学生顿时激动起来，在这个含蓄的青春期，所有人对喜欢避而不谈，再加上学校的禁止，几乎没有人正大光明地去触碰那条红线。

台下一片哄乱，钟母的脸色黑了又黑，终于站起身来走到演讲台下，望着钟灵的脸上多了几分严肃：“钟灵，下来！”

钟灵深呼一口气，忽视钟母带着刀子的目光：“所有的青春都应不同，而我现在找到了属于我的青春，它不再限于课本，我终于可以不再迷茫，我有了明确的目标，我要更努力变得更好，去靠近那个闪着光的人。”

所有的声音都安静下来，所有的人都屏住呼吸，像是拿着彩票等待中奖号码的宣布，连心情都紧绷了几分。

“何之舟……”钟灵的声音带着前所未有的坚定，却只说了一个名字，后半句的“我喜欢你”消失在了空气中。

钟母走到一旁，迅速地拔掉了音源设备，快步走到钟灵身边，揪起钟灵的耳朵，恨铁不成钢道：“你跟我来。”

望着教导主任铁青的脸色，所有学生都站起来欢呼，这件他们想做而不敢做的事情，终于有人开了先例。

而被大奖砸中的何之舟还在发蒙，就如在万众期待之下，没买彩票纯属看热闹的吃瓜群众中了头等奖。

“魅力无边哪。”许奕臻笑得眼睛几乎要没了，碰了碰何之舟的胳膊坏笑道，“当众被告白的感觉怎么样？”

学校是热闹了，可是钟灵当天就被钟母带回了家，注定要接受一场洗脑式的思想教训。

客厅陷入一片安静，钟母一脸严肃，而钟灵也不服输地倔强地仰着下巴。

钟父看着硝烟四起的战场，为难地呵呵一笑："不要这么严肃，都笑一笑哇，这也不是什么大事。"

"还不算大事？"钟母的声音一下子拔高，直勾勾地看着钟父，怒气正在转移中，"在你的眼里是不是只有杀人放火是大事？"

"怎么能这样想孩子呢。"钟父立刻找到突破口，严肃地看着钟灵，"看把你妈气得，还不赶紧保证自己不会犯罪。"

"我保证，"钟灵竖起三根手指，跟钟父一唱一和，"不会犯罪。"

"你现在就在碰红线。"钟母的手指敲了几下桌子，"学校要求不准早恋，你都忘了吗？"

"我没有。"钟灵反驳，"我那只是告白。"看着钟母阴森的脸色，声音低了几分，"还是未遂的。"

"你！"钟母被堵了一下，看了眼身边的钟父，"你不是一向倡导爱的教育吗？好，现在请你赶紧悬崖勒马。"

钟父望了眼钟灵不肯退让的样子，只得劝比较容易明事理的钟母："灵灵也大了，这样的情感是正常的，好感都是多巴胺……"

"你就纵容吧。"钟母一看钟父偏向钟灵，瞬间就给钟父一记冷眼，决定亲自上场，"你小小年纪懂什么？"

"喜欢不分年龄。"钟灵仰着一张小脸，有板有眼地反驳着。

“我看你能坚持多久。”

“好。”钟灵立刻应道，似乎格外担心钟母反悔，“我就让你看看。”

话一出口，钟母就后悔了，恨铁不成钢地看了一眼钟灵，然后将目光转向钟父，企图扭转战局。

可是钟父像不明白钟母的意思一般，他对着钟灵教训道：“坚持给你妈妈看看，不要让……”

钟母瞪了一眼钟父，看了眼串通一气的两人，冷哼了两声，最终气冲冲地走向卧室。

“你啊你……”钟父点了点钟灵的脑袋，无奈地教训道，“晚饭自己解决，我去哄你妈。”

“好。”钟灵双手合并，朝着钟父深鞠了一躬，“辛苦你了。”

双方僵持不下，在钟父的协调之下，钟灵和钟母签订了平等条约。

条约规定，钟灵在高中不得谈恋爱，不得做任何影响学习的举动，而钟母应该尊重钟灵，并且保证高中结束之后，给钟灵自己选择的权利。

仪式在钟灵的房间举行，条约一式两份，整齐地摆在书桌上。

“我以公证人的身份证明这份合约具有法律效力。”钟父也是第一次面对这样的局面，摸了摸领带，郑重地宣布，“现在请双方签字。”

钟母白了钟父一眼，再次浏览了全文，确定没有什么漏洞之后，才签上了自己的名字。

钟灵也没那么多顾虑，大大方方地签订了人生第一份条约。

像条约规定的那样，钟灵从来不去打扰何之舟的生活，就连选位置的时候都找一个离何之舟远的地方。

小小的年龄，钟灵已经懂得了权衡利弊，把所有的心思放在学习上，在所有女生都倾向去靠近何之舟的时候，只有她努力地变得优秀，想要让何之舟看见自己。

起初钟母还担心钟灵违规，频繁地在教室窗外看钟灵的反应，也找钟灵的班主任了解情况，可是无论是观察，还是找人了解的情况，所有的现象都看不出钟灵喜欢何之舟的端倪，她还一度关心问过钟灵关于喜欢何之舟的后续。

钟灵的回答当然还是喜欢何之舟，不过她将喜欢放在合适的时间，而她也对自己的情感自信，即使不去接近何之舟，不进入何之舟的世界，她也相信这份感情并不会受到丝毫的影响。

事实也证明她是正确的，后来的时光里有无数人停驻或者离开，都没有一个人像何之舟那样令她心动，在她的世界里，何之舟一个人便挡住了人山人海。

在钟灵的预想里，她会和何之舟考取同一所大学，甚至去同一个专业，在自由的大学时光，实行自己蓄谋已久的倒追。

可是生活存在无数的变故，不知从哪里转来的何念棠彻底地夺走了何之舟的视线，钟灵乱了阵脚。

铁三角是众多关系中最为坚固的，学校也流言四起，传言何之舟和许奕臻马上要成功迎来铁三角的第三人，还是一个相貌奇特的女生。

在何念棠不知道的角落，钟灵的视线曾无数次追随着她。在遇见何念棠之前，她是所有人羡慕的对象，良好的家庭环境、优异的成绩和上乘的天赋，再加上不错的容貌，可是在看见何念棠之后，她也有了羡慕的对象。

自由、无畏、潇洒。钟灵第一次看见这样一个女生，所有人都嘲笑何念棠的时候，只有她看见何念棠眼底的云淡风轻，那样的不在意反而让周围的人看起来是那么可笑。

她想要认识何念棠，甚至想和何念棠成为好朋友，如果没有何之舟的话。

所有的不安全部表现在脸上，钟灵不喜欢藏着掖着，这样的直率也让她失去了洞察的力量，以至于安夏喜欢了许奕臻那么长时间她浑然不觉，后来犯了那么愚蠢的错误。

在被不安充斥和安夏的怂恿之下，钟灵将安夏伪造的情书贴在了公告栏上，那天晚上她第一次失眠，她突然察觉到了自己阴暗的一面。

一封被贴上“早恋”的情书成功引起了关注，再加上何念棠和何之舟这样的“公众人物”，学校很快就找到了当事人。

事情以得知何之舟和何念棠是兄妹的关系而告终，钟灵的举动也被监控器记录了下来，但是在钟母将她叫到办公室之后，她突然轻松了下来，所有的负罪感像一瞬间找到了一个出口。

安夏随着父母工作的调动加上这件事的影响，最终选择了转学离开。

“对不起。”安夏低着头，声音还是一贯的温柔，脸上全是内疚，“把你牵扯到了这里面。”

钟灵甩甩脑袋，望着沉浸在愧疚中的安夏，释然一笑道：“没关系。”

安夏瞬间抬起脑袋，看着钟灵并没有勉强的痕迹，脸上又多了几分讶异。

“现在轮到我道歉了。”钟灵微微垂下脑袋，无比真诚道，“对不起，作为你的朋友没有足够了解你。”

安夏咬着下嘴唇，努力睁大眼睛，声音已经有几分颤抖：“没、没关系。”

微风轻轻地吹起散落在耳侧的头发，阳光下，钟灵和安夏的笑容异常灿烂，女生之间的友谊大多都是越“作”越勇。

“以后我不在的时光，”良久，钟灵才打破这美好的安静，“请你一定要快乐。”

“你也是啊。”

所有的事情看似尘埃落定，而钟母却再次关注起钟灵的动向，有一点儿风吹草动就找钟灵谈话。

有一次，钟灵的耐心消耗殆尽，两人都是比较倔强的性子，在失去钟父这个润滑剂的情况下，两人很快就话不投机吵了起来。

最终，钟灵推门而出，也正是这样的一次契机，她和何念棠有了交集。

何念棠是典型的慢热性子，看起来不易相处，实则面冷心热，用何念棠的解释就是出门在外就要拿出“棠主”的气场，不然怎么镇住别的小朋友。

两人的友谊也有了质的飞速进展，很快就跨越了无数时光，找到了相同的频道。

因为何念棠的存在，钟灵也有了更多接近何之舟的机会，可是她依旧停在原地，站在和钟母约定的那条红线前，即使只是这样她也很满足了。

“钟灵。”何之舟被许奕臻推了出去，挠着脑袋有几分不好意思，“你能叫下何念棠吗？我找她有点事。”

在女生宿舍楼下，何之舟终于看见救星一般，虽然和钟灵相处了很长时间，但是受到那次当众告白的冲击，面对钟灵他还是有点不好意思。

“嗯。”钟灵笑得眼睛都看不见了，何之舟主动和她说话的次数，她一只手都能数过来，“你们等一下。”

校园生活就这样安静地流逝，四个人经常一起行动，许奕臻和何念棠总是走在中间，而钟灵和何之舟站在最外侧，即使隔着两个人的距离，钟灵也经常乐得合不上嘴巴。

钟灵和何念棠总是有说不完的话题，三观相同的人总是可遇不可求。

“真羡慕你。”钟灵吃着雪糕，望着何念棠的眼睛里全是掩饰不住的憧憬，“怎么会有你这么好的人！”

“你也很好。”何念棠也是真心实意，毕竟钟灵本身就很优秀，“再说，你羡慕我什么？”

“很多啊。”钟灵毫不犹豫道，“性格好，长得也漂亮，还聪明……”

“这些你都有。”何念棠眯了一下眼睛，望了望万里无云的天空。

钟灵皱着眉头，想了一下：“还真是。”随即就又改口道，“但我还是很羡慕你。”

“如果你变成我，你愿意吗？”看着钟灵纠结的样子，何念棠摇了摇脑袋，对钟灵的执念也很无奈。

“容我想想。”钟灵歪了歪脑袋，仿佛在思考一个重大的事情。

看着钟灵认真的样子，何念棠终于忍不住，轻轻地戳了下钟灵的脑门：“你想做我哥哥的妹妹吗？”

“当然不。”钟灵这次没有犹豫，一脸的坚定，“我不要做他的妹妹。”

何念棠一脸欣慰，满意地点点头：“孺子可教也。”

兄妹的话，审美也应该相近。钟灵眼睛闪了一下光芒，抓住何念棠的袖子，期待地问：“如果你是男生的话，会不会喜欢我？”

面对钟灵突然的脑洞大开，何念棠也顿时戏精上身，捂住嘴巴，惊呼道：“想都不敢想，我哪有那种福气？”

看着何念棠浮夸的表演，钟灵笑弯了腰。

何念棠知道钟灵玩笑背后的认真，拍了拍钟灵的肩膀，像是在给钟灵一颗定心丸一般：“别着急，你那么好，我哥肯定可以看见的。”

那时钟灵也对这句话深信不疑，是啊，她这么好，何之舟怎么会看不见呢。

除了那次公然的告白，钟灵就再没做过什么出格的事情，她将喜欢全部转化为学习的动力，努力地追赶着何之舟的脚步。

在漫漫征途中，钟灵的视线一直紧随着何之舟，何之舟微笑、何之舟发呆、何之舟打篮球、何之舟上课回答问题……何之舟那样瞩目，何之舟那样好。

青葱岁月中，钟灵几乎和何之舟没有多少交集，可是她的青春回忆里却只有何之舟一个人的影子，所有的人都像打着马赛克一般，只有何之舟是发着光的存在。

后来何念棠出现，钟灵终于有了靠近何之舟的借口，对何之舟的了解也不再局限于表面，她可以偶尔和何之舟吃饭，可以通过何念棠了解何之舟的趣事。

四人的小团体并没有给两人带来实质性的变化，两人还是普通同学的关系，何之舟看起来也并没有注意到自己，但钟灵无比自信她和何之舟一定会有故事，那时两人虽然疏远，可她还有努力这张底牌，是的，她还没开始努力呢。

有时候，努力是事情的最后一张底牌，现在她已经打出去了，但是故事并没有像她料想的那样发展，她追了何之舟两年，而他们还是停在普通同学的关系上。更可怕的是，她现在已经没有安慰自己的理由了。

钟灵把手机放在书桌上，心里像塞了一团棉花，所有的负面情绪都找不到出口。

天色渐渐暗了下来，厨房里叮咚响之后，钟母的声音在客厅响起："吃饭了。"

以往钟灵肯定会屁颠屁颠地跑出去，可是现在她仍瘫卧在床上，她觉得自己好像生病了。

"吃饭了。"钟母迟迟不见人，只得到卧室来抓人。

"妈。"钟灵鲜见地示弱，语气轻飘飘的，"我没胃口。"

“怎么了？”钟母立刻坐到床上，用手背抵着钟灵的额头，“是不是发烧了？”

钟灵晃了晃脑袋，暑假已经接近尾声，她所有的失望和无力感疯狂滋生，现在已经处在了一个崩溃的边缘。

“那……”钟母拍了拍钟灵的手背，语气难得地温柔了起来，“能给我说说吗？”

“还记得我们签订的那份条约吗？”想起自己干过的幼稚的事情，钟灵的嘴角才稍稍弯起，“那时候我以为只要逃离了你的眼睛，人生就会一帆风顺，我就能主导自己的生活。”

钟灵的视线下垂了几分，将头慢慢地靠到钟母的肩膀上，声音浸满了失望：“可是我现在才知道想要达成目标是那么难。”

“怎么了？”看着钟灵的样子，钟母就猜到了一二，“何之舟那个臭小子欺负你了？”

“不是。”钟灵深呼了一口气，像是自暴自弃那般，“他只是不喜欢我。”

“世界上有很多事情是勉强不来的。”钟母摸了摸钟灵的发顶，脸上全是温柔，“很多事情只要没有遗憾就好了。”

钟灵心情好了一些，抬起脑袋认真地望着钟母，笑容慢慢地浮在脸上。

被钟灵一打量，钟母的表情瞬间不自然了，摸了摸脸道：“你看什么？”

“原来我妈妈也很温柔。”钟灵歪着脑袋看着钟母，眼底的笑意似乎要漫了出来。

“咳！”钟母瞬间切换到教导主任的模样，清咳了两声，公事公办道，“洗手吃饭，动作快点。”

“收到。”钟灵敬了一个标准的军礼，把门拉开，给钟母做了一个请的姿势。

第九章
你是别人的风景

汽车平稳地在高速公路上行驶，钟灵的眼睛望向窗外，所有的树木全都只留下一个剪影。

暑假的时光，钟灵和何之舟两人陷入尴尬中，似乎都不知道说些什么，但是钟灵和何念棠倒是每天都会聊天。

“我明天不和你们一起去学校了。”钟灵思量很久还是说了出来，这些天她一直对何之舟避而不提，何念棠自然也有所察觉。

果不其然，何念棠也表明立场：“我和你一起去学校，让那两个榆木疙瘩自己看着办。”

看着何念棠，钟灵瞬间就感觉温暖了几分，不管发生什么事情，何念棠永远都站在她这一边，正是因为这样她才更要解释清楚：“我爸正好出差，带我一起去。”

“这样啊。”何念棠似乎放心了不少，“那你们玩得开心哈。”

“知道了。”何念棠一向不喜欢打破砂锅问到底，钟灵格外喜欢这样的人，“那你早点休息，学校见。”

下了高速公路，汽车的速度明显地慢了下来，钟灵微眯着眼睛休息着，等到再睁开眼睛的时候就看见了久违的校门。

“爸爸，我自己来就可以了，你先回去吧。”钟灵从钟父手上拿走行李箱，朝着钟父摆摆手。

“那你慢点。”钟父点了点头，坐进车里还探着头，安排着，“有事的话记得打电话。”

钟灵朝着钟父挥了挥手：“没事我也会打电话的。”

校园里还是离开时候的样子，钟灵拖着行李箱，心里却在想着何之舟在做什么。

偌大的校园里有三三两两的人走过，钟灵心不在焉地望着前方，马上就要面对何之舟了，她现在格外紧张。

一个漫长的暑假过去，要用什么方式开场？这样的问题对她来说简直堪称世纪难题。钟灵的脑海里上演着无数经典的偶像剧桥段，企图从中挑一个最浪漫的方式。

虽然并不确定何之舟会不会喜欢自己，但自己还是要努力一下的，经过一个暑假之后，钟灵决定还是要勇往直前，反正已经奋斗五年了，没道理现在打退堂鼓。

路上有一段下坡路，钟灵拉着行李箱，艰难地控制着平衡。终于到了平路上的时候，还没等钟灵放松，眼睛向前一望，心突然揪了起来。

何之舟拿着几张A4纸，正朝着她这边走来，旁边陆慕晚不知在说什么一脸笑意，只不过视线在落到钟灵身上时，笑容敛去了几分。

何之舟已经很长时间没有见过钟灵了，不知为什么，暑假的时候钟灵几乎没有主动找他聊过天，两个月里两个人的聊天记录还没平时的一星期多。

即使只通过一个手机的媒介，何之舟还是感受到了钟灵的冷淡，可是他对此一筹莫展，最后只好求助于何念棠。

“你还好意思问我？”何念棠一听便怒了，“你自己看着办。”

连平时最上心的何念棠都这个态度，何之舟顿时就慌了，立刻反省自己是不是做了什么不可饶恕的事情。

即使每日三省吾身，何之舟还是一头雾水，无可奈何之下，只好病急乱投医，找许奕臻分析了一波。

和何念棠在一起之前，许奕臻可没少受何之舟的折磨，看着何之舟现如今处在水深火热之中，顿时就乐了：“何大少也有七情六欲了？”

何之舟一阵气结，哼了两声：“看来你还是看不懂自己的身份，我可是你名义上的哥，注意你的措辞。”当下就威胁着，“不然我待会儿截图给炸炸，让她看看你的德行。”

许奕臻笑出了声，同情地看了何之舟一眼：“怪不得炸炸说你蠢，这么一看名副其实啊。”

“炸炸说我蠢？”何之舟皱起眉头，立刻炸了，“你又挑拨关系？”

“原话是情商低，如果你非要说这个好听，我也没有办法。”许奕臻摊了摊手，脸上全是无奈。

“你把话说清楚。”何之舟来了劲，盯着许奕臻，有种不到黄河不死心的执着，“你什么意思？”

许奕臻倒是毫不客气，为何之舟剖析起来：“就拿你现在来问我这件事来说，肯定是走投无路才会这样做，如果我没猜错的话，炸炸应该嫌弃过你了吧。”

何之舟窝了一肚子火，顿时就硬生生地卡在了喉咙里，反驳什么呢，事实确实是这样的。

所以说，自己真的情商低？整个暑假何之舟都被这个问题困扰，直到开学还是没找到解决的办法。

看着何之舟向这边走来，钟灵也不知道怎么回事，双脚已经不受大脑控制，等她反应过来的时候，她已经拉着箱子转身朝着另一边走了。

何之舟脚步顿了一下，望着钟灵，脑子里只有一个声音：追上去。

“你知道报告应该交到哪里吗？”何之舟将纸张递给陆慕晚，声音都带上了几分焦急。

“不知道。”陆慕晚摇了摇脑袋，那个教室她第一次去，完全不知道在什么地方，可是看着何之舟着急的样子，勉强弯了一下嘴角，“你去追学姐吧，我肯定可以送到地方的。”

在内心纠结了一番，何之舟还是无法移开脚步，这份报告马上要用耽误不得，他平静下来：“没关系，先去送报告好了。”

陆慕晚跟在何之舟的身后，望了眼前方的身影，轻轻叹息了一声，也许何之舟自己都没意识到，钟灵的一举一动可以轻易影响到他。

而何之舟自然没注意到陆慕晚的视线，着急想要将报告纸送到目的地，然后去见钟灵，脚步不自觉地快了好几分，以至于陆慕晚必须要小跑才可以跟上。

七拐八拐到了宿舍，钟灵瞬间就失去了力气，瘫坐在椅子上。

萧苒躺在床上追剧，一看见钟灵，便将手机放下，双手张开热烈欢迎着："欢迎回家。"

钟灵让自己的声音显得没那么伤感："我累死了，先歇会儿，等会儿再接受你的欢迎。"

"好的。"萧苒以为钟灵是真的累到了，也没有怀疑，"等你休息好了，给你一个大大的熊抱。"

钟灵闭着眼睛，这还没开始准备，她攒了一暑假的勇气一瞬间就灰飞烟灭了。

桌子上的镜子倒映出狼狈的样子，在眼泪落下的那一刻，钟灵闭上了眼睛，怎么办，她好像追不上何之舟了。

"钟灵怎么了？"何之舟彻底地慌了，望了眼桌上的冷饮，方才他拿着冷饮去找钟灵的时候，钟灵以累了为理由拒绝见他。

何念棠也被何之舟气得没脾气了，唉声叹气："唉！"

钟灵在他的眼中一直都是太阳般的存在，从高中到大学，所有人都在改变，只有钟灵还是最初的模样。

桌上的冷饮杯已经被一层水汽包裹，何之舟眼神恍惚了两下，钟灵的种种反应表明她开始讨厌他了吗？

何念棠沉默了几秒，还是鼓励何之舟勇敢一点："哥，你现在真的应该想一想，你是不是真的喜欢钟灵。如果是就去告白，如果不是就不要再耽误她了。"

如果这个问题在暑假之前，何之舟还是会犹豫，作为一个理科生他一向是理智的，他想等自己再成熟一点，想让钟灵看见更好的自己。

可是，这两个月的暑假对他来说太漫长了，何之舟至今还能体会到空荡荡的感觉，他甚至无聊地去百度了怎么与喜欢的女生聊天。

“是不是喜欢钟灵”已经不是个问题了，何之舟抿了一下嘴唇，他也许应该考虑自己是不是特别喜欢钟灵，喜欢到在那么多未知下，仍想要奋不顾身地去牵钟灵的手。

他想和钟灵在一起，即使不确定钟灵会喜欢自己多久，反正现在这一秒他不想去考虑未知的可能性。

看着还没动静的消息框，何念棠终是叹了一口气，已经对何之舟不再抱有什么希望了：“算了，当我没说。”

“我喜欢她。”

一字一句，短短四个字用上了何之舟所有的真心，看着屏幕上陌生却已经在心里确定无数次的四个字，他已经开始心动了起来。

何念棠瞪着眼睛，似乎怀疑眼前发生的一切，手指在手机上飞快地移动：“哥，你确定你还清醒着吗？”

何之舟从来没有这般坚定过，他是个不轻易承诺的人，但是一旦承诺便会负责到底：“我确定，我喜欢她，很喜欢。”

“天上下红雨了。”何念棠突然有种想哭的冲动，她家的榆木疙瘩终于开花了，“那你要告白吗？什么时候告白？怎么告白？”

看着何念棠一连串的问题，何之舟的嘴角上扬了几分：“你有什么建议？”

“灵灵的生日快到了。”何念棠的兴致彻底上来了，“我们不是在家里已经有了一些计划，现在只要把告白的情节加上去就好了……”

为了制造足够的惊喜，何之舟和何念棠在钟灵的问题上达成了一致，这件事要对钟灵保密。

被蒙在鼓里的钟灵丝毫不知道两人的计划。

钟灵生日的那天恰逢周末，宿舍的其余三人想拉着她去玩，可是她以不舒服为由婉拒了三人的好意。

看见钟灵的样子，宿舍里的三人自然也不放心，打算取消所有计划，在宿舍陪着钟灵。

钟灵自然不愿意影响到别人，将三人推到门外，让她们帮她带好吃的回来。

何念棠一大早就打来电话跟她说了生日快乐，钟灵的心情稍微好了点，和何念棠说了会儿话，得知何念棠那边有别的事情后挂了电话。

在宿舍待了一上午，钟灵盯着雪白的天花板，思维无限放空，强迫自己不再想任何事情。

到了下午三点，钟灵才从床上爬起来，即使何之舟不记得了，但是，生日一年只有一次。

校门口有人在发电影优惠券，钟灵翻看了两眼，决定去看新上映的电影，电影院的人多，她可能就显得没那么孤单了。

坐了十多分钟的公交车，钟灵来到了这家电影院，买了票和一大杯爆米花后，就坐到自己的位置上。

这个时间段并不是看电影的高峰期，影院里只有几个人，钟灵望了眼空荡荡的座位，她来这里就是因为人多，没想到看电影的才几个人。

即使只有几个人，电影还是按时放映，钟灵望着巨大的荧屏，不停地往嘴巴里塞爆米花。

电影是一部动画片，并不适合钟灵这个年纪看，她也只当是消磨时光，安静地坐在角落。

电影结束已是两小时之后，钟灵随着人流走了出来，六点的天色也并不算暗，她望了望热闹的城市，依旧不知道应该去何处。

“等了这么久，终于上映了，好激动。”

“这是一个爱情悲剧，我可提醒你了，一会儿哭鼻子可不要怪我。”

“我偶像拍的，就算虐死我还是得支持。”

爱情悲剧，这四个字停留在钟灵的脑海里，仅经过一秒钟的犹豫，她转身再次朝着电影院走去。

买票落座。

位置却不是方才的位置，现在正是看电影的高峰期，位置已经不能随意选择了。

左右环顾一周，钟灵无奈地笑了一声，大多都是情侣，只有她格格不入。

电影讲述了一场无疾而终的爱情，两个人因为种种错过，关系回到原点，重归陌路。

年少的爱情大多是相似的桥段，只是“青春”两个字自带光芒，不需要任何修饰词就已是焦点。

电影才放映半个小时，演播厅里已是哭声一片，女生靠在男生的肩膀上痛哭，而男生时不时地给女朋友递纸巾，并附赠一句安慰。

不过，钟灵的心思已经不在荧幕上了，视线全部落在前座，那里好似也是一对情侣，但并不是处于热恋期。

“对不起。”女生的声音带着无法掩饰的哭腔，靠在男生的肩膀上哭得无法自已，“我还是忘不了他。”

忘不了。钟灵瞬间像是找到了归属感，即使没谈过恋爱，却对这三个字感同身受，她已经有了不能忘记的人。

男生的视线始终停在女生的身上，看着女生悲伤的样子，犹豫了很久，最后终于像下定决心那般：“去找他吧。”

女生的眼泪像是珠子一般，望着男生的眼里全是犹豫：“可是……”

“没关系的。”男生轻轻地帮女生擦掉了眼泪，宠溺地摸了摸女生的头，“你开心就好了。”

女生纠结了数秒，最后还是拿起包，歉意地看了男生一眼：“那，我走了。”

“嗯。”男生还保持着微笑，朝着女生摆了摆手，“祝你好运。”

钟灵的呼吸轻了几分，余光还是盯着前排的男生，唯恐打扰到他。

几分钟之后，男生吃爆米花的动作停住了，肩膀剧烈地耸动起来，压抑的哭声慢慢地传入空气中。

钟灵也伤感起来，其实成全一个人远没有那么轻松。

黑暗的演播厅里，随着剧情的推展，哭声越来越大，钟灵抿着下嘴唇，眼泪落下。

兜里的手机亮了又暗，钟灵没有丝毫察觉……

另一边，何念棠看着自动挂断的手机，朝着何之舟和许奕臻几人摊了摊手：“还是没人接。”

广场上用蜡烛摆了一个心形，何之舟穿着熊本熊的玩偶服拿着气球站在里面，外围的观众也已经准备就绪，却迟迟不见女主角入场。

何之舟慌乱了几分，拿掉头套朝着何念棠走去：“还是没打通吗？”

天色暗了下来，钟灵的手机已经从无人接听到无法接通，何念棠彻底慌了：“我们去找找吧，天色这么晚了……”

“好，你们帮我收拾一下现场。”何之舟将头套递给孔彦宇，又拍了拍何念棠的肩膀，“你和奕臻去学校周围看看，我在学校里面找一下。”

“我们去宿舍再看一遍。”萧苒也慌了，声音都紧张了几分。

“好，分头行动。”

学校里，每一个角落何之舟都一一找了个遍，他身上还穿着熊本熊的玩偶服，此时在剧烈的运动下脸上已经冒出了层层汗水。

没有，没有，还是没有。

何之舟的心越提越高。

“你们找到了吗？”何之舟讲着电话，眼睛不停地搜索着，“我这里也没有。”他神情慌乱，即使体力透支，他也不敢停下来，“我再找找，先挂了。”

校园亮起暖黄色的灯光，学生们三五成群地享受着美好的周末，何之舟却是满心懊悔，一个人穿梭不停，来回张望着，唯恐错过了钟灵。

片尾曲响起，电影落幕，很多女生哭花了妆，甚至有的女生已经哭得站不起身。

钟灵随着人群向着外面走去，天色已经完全暗了下来，她轻呼了一口气，哭过之后眼睛还有些酸涩。

夜晚的风格外凉爽，钟灵紧了紧身上的衣服，她也没想在外面待那么长时间，更没想到夜晚已经有些凉意了。

钟灵心里仍是空荡荡的一片，有些东西越是回避就越清晰。

不知道现在几点了。钟灵终于拿出被冷落多时的手机，连按几下手机还是一片黑暗，她这才反应过来，手机没电了。

怎么回去？这是钟灵首先考虑的问题，她出来的时候只是想转一转，看电影也是临时起意，所以根本没有带钱。

从这里到学校步行的话也就半个多小时。钟灵将手机放进口袋里，就当是散散心了。

街上灯光闪烁，这座城市的夜色很温柔，街边有牵手的情侣，还有一家三口。

大家都是幸福的样子……

钟灵好不容易平复的情绪再次翻涌，眼睛模糊起来。

负面情绪全数上来，钟灵边走边掉眼泪。

不能哭，不能哭，今天可是我的生日。钟灵胡乱地找了个理由试图安慰自己，强迫着自己嘴角上扬。

“妈妈，那个小姐姐好像哭了呢。”童言无忌，小女孩看见什么便说了出来。

年轻的母亲并没有斥责孩子，反而蹲下来对小女孩说：“假如你丢了心爱的玩具会哭吗？”

“会。”小女孩没有丝毫犹豫。

“小姐姐可能也丢了一件很重要的东西。”年轻的母亲站起来，望着小女孩的眼里全是怜爱。

“那我想把气球送给她。”小女孩望着钟灵，犹豫了一下才决定，“可以吗？”

“如果你愿意的话，当然可以。”

钟灵听见这对母女的对话，顿时停住了，在小女孩跑向自己的时候，她慌乱地擦干了眼泪。

“小姐姐。”小女孩露出灿烂的笑容，冲钟灵笑得毫无防备，“送给你气球。”

这是最新款的气球，心形气球里亮着五彩灯光，漂亮极了。

“谢谢你。”钟灵蹲下来，脸色柔和，“气球很漂亮，姐姐看一下心情就很好了。”

“送给你了。”小女孩将气球往钟灵手里一塞，那模样看起来很坚定，“妈妈说赠人玫瑰，手有余香。”

钟灵微愣，这时，年轻的母亲走上前拉起小女孩的手，冲着钟灵笑了一下：“加油哦。”

钟灵望着两人的身影，心里升起阵阵暖意。

学校门口，何念棠快要崩溃了，眼睛泛红，许奕臻在一旁安慰着。

何之舟看见何念棠崩溃的样子，微微叹了一口气：“你们先回宿舍，我再去找找。”

“你一个人什么时候能找到？”看着何之舟满头大汗的样子，何念棠将头偏向一边，眼泪落了下来。

何之舟满心自责，望着何念棠伤心的样子，说不出半句安慰的话。

钟灵一走到学校门口就看见了他们三个人，顿时愣在了原地。

何之舟是最先看见钟灵的，但是无数次的失望让他有点怀疑自己的眼睛。

他用力地眨了眨眼睛，像是担心钟灵是幻觉般。

何念棠顺着何之舟的视线便看见了钟灵，她并没有像何之舟那样谨慎，直接飞奔过去："灵灵！"

钟灵被这样的阵势整晕了，她舔了舔发干的嘴唇，发出声音："你们怎么都在啊？"

哪怕所有的计划都落空，但钟灵是安全的就好了。何念棠突然放松下来，打心眼里感到惋惜，某人好不容易鼓起的告白仪式就这样泡了汤。

"今天是你生日，当面祝你生日快乐呀。"何念棠打算避重就轻地含糊过去，毕竟很多东西原先已经撤了现在来不及再布置，告白是件大事，只好等下一次机会了。

钟灵眨了眨眼睛，视线在何之舟身上略过，突然感觉这个世界有些玄幻："那……"

钟灵已经平安回来，何念棠着急将剩下的时间交给何之舟，便在钟灵的耳边悄悄地说："我哥已经找了你几个小时了，本来给你准备的惊喜只好下次给你了。"

钟灵微愣，疑惑地望着何念棠。

何念棠不再搭理钟灵，拉上了许奕臻准备回学校："你们好好聊，我们要回学校了！"

何之舟的心情终于重归平静，眼睛里全是庆幸，像是经历过失而复得那般。

小女孩送的气球还在夜色里发出夺目耀眼的光芒，钟灵的脚步像定在了原地一般，她只能呆呆地看着何之舟一步步地朝自己走过来。

何之舟还穿着玩偶服，头发已经湿透，还有些贴在了脸上，他慢慢地靠近她，心跳也慢慢地快了起来。

看着何之舟的样子，钟灵特别想知道发生了什么事情，却在开口的一瞬间发不出声音。

“你去哪里了？手机怎么关机了？”何之舟全然不提刚才的慌张，甚至慢慢笑了起来，顿了一下才说道，“我找了你好久。”

满脸的汗水已经说明一切，钟灵突然觉得自己太任性了，消失了一下午和一晚上，害得所有人都在担心自己。

“我……”钟灵扁了扁嘴巴，视线慢慢垂下，盯着何之舟的一双脚，眼泪再次涌了上来，“对不起……”

看着钟灵眼泪落了下来，何之舟好不容易平复的心情再次慌了起来，还以为自己的口气重了，声音又轻了几分：“没事，你别哭啊。”

钟灵还是低垂着脑袋，肩膀耸动得更加厉害了。何之舟顿时手足无措，手臂抬了几次，最后将毛茸茸的“熊掌”放到钟灵的脑袋上：“你不要哭哇。”

我最害怕你哭了。这后半句被何之舟咽回肚子里。

他朝着钟灵又靠近了一步。

“我不是伤心。”钟灵弯着眼角，终于抬起脑袋，眼泪还在滚落，“我也不知道为什么要哭。”

毛茸茸的“熊掌”落在钟灵的脸上，何之舟连呼吸都轻了几分，耳尖和脸开始发烫。

还好不是白天。何之舟眼中全是温柔，安静地望着钟灵，耐心地等待着钟灵的情绪归于平静。

灯光暖黄，何之舟穿着玩偶服走在校园里，来往的人纷纷将目光落到他的身上。方才着急根本不会注意这些，这会儿他倒觉得有几分窘迫。

钟灵情绪稳定下来，看着何之舟的穿着，开口问：“你为什么穿成这样？”

因为你啊！何之舟在心里回答，面上却不动声色：“有个活动就穿成这样了。”

原本穿成这样很大一部分的原因是避免害羞，现在既然没有成功，他更不好意思开口了，毕竟“布置好了一切，却唯独缺少女主角”这样的事情怎么开得了口。

钟灵也没有怀疑，因为今天哭了太久，声音已经有些沙哑，她吸了吸鼻子，说：“炸炸刚刚说给我准备了惊喜，什么惊喜？”

何之舟咳了一声掩饰尴尬，余光落到钟灵的身上，用毛茸茸的“熊掌”摸了摸鼻子：“也没什么。”

钟灵不在的时光里，惊喜已经成功变成惊吓了。

钟灵没再问下去，原本以为何之舟不记得自己的生日，可是从何念棠刚刚的话里可以得知，是她误会了何之舟，他们给她准备了惊喜。

她轻轻地舒了一口气，最近一段时间她的情绪很不稳定，她要好好地调整一下。

两人沉默地走着，何之舟望了望身旁的钟灵，悄悄靠近了钟灵一些，玩偶服体积庞大，他几乎要和钟灵挨到一起了。

“气球很漂亮。”何之舟打量了一下钟灵，终于找到一个话题。

“嗯。”钟灵的表情柔和了几分，瞬间想到了方才的温暖，“确实很漂亮。”

在制造话题上，何之舟还是个初学者。他抿了抿嘴唇，大脑飞速地转动着，想着怎么和钟灵搭话。

钟灵的情绪已经好了很多，只是哭了那么久，再加上许久没喝水，嗓子微微痛了起来。

女生宿舍楼近在眼前，何之舟的手在兜里紧紧地抓着礼盒。礼盒是正方形的，原本是放在气球上给钟灵的，虽然现在那个气球已不知去向，但礼物还是要送的。

“你早点休息。”钟灵望着何之舟，“不要感冒了。”

“嗯。”何之舟点点头，所有的心思都集中在礼盒上，想着怎么将它送给钟灵。

“我回去了。”钟灵朝何之舟摆了摆手，看起来心情已经完全恢复。

“等下。”何之舟鼓足勇气，将礼盒拿了出来递给她，“生日快乐。”

今天一整天，心情如过山车一般，当下，钟灵的心跳已经到达极限，她没有看着那礼物，而是盯着何之舟的眼睛。

“暑假就开始和炸炸准备了。”何之舟的声音慢慢地飘进空气里，他克制着害羞，与钟灵对视，“希望你喜欢。”

钟灵整颗心瞬间飘了起来，空气里弥漫的全是甜蜜的气息，根本不需要打开礼物，她就已经心动了。

上课的时候，钟灵的手又控制不住朝着脖子摸去，手指在碰到微凉的金属时，嘴角的笑容又扩大几分。

何之舟送的是一条项链，款式简单，吊坠是一个红色的心，只有耳钻般大小。

一看到这条项链，钟灵就特别喜欢，立刻将它挂在脖子上，这份礼物瞬间给了她追何之舟的信心。

“这段时间你撒狗粮的方式又高级了许多。”萧苒对何之舟的最后一点不满，也在上次未成功的告白事件上消失殆尽，这会儿看着钟灵甜蜜的样子，调侃着，“就算只有一个人也能撒狗粮了。”

“对啊。”钟灵倒是没有否认，表情嘚瑟，“作为一名即将摆脱单身的主人公，我很有必要关心你这个单身狗，给你送温暖。”

“扎心了。”萧苒捂着胸口望着钟灵，“前几天你还萎靡不振，爱情真是有魔力。”

“什么萎靡不振？”钟灵纠正萧苒的措辞，元气满满，“我那是反省自我，好吗？”

即使知道可能再次遭受一万点暴击，但萧苒还是控制不住地问：“反省什么？”

“反省我竟然抛下你一个人摆脱单身，让你从单身狗升华为孤独的单身狗。”钟灵笑眯眯地眨了眨眼睛。

好奇心害死猫。萧苒抿住嘴巴，反驳道：“是单身贵族。”望着钟灵同情的样子，她气结，将课本挡住钟灵的视线，“拒聊。”

钟灵呵呵一笑，也许生日那天把所有的伤心都透支了，如今剩下的只有开心，这让她再次拥有了无比强大的自信。

她相信，何之舟一定是因为某种原因没来得及跨出那一步，没关系的，她再等等他好了。

“叫我干吗？”何之舟望了许奕臻一眼，下午许奕臻主动约他见面的时候，吓得他手机都晃了晃，说着他望了一下天，“今天太阳从西边出来了吗？”

“去。”许奕臻递给何之舟一杯奶茶，他还要保持着礼貌，毕竟是带着任务来的，俗话说伸手不打笑脸人，一会儿让何之舟无法拒绝他。

“我不喜欢喝奶茶。”虽然一脸嫌弃，但何之舟还是接了过来，顺便吐槽，“也不知道你一个男子汉为什么喜欢这种东西，不怕蛀牙吗？”

“你也就只能这样吐槽我了。”许奕臻伸手朝着何之舟，“炸炸买的，不喜欢的话给我。”

一听是何念棠买的，何之舟瞬间就没了怨言，唯恐许奕臻将奶茶抢了去，赶紧喝了几口：“送出去的东西哪有要回去的道理，何况还不是你送的。”

两个男生互相嫌弃。

“我说——”许奕臻揶揄何之舟，“告白的事情你打算怎么办？”

“咳！”何之舟被呛到了，见许奕臻一本正经的样子，他消化着方才的讯息，“这是你该关心的问题吗？”

“我对你的终身大事并不感兴趣。”许奕臻耸了耸肩，实话实说，“但是炸炸比较关心。”

何之舟被噎了一下，瞬间摆起架子：“我可是你哥，说话注意点。”

许奕臻面无表情，何念棠一天到晚张口闭口全是何之舟，他很想改变这个现状，索性单刀直入：“陆慕晚是怎么回事？”

“你听谁说的？”何之舟也听说过那些传闻，但是许奕臻应该不会关心这些事情。

“炸炸。”许奕臻有些无奈，“你一个哥哥整天让妹妹操心真的好吗？”

“你以为我想。”何之舟吸了一口奶茶，被甜得面目狰狞，“那都是谣言，人家可能没这个意思，如果我贸然对人家说这事，人家得怎么想呢。”

许奕臻望了何之舟一眼，瞬间扯到另一个话题上：“我听说钟灵收获了一个蓝颜知己，你知道吗？”

“他们是普通关系。”何之舟也不知道是说给许奕臻听，还是说给自己听，语气又重了几分，“你不要多想。”

“认识十几年的交情，我不得不提醒你。”许奕臻同情地望着何之舟，“蓝颜知己很容易上升到男朋友，到时候你哭都没地方哭去。”

“好想缝住你嘴巴。”何之舟咬牙切齿，却又有几分动摇，“现在暖男很受欢迎吗？”

“当然。”许奕臻瞬间想起何念棠交给自己的任务，悠悠地说了句，“所以你也要做一个温暖的人。”

何之舟没有反应过来：“嗯？”

“今年的冷空气来得有些早，过几天有一股寒气蔓延过来，温度会直线下降。”许奕臻望着何之舟还赤裸的小腿，

“炸炸要我提醒你早点买秋裤，冬天做一个温暖的人。”

何之舟假笑了一番，点了点头：“聊天结束，我们江湖再见吧。”

第十章
你爱的真是我

第一波寒空气没有把不穿秋裤的何之舟冻到，反而一直注意保暖的钟灵有些感冒的预兆。

下午还有一节选修课，但钟灵却头痛不已，即使选修课上有何之舟，她也不得不跟班长请了假。

钟灵早早就和何之舟打过招呼，所以公修课上没看见她，他也是一脸镇定。可是韩路宁就不一样了，张望了好几眼都没看见钟灵的身影，偷偷拿起手机了解情况。

“阿嚏！”钟灵抽纸擤鼻涕。

有信息传来，钟灵拿起手机一看，是韩路宁发来的消息。

“你怎么了？”

钟灵腾出一只手，揉了揉通红的鼻子，一脸可怜状：“感冒了，有些头疼没去上课。”

韩路宁认真地编辑短信：“这段时间流行性感冒，注意保暖……”

讲台上，教授扫视着同学们，想找一个同学回答上节课的问题。

全体同学都进入一级戒备状态，只有韩路宁还盯着手机屏幕处在情况之外。

多媒体屏幕上快速地转换着各位同学的名字，大学老师点名很是随意，一般讲究缘分，随机抽取丝毫不存在不公平的状况。

一个名字被定格在多媒体屏幕上，何之舟望着那个名字，顿时心里紧张了几分。

许久没看见有人站起来，教授望了屏幕一眼，悠悠地说道："请钟灵同学站起来。"

因为在和钟灵聊天，韩路宁对"钟灵"两个字相当敏感，他条件反射地站了起来，还傻乎乎地回答了一个"到"字。

何之舟无奈地闭上眼睛，选择不去面对现实。

教授推了推鼻梁上的眼镜，审视了韩路宁一眼，似乎在怀疑自己的眼睛："这位同学，请问你是女生吗？"

韩路宁抬起脑袋，看着多媒体屏幕上性别那一栏，头痛了起来。

为了避免替人答到的事情，学校在随机点名的系统中添加了个人信息，照片以及性别全部都会显示出来。

看着屏幕上钟灵那张灿烂的笑脸，韩路宁觉得教授没说他整容，已经很给他面子了。

"老……老师，钟灵中暑了！"

到底是情况紧急，韩路宁脱口而出，话落就收获了所有人的目光。

何之舟嘴角抽了抽，他现在不但有点"中暑"，还有点窒息。

教授也是微微一愣，望着韩路宁："同学你确定？现在的天气可不应该中暑啊。”

“老师，钟灵有些不舒服，请假了。”钟灵的班长站了起来，他原本也打算站起来的，可谁知道韩路宁的动作那么快。

“好。”教授没有多为难韩路宁，倒像是了解了事实一般，“请了假就不用来了，女朋友要好好照顾啊。”

众人发出一阵善意的笑声，韩路宁红着脸坐下了，继续上课。

孔彦宇耸了耸肩膀，望了眼旁边的何之舟，在教授那句“女朋友要好好照顾啊”后，何之舟瞬间冷了脸色，现在他周边的温度已经下降到零度以下。

韩路宁草草地和钟灵说了拜拜，丝毫没有提方才的事情，他怕如实地说了出来，钟灵可能会扛着斧子杀到教室，他这可是为了钟灵的身体着想。

放下手机的时候，韩路宁还想着自己可真善良。

万年都认真听课的好学生何之舟却伸出罪恶的双手，拿出抽屉里的手机，内心酸涩，他给钟灵发了信息，开门见山道：“感冒了要好好休息，不要玩手机了。”

钟灵在宿舍刷着微博，看见何之舟这条信息，手一抖，眼睛朝着四周望了望。

没什么异常，难不成何之舟长了双千里眼？钟灵乖巧地回复道：“好的，这就休息了。”

“嗯。”何之舟脸色好了几分。

“那你好好上课。”钟灵怕影响了何之舟上课，立刻说了再见。

刚准备把手机放下，何念棠的电话就打了进来，钟灵犹豫了一下。

“炸炸的电话不接也不合适。”虽然知道何之舟不在附近，钟灵还是往四周望了望，然后搓了搓手，“接完这个电话就休息。”

“感冒严重吗？”何念棠关心的声音从手机里传来。

钟灵一惊，再次环顾四周，她感冒这件事没告诉过何念棠的。

“还好。”钟灵还有很严重的鼻音，疑问道，“你怎么知道我感冒了？”

明显钟灵还不知道那件事，何念棠屏住笑意，问钟灵：“韩路宁是何方神圣？”

“我认识的一个同学。”钟灵这下更是惊奇，眼睛瞪得圆圆的，“你也认识吗？”

“不认识，但是，很想认识。”何念棠的笑意更深了几分，“就是他告诉我你感冒的。”

钟灵一头雾水，睁着迷茫的大眼睛：“啊？”

“刚才我刷微博，刷到附近的事情。”何念棠眯着眼，她现在很想知道钟灵知道后会做何反应，“有一个人发微博，说今天公修课上有男生替女生答到，用的理由竟然是中暑。”

“不是吧。”钟灵被这件事逗乐，然后吐槽，“那女生也是倒霉，竟然请来这样一个‘助攻’。”

“我当时也是好奇。”何念棠接话道，事实就要这样一步步揭露才好玩，不然就失去了意义，“然后我看那个人发的位置，是你们学校的一栋教学楼。”

“哦，是吗？”不知道是不是错觉，钟灵有一种很不好的预感。

“然后我发现你和我哥现在也应该在那里上课。”何念棠继续说，“我就问我哥，知不知道这件事，你猜我哥怎么说？”

钟灵被问得一愣，完全被何念棠牵着鼻子走：“怎么说？”

“他说他在事发现场。”何念棠的话戛然而止，给钟灵充足的反应时间。

所以说，故事里那个中暑的主角是她？

钟灵呆滞了，没想到离韩路宁那么远，韩路宁那智障还是能影响到她。

“什么时候介绍介绍？”何念棠坏着心思调侃。

想到何之舟，钟灵瞬间一个激灵，像是怀疑世界一般：“炸炸，我现在需要静一静。”

办公室里，何之舟和陆慕晚在讨论着某活动的组织安排，钟灵望了两人一眼，现在她即使看到这样的情景，也平静了很多，既然他们两个避免不了要接触，那只有她做出妥协。

这时，李冉来到办公室。作为组织部的一员，也是钟灵的直系学妹，李冉自然和钟灵的关系比较亲近，她张望一周便跑向钟灵：“学姐我有点事需要你帮忙，你能跟我来一下吗？”

“好。”钟灵点了点头。走之前，她看了下何之舟，正好对上何之舟看过来的视线，她嘴角的笑容立刻上扬了几分。

有一种欢喜就是我看你的时候，正好撞上你看我的眼神，并且没有丝毫闪躲。

“我先走了。”钟灵朝何之舟摆摆手，笑得无比灿烂。

何之舟的表情也柔和了几分，眼睛弯了弯，点了点头：“好。”

看见这样的互动，陆慕晚眼里的光暗了下去，那些不甘心又再次跑了出来。她斟酌着语句，让自己的意图不那么明显：“学长和学姐认识很久了吧。”

“嗯，高中就认识。”何之舟没有回避，像是挑起了兴致那般。

陆慕晚抿了抿唇，笑容里有几分心碎，但还是问了出来：“学姐好像很喜欢学长呢。”

“嗯。”何之舟的神情瞬间柔软了几分，笑容明晃晃地挂在脸上，“也许，我更喜欢她。”

陆慕晚眨了眨眼睛，这句话将她全部的希望打碎。她慢慢地垂下头，几秒之后才发出声音：“学长，你喜欢学姐多久了？”

“不知道。”何之舟摇了摇脑袋，也想和陆慕晚说清楚，“我对感情一直很迟钝，但是很幸运，她等了我很久。”

“如果……”陆慕晚很久才找回自己的声音，“如果那时陪在你身边的是另一个人，学长也会喜欢吗？”

“我一般不会做这种假设。”何之舟摇了摇脑袋，“毕竟现在在我身边的是钟灵。”

陆慕晚没有再开口，低垂着脑袋。她已经很狼狈了，最后一丝骄傲她想留着。

何之舟感受到了陆慕晚低落的情绪，但他必须这样做，他的喜欢已经全给了另一个人，再也分不出一丝给别人了。

“圣诞节你们有什么打算吗？”何之舟重新建立了一个群，将何念棠和许奕臻拉了进来，还不等两人回答，便进入了自问自答的模式，“我想在圣诞节的时候告白，你们有什么建议吗？”

首先回信息的是何念棠，她惊呼着不敢相信：“哥，是什么给你的勇气，梁静茹吗？”

许奕臻自然也不甘示弱，顺着何念棠的话吐槽：“也许你是吃了熊心豹子胆？”

“不过哥你倒是成熟了不少。”

没人关心何之舟，两人在群里自说自话。

许奕臻附和着何念棠：“对，不但知道保密，还知道建群了。”

“都正经点。”何之舟抚了抚脑袋，自从这两个人在一起之后，一个比一个不正经了。

“必须正经。”何念棠兴奋地回复，举着双手支持，“哥，哪里需要我就吱一声，我保证义不容辞冲锋在前线。”

“你在旁边就好了。”许奕臻立刻来帮腔道，“苦力活交给我就好。”

何之舟淡淡一笑，这两人真是比奶茶还腻歪，让人牙痛。

虽然上一次策划的告白失败了，但何之舟也算有了经验，再加上两个狗头军师从盘指点，这一次分分钟就敲定了。

接下来就只等待着圣诞节的到来。

何之舟从来没觉得时间这么慢过。

另一边，钟灵还一无所知，整日和何念棠讨论着应该送何之舟什么圣诞礼物。

之前，不管什么节日，钟灵都会给何之舟准备惊喜，何之舟就比较实在，总是带着钟灵去超市消费，只要钟灵喜欢的，他都固执地给钟灵买下来。

“钱包、笔记本、书、钢笔……”钟灵绞尽脑汁还是一无所获，向何念棠发着牢骚，“我都送过了，这次要送什么啊？”

“你知道网上很流行的特殊礼物吗？”何念棠早就为钟灵想好了，就等着钟灵求助自己，“就是手绘一些火柴人，将你们的故事记录下来。”

“听起来很特别。”钟灵刚燃起来的希望还没过三秒就化为泡影，她哭丧着脸无奈道，“可是我画画不行。”

“心意重要。”何念棠继续诱导着，“相信我，这份礼物绝对会彰显出你的心意。”

犹豫三秒钟，钟灵就成功跳进何念棠挖的坑：“好。”

接连半个多月的时间，钟灵刻苦钻研画技，宿舍其他三人也在给她找素材。

“这个还可以。”萧苒将手机凑到钟灵的眼前，是一张简笔画，“你看看能不能画出来。”

别人临摹都是讲究是否好看，而钟灵就不一样了，她能画出来的本来就不多，哪里还敢要求好看。

“可以。”钟灵思索了一下，“给我发过来。”

“好。”萧苒长长地舒了一口气，她可是找了一个小时才找到这一张，伸了伸懒腰，“当今世界上能配得上我们灵灵能力的画作可真不多。”

听着萧苒的吐槽，钟灵悠悠地转过身，一脸幽怨：“画画的时候我的脑子控制不了我的手。”

萧苒摸了摸钟灵的脑袋，安慰道：“人有所短嘛，心意最重……”还没等她说完，不小心就看见钟灵的惊天大作，她嘴角抽动着，似乎不愿意相信自己的眼睛，“您……您这幅作品是临摹的哪个？”

钟灵一脸无畏，将手机上的照片拿给萧苒看：“喏，这个。”

“啊！”萧苒一脸惊恐，“您这叫临摹？您这简直就是创作！”

这张临摹的是兔子给另一只兔子送小心心的简笔画，可是在钟灵的加工下，两只兔子看起来像是两个不同的物种。

“要不，我还是放弃吧。”钟灵也知道自己什么水平，当下也有些泄气，“我也觉得画得有些抽象。”

“别啊。”萧苒猛烈地摇摇头，立刻给钟灵打气，“虽然与原图有差别，但是好在有创意啊。”

望着萧苒真挚的样子，钟灵稍微有了些信心，她暂时还想不出特别的礼物，只好先准备这个了。

钟灵再次投入到创作中，全身的力气都集中在右手上，努力地想控制住铅笔的轨迹。

萧苒欲哭无泪地看着一幅画作再次被赋予灵魂，不过不好打击钟灵的积极性，只好拿起手机开始新一轮的搜图，原本对钟灵实力的高估挑选的画稍稍有些难度，现在她要重新定位挑选画的难度。

圣诞节当天，钟灵早早地就起床了。

今年的圣诞节他们四人要聚在一起，以往何念棠和许奕臻都是单独行动，不知道这次怎么改变了主意，不过对于这样的安排，她自然是喜闻乐见的。

何念棠约钟灵去订个吃午饭的地方，钟灵从宿舍跑出来，加快了步伐。

“灵灵。”看见钟灵的身影，何念棠就踮起脚，双手在空中招呼着，“我在这里。”

两个女生按照计划行动，心思却明显不一样，钟灵整颗心都在挑选餐厅上，何念棠就不一样了，今天的重头戏可不在吃饭上。

另一边，何之舟也和许奕臻见面了，依旧是互相嫌弃了一番。

“你还扮熊吗？”许奕臻问得很直接，“有了上次的经验，你这次应该没那么尿了吧？不过，上次钟灵看见了，再来一次没什么新意了。”

何之舟假笑一下：“好想撕烂你的嘴巴哦。”

“我好怕。”许奕臻惊恐地抖了抖肩膀。

没有被冻到一身鸡皮疙瘩，却被许奕臻吓出一身鸡皮疙瘩，何之舟闭了闭眼睛：“赶紧分好任务，然后离开我眼前。”

“还没过河就开始拆桥了。”虽然嘴上不满，但是许奕臻行动迅速，这样美好的时光他可不希望陪在他身边的是何之舟。

目标都是远离对方，有了同一个目标办事效率非常迅速，十分钟不到两人就分道扬镳了。

“灵灵。”何念棠望着钟灵认真的模样，蹦跳着走到她身边，“以我预言家的直觉，今天会有一件特别美好的事情发生在你身上。”

钟灵眨了眨眼睛：“桃花运？”

何念棠的眼睛亮了几分，挽住钟灵的手臂：“现在我宣布，你也有了预言家的能力。”

面对何念棠的意有所指，钟灵倒没有多想。

太阳已经升到高空中，温暖的阳光覆在两人的身上，钟灵弯了弯嘴角：“今天是圣诞节，圣诞老爷爷一定会眷顾我们每个人的。”

“会的。”何念棠目光温柔，抓着钟灵的手更紧了几分。

中午四个人聚到一家餐厅，这是钟灵和何念棠刚预订好的。

“这都是钟灵的功劳。”这家餐厅是钟灵选的，何念棠拉着钟灵冲着何之舟邀功道，“哥，有没有表示？”

何之舟有些不自然，肩膀撞了许奕臻了一下，意图让许奕臻管住何念棠。

在何之舟和何念棠两人之间，许奕臻当然没有犹豫，立刻就站到了何念棠的那边，也对着何之舟讨要奖赏：“对啊，必须要有表示。”

“咳！”何之舟已经在心里将许奕臻千刀万剐了，视线落到钟灵的身上，“就算没什么功劳，我也可以表示表示。”

不知道是不是错觉，总觉得何之舟这些天变了很多，可是具体是什么，钟灵又抓不住一般，就像现在与何之舟对视，先不好意思移开的竟然是她。

“哎呀。”看着害羞的钟灵，何念棠终于放过了何之舟。

饭菜很快上桌。

望着桌上的菜，何之舟的心又暖了几分，大部分是他喜欢的。

“都没有放香菜哦。”何念棠提醒何之舟，钟灵和她在吃的方面一样百无禁忌，何之舟却有些挑食，“我都忘了，还好钟灵想了起来。”

“你还好意思说。”看着毫无愧疚的何念棠，何之舟有些无奈，他又看了看钟灵，夹了一块糖醋鱼到钟灵的碗中，“我记得你爱吃。”

钟灵愣了一下，等了那么长时间终于等到了偶像剧的情节，可是不知哪里冒出的矜持让她不知说什么，只得埋下脑袋闷闷地说了声：“谢谢。”

何念棠看热闹不嫌事大，立刻噘起嘴巴，酸溜溜地对何之舟说：“你不记得我爱吃什么了吗？”

“就算我不记得。”何之舟立刻将炮火引到许奕臻的身上，瞥了一眼，“他还不记得吗？”

许奕臻噎了一下，表示被攻击得很无辜……

吃完饭，钟灵摸了摸圆鼓的肚皮，脸上也是红扑扑的，一顿饭吃得少女心都要爆炸了。

何之舟走在钟灵的外侧，跟何念棠和许奕臻说了再见。

“晚点见。”何念棠一直处在兴奋的状态，双手摆了摆也冲何之舟说了再见。

何之舟望了望还没反应过来的钟灵，轻轻舒了一口气，还好钟灵够迟钝，不然以何念棠这样五毛钱的演技，一分钟能穿帮六十次。

也许是吃饱了思维比较迟钝，钟灵的反应能力直线下降，不然从何念棠的话里肯定能悟出其中的深意，晕晕乎乎地被何之舟送回了宿舍。

夜幕降临，学校的小广场上已经聚集了很多人，大家围成一个圈，望着在布置的几个男生。

鉴于上次告白仪式失败浪费了很多蜡烛，所以这次没有用蜡烛，而是用包装精致的苹果摆成了一个心形，不仅环保而且告白后可以把苹果分给大家，这样就可以把快乐分享给其他人。

吉他上绑了很多粉色气球，何之舟站在心形里，抱着吉他深呼吸了几次，他也没想到以前学的吉他会发挥这么重要的作用。

“怎么了？”钟灵一头雾水。

在宿舍的她刚刚准备洗漱，却接到何念棠的电话让她下楼，她还以为有什么大事，连头发都没梳就下来了。

何念棠拉住钟灵的手，不由分说地拉着她就跑：“带你看好玩的事情。”

到了目的地，围观的群众让出一条路，所有的视线都集中到钟灵身上。

“什……”钟灵终于喘了一口气，还没反应过来就被眼前的画面惊住了。

见钟灵来了，何之舟弯了弯眼睛，手指轻轻拨动琴弦，目光直直地落在钟灵的身上。

粉色的气球在空中摇摆，音乐声飘荡在空气中，清澈的男声也融入其中。

“塞纳河畔左岸的咖啡，我手一杯品尝你的美……”

周围的人举着荧光棒，配合着何之舟的声音应和着：“亲爱的爱上你，从那天起，甜蜜得很轻易，亲爱的别任性，你的眼睛在说我愿意……”

钟灵听见了自己剧烈的心跳声，一声比一声急促，似乎要震破鼓膜。

一首歌唱完，何之舟慢慢地走向钟灵，少女捂住嘴巴，但惊喜还是从眼睛里跑了出来。

何之舟也从未像现在这样紧张，声音都带上了几分拘谨：“我好喜欢你，和我在一起，好吗？”

当然好！钟灵已经说不出任何话来，眼泪簌簌地往下掉。

周围全是“在一起”的声音，何之舟低眸望着钟灵，声音温柔：“你不说话，我就当你默认了。”

钟灵不停地点头。

一会儿之后，她才控制好情绪，出声道：“明明是我想给你惊喜，怎么……”她像是缺氧般，再次吸了口空气，“现在收到惊喜的反倒是我？”

气球飘在两人的头顶，何之舟拨了拨钟灵有些乱的头发，如今他终于可以伸出手光明正大地做这件事了，他语气轻柔了几分：“我想要的惊喜是你，谢谢你满足我这份惊喜。”

“呜呜……”何念棠倚着许奕臻，哭得上气不接下气，“真是……太感人了。”

许奕臻哭笑不得，用手擦了擦何念棠的眼泪，有些心疼：“感动就好了，不要哭。”

“我这是为自己哭的。”何念棠看着许奕臻，满脸谴责，

“你看看人家怎么告白的，以后回忆起来多美好，而你告白的时候已经喝得神志不清了，我能回忆起的就是你压在我肩膀上的重量。”

许奕臻摸了摸鼻子，有几分窘迫：“我的错，不然我找时间再来一次？”

回应他的是一个“哼”。

人群之外，陆慕晚落寞地站着，在眼泪落下的时候转身离去。

何之舟是她第一眼就喜欢的男生，他声音好听，笑起来很阳光，即使知道他心有所属，但是喜欢也并没有停止。

夜色里，有人举杯欢呼，有人失魂落魄，所有的悲欢离合都被收容。

眼泪越流越多，陆慕晚拼命地跑，仿佛这样就可以摆脱希望破灭带来的失落感。

操场上已经没有多少人，陆慕晚不停地跑，像是不知疲倦。

韩路宁已经在暗处注意陆慕晚很久了，同是学生会的成员，他自然对陆慕晚不陌生。

看样子很伤心。因为没多接触，贸然上去打扰也不妥，韩路宁思索了一下，便准备离开。

“嘭！”

身后传来一声巨响，韩路宁回头一看，便看见陆慕晚倒在地上，黑暗中压抑的哭声也传入他的耳朵中，他立刻跑向陆慕晚。

“你没事……”幽暗的灯光打在陆慕晚的脸上，他能看到她整张脸上已经布满泪水，“吧？”

“有事。”陆慕晚抽噎着，情绪爆发，她借着跌倒的痛肆意地发泄着。

“我送你去医务室。”韩路宁拉住陆慕晚的一只胳膊，企图将陆慕晚拉起来。

陆慕晚想挣开韩路宁的手：“疼。”

“对……对不起。”韩路宁立刻撤开双手，望着趴在地上的陆慕晚，束手无策。

他也听说过陆慕晚喜欢何之舟，当时还和钟灵开玩笑，说要为钟灵清除障碍。

韩路宁看着哭得毫无形象的陆慕晚，反而没多少担忧，有些痛苦能哭出来反而更容易放下。

陆慕晚肆意地发泄着自己的情绪，哭得挺大声，引得路人望了过来。

韩路宁为难地揉了揉额头，他不仅耳朵要受折磨，还要遭受到异样的眼神。

也许还保留着最后一丝清醒，陆慕晚自己爬了起来，从躺着变成蜷缩着，整张脸埋在膝盖间，但是哭声还是很放肆。

韩路宁站也不是坐也不是，哀叹一句认命般地蹲在陆慕晚的身边。

同是天涯沦落人，相逢何必曾相识啊。

人群散去，何念棠反而克制不住激动的心情，抛下了许奕臻，与钟灵边走边聊天，美其名曰咨询一下被告白的心情，只是走之前还不忘用眼神控诉了一下许奕臻。

许奕臻摊了摊手，表示很无奈。他不但要承受何念棠的指责，还要成为何之舟的苦力。

“感受怎么样？”许奕臻看了眼何之舟，也闲得无聊采访一下何之舟告白的心情。

苹果都被送了出去，简单地收拾了一下，地面也已经整洁了。何之舟坐到长椅上，抱起吉他拨弦：“还不错。”

纠结这么长时间，终于确定了关系，何之舟的心情也许比钟灵还要激动，只是面上没有表露出来。

“啧啧！”许奕臻用两个语气助词表达了自己的心情，像是鸡蛋中挑骨头一样，想打击一下何之舟，“人家钟灵也没说要答应，人家不说话就当作默认，还真是强盗逻辑。”

何之舟停止拨弦的动作，笑容凝固在脸上，然后拿出手机。

“你干什么？”许奕臻惊讶。

“你的话有道理。”何之舟一本正经地说，立刻拨通了钟灵的电话，“我还是要确定一下。”

许奕臻有种被雷劈到的感觉，脸已经完全变成了黑色，就差脑袋上冒黑烟了，他怎么这么多嘴。

电话嘟了几声就接通了。

何之舟问：“我想确定一下，你现在是我女朋友了吧？”

许奕臻假笑着扬起嘴角，这何之舟的脸皮真是越来越厚了。

手机里一片安静。

何之舟等了几秒，再次开口：“你在听吗？”

钟灵捂住嘴巴怕自己大笑出声，只连连点头，却忘记何之舟看不见自己的动作。

何念棠本来刻意地走远了一些，许久没听见钟灵讲话，却看见了钟灵的肢体动作，只好过来将耳朵凑到手机旁，她有预感这个电话是何之舟打的。

“你在干什么？”何之舟有些慌张的声音从手机里传来。

何念棠轻笑一声，看着明显已经失去语言能力的钟灵，好心回答了何之舟：“她在点头。”

何之舟脸上顿时柔和了起来，眼里的光芒又亮了几分。

一阵凉风吹来，许奕臻缩了缩脖子，只得悄悄地吐槽：风真凉啊。

回到宿舍之后，何之舟可谓是春风得意，就连孔彦宇的调侃都应了下来。

孔彦宇没有被怼反而不习惯，一脸见鬼地望着何之舟：“哥，你这样的状态我很不习惯，什么时候准备黑化过来？”

“看心情。”何之舟好心情地回复，甚至赏给了孔彦宇一个笑容。

孔彦宇吓一跳，朝后退了几步：“不要对我这样笑，我晚上要做噩梦的。”

何之舟不再和孔彦宇贫嘴，现在他已经正式摆脱了单身狗的身份，没必要和还是单身狗的孔彦宇一般见识。

他拿起钟灵送他的节日礼物。

礼物是用一个袋子装着的，他小心翼翼地抽出礼物，满眼欢喜。

“这并不是一个普通的手账本。”

便利贴上简单粗暴地否认了自己的普通。

何之舟笑意又深了一分，小心翼翼地翻阅着手账本，唯恐弄坏了。

首页是两个火柴人，一个火柴人坐在教室里面，另一个背对着站在窗外，书页的右上角是钟灵的字迹：这是我遇见你的第一天。

两人的故事基本上被完整地以漫画的形式记录在手账本上。

何之舟一张一张地翻阅，手账本上的所有事情他都记得，这些记忆就像沉睡了很长时间，现在全部复苏。

原来这些回忆，他也一直不曾遗忘。

手账本的最后一页没有图案，即使只有一行字也不显得空白。何之舟的视线柔了几分，目光停留在本子上。

“年少的欢喜是你……”他默念了几句，这句话倒过来读也成立。

何之舟拿起手机，打开置顶的那个联系人，手指在键盘上飞快地移动。

“叮咚！”

正在敷面膜的钟灵下意识地拿起手机，打开屏幕的一瞬间呼吸跟着一滞，下一秒，她的嘴角几乎要咧到耳朵根。

萧苒不小心一瞅就看见钟灵的笑容。

“你的面膜要掉了。”萧苒好心地提醒，“你这一笑，这面膜等于白敷了。”

要是往常钟灵肯定立刻就收起了笑容，毕竟一张面膜好几块，总不能因为一个笑容而浪费。

可是现在钟灵的笑容不仅没有半分的收敛，反而呈现出扩大的趋势。

钟灵望着手机屏幕乐呵着。

“中奖了？”萧苒疑惑着，将高贵的头颅移动几分，去看钟灵的手机屏幕。

下一秒，她就明白了。

手机上是何之舟发来的信息。

“你爱的真是我。”

当然，这句话反过来读也成立。

第十一章
花一开就相爱吧

“请问两位要什么？”服务员礼貌地问。

何之舟看了看奶茶的种类，最后眼睛停在香芋味奶茶上，他记得钟灵之前还抱怨过没有这种口味，于是说道：“香芋味的。”

“两杯。”钟灵蹦了出来，对服务员伸手两根手指。

“一杯就可以。”何之舟看向钟灵，再次重申，“我不喜欢喝奶茶。”

服务员倒是很有耐心，等待两人确定。

“我喝。”底气足了，钟灵在何之舟面前越发强势，指着旁边的标牌，“新品第二杯半价。”

“半价我也不喝。”何之舟摇摇脑袋拒绝，他已经受够了奶茶的折磨，不过钟灵很是坚定的样子，他灵机一动，“把我的那份省下来，下次买给你喝。”

“上一秒这里还是倾盆大雨，这一秒我的心就因你晴空万里……”

还没等钟灵反驳，手机便响了起来。她对何之舟指了指旁边，走开：“我妈的电话。”

“请问……”服务员还保持着良好的职业操守，望着何之舟，现在意见应该统一了，“你们要几杯？”

何之舟看了眼不远处的钟灵，收回目光，顿了顿伸出两根手指：“两杯。”

服务员愣了一下，方才看着何之舟那般坚持，她还以为……

“没办法。”察觉到服务员投过来的目光，何之舟无奈地摊了摊手，“她是学数学的。”

自从去年圣诞节两人确定关系之后，钟灵觉得自己超级幸福。

两人走在校园里，钟灵抿着温热的奶茶，晃晃悠悠地踱着小步。

何之舟走在钟灵的外侧，看着身旁小小的人儿，眼神又柔和了几分。

“没了。”半晌，钟灵将手里的奶茶杯晃了晃。

“还能喝吗？”一杯奶茶的分量并不少，何之舟担心钟灵喝撑了，“不能喝就不要勉强了。”

“怎么会。”钟灵眼睛里全是贪婪，这可是她最喜欢的香芋味奶茶，“在奶茶面前，我的肚子就像是无底洞。”

“这是什么比喻。”何之舟故作嫌弃，却还是老实地将吸管插好，才递给钟灵，“当心蛀牙。”

钟灵将喝完的奶茶杯往何之舟手里一放，满足地拿起满满的那杯：“我的牙齿告诉我它很喜欢这个味道。”

“还是少喝些甜的。”何之舟一副长辈的态度，给钟灵灌输着养生的道理，“要是喜欢吃甜的，可以吃点水果，比奶茶有营养多了。”

钟灵的心思根本不在这里，眼珠转了转，问何之舟：“你说这个活动会有几天？”

“嗯？”钟灵的思维跳跃很快，何之舟有些跟不上，但是直觉已经告诉何之舟考虑的并不是他希望的东西。

果然，钟灵的眼睛亮了几分，朝何之舟伸出两根手指：“在活动结束之前，我每天都要喝两杯。”

何之舟的眉头跳了一下，手里那个空的奶茶杯被捏得有些变形：“对身体不好。”

“你都看不见我的优点吗？”钟灵觉得委屈，控诉般地看着何之舟，“第二杯半价，我这可是省钱。”

第二杯半价，大约是所有女生都无法抵抗的诱惑。

“那是营销手段。”何之舟早就看透了事物的本质，无法理解这种行为，好心地劝道，“你也是学数学的，这点小伎俩应该能看出来吧。”

“可是本质上就是便宜了。”钟灵也是傲娇的性子，故意喝了一大口奶茶，“反正在活动结束之前我就要买两杯。”

“省钱不是这样省的。”何之舟也不是为了省钱劝钟灵的，只好拿出撒手锏，“再说，我可听说奶茶很容易发胖的。”

可谁知这句话说出来，钟灵更是惊异，不可置信地望着何之舟：“所以你嫌弃我胖？”

何之舟立刻就察觉到危险，马上否认：“当然不是，胖瘦是无法影响你的美貌的。”

“这还差不多。”钟灵满意地点点头，再次重申自己的立场，“那我更要喝两杯了。”

手里一空，钟灵望向何之舟，不解何之舟为什么将她的奶茶拿走：“我还没喝完。”

何之舟彻底被钟灵的歪理打败，而既不让钟灵生气，又可以阻止钟灵喝奶茶的办法，在何之舟看来只有一个。

于是在钟灵瞪得越来越大的眼睛里，何之舟喝了一口奶茶，仅仅只是一小口，就成功让他的眉头紧皱了几分，他还是很难接受这么甜的饮品。

“你……”钟灵咽了咽口水，对何之舟的举动很是震惊，开始结巴起来，“那……那是我喝过的。”

何之舟的耳尖微微泛红，但他还是尽力保持着镇定：“那又怎么样，你现在可是我女朋友。”

几秒后，钟灵才反应过来，看了眼耳朵通红还保持镇定的何之舟，笑道：“你这是害羞了吗？”

“咳！”何之舟加快了脚步，在热度蔓延到脸部的时候，嘴巴紧抿道，“我去扔垃圾。”

宿舍里。

“干吗呢？”

仅仅是何之舟发来的一句平常的问候，钟灵已经乐开了花。

“瞧瞧。”萧苒摇了摇头。

在何之舟告白之前，她是对何之舟的腼腆是一万个不满，但是看钟灵现在的状态，她倒是希望何之舟收收魅力，她怕火力太猛，钟灵受不住。

钟灵回给萧苒一个嘚瑟的表情，吐了吐舌头：“没办法，就是这么开心。”

“在干吗呢”对于何之舟这样口是心非的人，这句话的潜在意思就是深情的“我喜欢你”。

“玩手机。”这样无聊的对话因为对面那个人是何之舟，钟灵便有无限的耐心，“你呢，在干什么？”

“和你聊天。”何之舟看着打出来的信息，犹豫了几秒才点击发送。

自两人确定关系之后，许奕臻便和他分享了不惹女朋友生气的三百六十五则法规。被何念棠嫌弃了无数次情商，何之舟很有自知之明，非常认真地读完了。虽然这样的话根本不是他的风格，但是想到也许钟灵会因此开心，他觉得自己别扭一点也是值得的。

钟灵的心脏急促地跳动着，所有人都说恋爱有个新鲜感，可是恋爱之后她对何之舟更是毫无抵抗力。

“感觉像在做梦一般。”钟灵把自己的感受脱口而出，还顺带着谴责了一下何之舟，“想当初，你对我很冷淡的。”

“因为你以前不是我女朋友。”当时年少轻狂哪里知道他会心属钟灵，不过何之舟还是有些抱歉，“如果你觉得委屈的话，也可以那样对我。”

“不要。”钟灵倒是毫不犹豫，那样忐忑去猜的酸涩心情，她希望何之舟永远不会体会到，“我不要惩罚你，你换种方式补偿我。”

“你想要什么？”何之舟思索了片刻，自己提议，“不然我每天给你唱首歌。”

钟灵嘴角轻扬起，在恋爱前何之舟的情商为负，现在终于回归了正常水平。

“好。”

钟灵坐在长椅上，眼睛微眯，在等待何之舟下课的间隙顺便享受着阳光的滋润。

不远处，陆慕晚抱着课本，看见了钟灵，犹豫了半秒还是走了过来。

“学姐。”

闻声，钟灵睁开眼睛，见是陆慕晚，惊讶之余朝着旁边移了移，挪出一个位置。

“是你啊，坐啊。”

“之前对不起。”陆慕晚向钟灵道歉，这样的道歉不仅是对钟灵，也是为了给自己一个交代。

“为什么说对不起？”钟灵知道陆慕晚是什么意思，但是这样的道歉她不能接受，每个人都有追求喜欢的人的权利，陆慕晚并没有做错什么，“你并没有做错什么。”

钟灵那双澄澈的眼睛里只有真诚，陆慕晚轻舒了一口气：“谢谢学姐。”

看着陆慕晚如此坚持，钟灵也没有再说什么，只轻轻地点了下头。

“学姐。”那些无人可以倾诉的心思，陆慕晚突然想告诉钟灵，无关示威，她只是觉得自己可以放下了，“我很羡慕你。”

羡慕钟灵可以将喜欢表现得淋漓尽致，羡慕钟灵的喜欢有所安放，而她的喜欢只能小心翼翼地躲在暗处中。

“我只是运气好点。”钟灵没有任何敷衍。她和陆慕晚势均力敌，输赢并不是取决于她们，她只能庆幸何之舟喜欢的是自己。

“其实，你也知道学长是喜欢你的吧。”虽然是个问句，陆慕晚却是用肯定的语气说的，毕竟何之舟的喜欢那么明晃晃，再迟钝的人也是有所察觉的。

“不久之前才知道的。”不是钟灵迟钝，而是何之舟将喜欢藏得太深，哪怕让全世界都看见，却偏偏别扭地在她面前藏着。

陆慕晚的表情终于变了几分，明显是不相信：“怎么可能？”

“从高中到现在，一直都是我跟在他的背后追着他跑。”钟灵表情柔和，有微风轻轻吹来，她将散落在脸颊的头发捋到耳后，“他这个人比较迟钝，也比较害羞，而我愿意等等他。”

虽然对这样的答案匪夷所思，陆慕晚却知道钟灵没有骗自己，像钟灵这样直率的人，是没有理由欺骗她的。她失神地垂下视线：“那，学姐你不怕被拒绝吗？”

“怕啊，简直怕死了。”在何之舟身后追了小半个青春，何之舟给出的总是含糊的答案，钟灵对这个结果又害怕又期待，可是即使再害怕她也藏不住自己的喜欢，她的声音融入风中，“可是我更害怕他不知道，我有多喜欢他。”

陆慕晚突然就释怀了，每个人对喜欢的态度不一样，即使没有输赢之分，她还是对钟灵的喜欢心服口服，最后一丝不甘心也随之烟消云散。

“祝你们幸福。”

“你也是。”钟灵看着陆慕晚，“你是我想成为的模样，那么漂亮，那么自信。”

陆慕晚的眼神也温柔了几分，眼睛一瞟就看见正在朝这边走着的何之舟。她拿起书本站起来朝着钟灵摆摆手：“那，学姐我先走了。”

“好。”钟灵也冲陆慕晚挥了挥手，晃着两条腿继续等着何之舟。

何之舟也看见了陆慕晚，但是倒没多少担心，陆慕晚那样骄傲的人基本不会做什么挑拨离间的事情。

他坐到钟灵的旁边，随意地问：“你们在说什么？”

“她说——”钟灵故意顿了一下，然后无比自豪地自夸，“能被我喜欢是你的福气。”

何之舟愣了一下，轻笑一声牵起钟灵的手，然后在钟灵惊讶的眼神中，点点头同意：“对，是我的福气。”

虽然已是何之舟的正牌女友，但钟灵还是经常不自信，时不时让何之舟给自己一颗定心丸。

钟灵刚跟着萧苒看了一场电影，桌上已经有了一大堆擦过眼泪擤过鼻涕的卫生纸，而钟灵还在不停地扯卫生纸贡献着自己的力量。

女生天生感性，哪怕知道故事是虚构的，眼泪却还是止不住地掉下来，意识根本控制不了生理反应。

就像脑神经清楚地叫嚣着“不要哭，眼睛都要肿了”，但是泪腺神经却捂着脑神经的嘴巴说“不，要哭”。

“我……我一个单身狗……这样哭……”萧苒抽噎着，说话的时候也断断续续，“你一个脱了单的哭成这个样子，你……你丢不丢人？”

“你一个单身狗……”钟灵眼睛已经肿了起来，“竟然还挑这种悲情电影？”

“去，去，去。”萧苒推了一把钟灵，“去找你的如意郎君安慰你，我现在要独自疗伤了。”

钟灵搬着自己的小板凳回到自己的座位上。

看着空白的对话框，钟灵抽噎了一下，啪啪啪打字，对何之舟发泄自己的小情绪：“你喜欢不喜欢我？”

另一边，收到信息的何之舟浑身一僵。他是内敛的性子，自然不会将喜欢挂在嘴边。他有些无奈：“你不是知道吗？”

“不知道。”钟灵情绪一下子上来了，“我要听你说。”

何之舟对钟灵突来的情绪已经略知一二：“你又看什么电影了？”

现在的钟灵整颗心都扑在怎么让何之舟开口说喜欢上，绝不允许何之舟就这样岔开了话题：“你先不用管，你先回答我的问题。”

已经是情侣关系了，说句喜欢也很正常。何之舟这样说服着自己，手指轻轻敲打着，即使只是简短的几个字，已经让他脸红了。

“我喜欢你。”

长时间没有收到钟灵的回复，何之舟的心跳已经恢复正常，他看着安静的对话框，猜想着钟灵到底在干什么。

过了两分钟，钟灵的头像才再次闪动起来。

她说：“撤不回了。”

何之舟无奈地摇摇头，勾了勾嘴角：“截个图，以后这就是证据。”

学生会那边的工作已经交给小学弟小学妹，钟灵和何之舟有更多时间在一起，只要随便转转散散步，两人基本霸占了“运动排行榜”的前两名。

“你们两个每天去哪里了？”刚开始何念棠以为钟灵只是一时兴起，但是几个月已经过去了，何之舟和钟灵一直霸占着排行榜，“怎么走了那么多步？”

“也没有刻意走。”钟灵说的是实话，两个人只是随便走了走就远超其他人，她也是很无奈，“就随便走走。”

“真的吗？”何念棠对此表示怀疑，她和许奕臻每天只有几千步，就已经累得不行，可是钟灵每天都是上万的步数，“你们都不累吗？”

“不。”钟灵很是无辜，和何之舟在一起的时间她都觉得不够，怎么会觉得疲惫，“怎么会累？”

“难道是我们出什么问题了？”何念棠立刻开始剖析自己，“难道是我们的新鲜期过了？”

“多走走对身体好。”受到何之舟的荼毒，钟灵现在对保养身体很是在意，片刻就扯开了话题，“散着步聊着天，喝着奶茶的同时还可以保持身材，何乐而不为？”

“也是。”何念棠点头同意，看着运动排行榜，对明天的冠军势在必得，“我明天要好好努力。”

钟灵眯了眯眼睛，给何念棠加油打气：“加油。”

“不过你可不许让我。”何念棠加了一句，“我要赢得光明正大。”

“才不会让你。”钟灵对步数没什么太大的执念，看何念棠的势头也不需要她让。

“加油。”何念棠从手机里抬起头，望着在操场上小跑着的许奕臻，朝着许奕臻做了个加油的手势。

许奕臻也不知道何念棠到底又有什么想法，今天拿着手机对他说要霸占“运动排行榜”的封面。他当时只觉得何念棠是一时兴起，毕竟何念棠很懒。

许奕臻的猜测也没有错，和何之舟相处久了，何念棠别的优点没有学到，反倒将何之舟死宅的生活态度全然接收，仅仅是一个上午就叫苦不迭说要放弃，他也只是象征性地安慰了两句，还以为这件事就此作罢。

可万万没想到，黄昏时，何念棠会带着他来操场，将手机放在他的面前，一本正经道：“还有一万多步，你替我跑吧。”

一万多步相当于五千米，许奕臻已经很长时间没有这么大的运动量，却对何念棠的请求无法抗拒，于是在这样朦胧的正适合约会的天色里，他一个人在操场上跑步为何念棠争取“运动排行榜”的冠军。

“呼……”许奕臻看了眼手机，终于甩开了何之舟一千多步，“第一了。”

何念棠抬起头，兴奋地抱了下许奕臻，语气里满是欣喜：“辛苦你了。”

还没等许奕臻反应过来，何念棠已经向后撤了两步，今天她要发图秀恩爱！

看见何念棠的笑容，许奕臻也觉得值得，如果可以让何念棠开心的话，他也是极其愿意的。他摸了摸额头，暗示着何念棠：“不辛苦，就是有点热。”

许奕臻等待着何念棠给自己擦汗，却只得到了何念棠递来的一张卫生纸。

何念棠拿起手机，看着何之舟的步数已经许久没再变化过，于是决定打道回府：“就这样了。”

许奕臻无奈地心酸了一把，何念棠是越来越不在乎自己了，但所幸的是，这恶魔的一天已经结束了。

“糟糕，忘记打水了。”准备洗脚的时候，钟灵才知道自己的水壶没有水了。

萧苒随口接话道：“用我的。”

钟灵点点头，坐在椅子上回复何之舟的信息，随口将没有热水的事情说了出来：“想洗脚才发现自己的水壶里没有水了。”

“去打水吧。”何之舟现在只要有一点时间他都想和钟灵在一起，“你换鞋了吗？”

“没有。”钟灵睁眼说着瞎话，立刻将脚上的拖鞋换了回去，还口是心非道，“会不会有点麻烦？”

“我也没换鞋子。”何之舟从床上爬下来，对孔彦宇的眼神丝毫不理睬。

钟灵提着水壶便要出去：“我去接水了。”

萧苒有些想笑：“您开心就好，不用在意我等单身狗大军。”

“遵命。”钟灵眨了眨眼睛，心情大好地转身离开了。

她恨不得让全世界闻到她身上那股恋爱的酸臭味，也想让全世界都知道被何之舟喜欢是多么幸运的事情。

钟灵和何之舟开启了无比美好的夜晚，而何念棠和许奕臻那边情况却不容乐观。

“我没有占领封面。”何念棠看着第一名的何之舟，恨得牙痒痒，瞬间将问题上升到一个高度，“许奕臻你说，你是不是不爱我了？”

在女朋友生气排行榜中，这个问题回答不好是最致命的。许奕臻自然不敢犹豫，马上退出游戏：“怎么会，我的真心日月可鉴。”

“为什么我哥和灵灵这么晚还出去玩？”何念棠气鼓鼓，但是情绪已经被许奕臻安抚了一大半，“但是我们走两步都觉得累是怎么回事？”

“我们把时间用在了更有意义的地方。”许奕臻一边安抚着何念棠，一边吐槽何之舟，何之舟你是长了四条腿吗？

“不管。”何念棠对这件事执念颇深，虽然情绪没有了，但是争强好胜的心马上涌了上来，“我一定要占领封面。”

许奕臻灵机一动，冲何念棠提议道：“要不，你把你哥先删掉，这样你就是第一名了。”

“你还真是聪明。”何念棠脸色黑了又黑，露出一抹危险的笑容，“明天希望你的体力能和今天的脑力一般聪明。”

隔着手机屏幕，许奕臻都感受到了何念棠的那抹怒意，瞬间就开始补救工程：“只要你一声令下，我一定在所不辞。”

那么深情的话只得到何念棠一个“晚安”的表情，许奕臻轻轻嘘了一口气，下次见到何之舟一定要告诫一下何之舟，他要是没办法停下脚步，那关上流量总不算过分吧？

在何之舟的刺激之下，何念棠开启了吾日三省吾身的模式，一天对着许奕臻三问：你到底还喜不喜欢我？

许奕臻整日脖子上犹如悬挂着一个刀子一般，一个不小心他就有可能结束爱情之旅。

而何之舟和钟灵仍然在幸福的路上，每天都有新的期待。

“十一点了。”何之舟看着手机上的时间，还有几分不舍得，但是为了不影响钟灵休息，只好期待着明天。

“那我睡觉了。”钟灵眼底都是散不去的笑意，捧着手机咧着嘴角。

“好。”何之舟不舍得放下手机，等着钟灵的晚安。

之前看了个短视频，钟灵突然兴趣大发，顺带便问了出来：“睡醒了你还会和现在一样喜欢我吗？”

钟灵现在对何之舟的情商无比自信，以至于她会时不时问这些问题，并且再也不用担心遭遇暴击了。

“不。”何之舟突然想出其不意一下，只发出一个字等着钟灵的质问。

不是剧情的正常发展啊。钟灵歪着脑袋看着手机，抿了抿嘴巴：“那我不睡了。”

“笨。”何之舟盯着屏幕，心软得一塌糊涂，“会比今天还喜欢你。”

“你变了。”钟灵抿着嘴巴不让笑意跑出来，最流行的土味情话何之舟都会了，她怎么甘心落后呢，“变得更让我喜欢了。”

暑假悄然而至，钟灵盯着日历表上“七夕”的字样，幽怨的眼神再次冒了出来。

何之舟在假期的时候基本上是不见太阳的，钟灵也不好勉强，但是七夕节在家里待着简直是对这个节日的侮辱，更何况她现在已经脱离了单身，这可是她和何之舟的第一个七夕节。

“要不要出去？”

在钟灵还在犹豫要不要主动开口的时候，何之舟的消息就这样插了进来，她的眼睛瞬间就亮了起来。

喜悦一下子来临，钟灵心里乐呵呵的，在手机屏幕暗下去时，她仿佛看见了自己泛着绿光的狼眼。

钟灵美滋滋地把衣橱里的衣服全部折腾一遍，钟灵穿着百褶裙晃悠了两下，对着镜子里的自己眨了眨眼睛。

“去约会？”钟母的声音从身后阴森地传来，能让钟灵这样注重外在形象的也只有何之舟了。

钟灵瞬间一个激灵，即使高中毕业三年了，她仍对钟母保持着对教导主任的惶恐，这会儿犹如早恋被抓包一样尴尬。

“你那是什么表情？”钟母淡淡地看了眼钟灵，摇了摇头，“我会吃了你吗？”

“我这不是怕嘛。”钟灵扯了扯裙摆，对这个答案很是不自信。

“我还记得协议的内容。”钟母向钟灵的床边走去，淡淡地提醒，“放心，从你成年之后，我不会干预你的决定。”

“谢母隆恩。”钟灵朝着钟母深鞠一躬。

这句话还在空气中没有完全消散，钟母语气淡淡道：“现在才五点，晚上九点之前必须回来。”

说好的不干预呢！钟灵心里小声地吐槽，面上却对钟母这个英明的决定无比服从：“一定。”

将钟灵换洗的衣服拿走，钟母转身离开。

钟灵终于放下害羞，在钟母看不见的背后，鼓起勇气告白道：“爱您。”

由于钟母经常板着一张教导主任的脸，钟灵对钟母也生出一种无端的敬畏，这样的对话基本没有出现在她们之间。

钟母的脚步明显顿了一下，在钟灵看不见的地方，嘴角轻扬了几分，最后口是心非道："不要跟你爸学，整天油嘴滑舌没个正经。"

站在约定的地点左顾右盼，钟灵的小心脏扑通扑通地跳着，许久没有见到何之舟，她还是有几分小紧张。

没多久，何之舟从远处走来，步伐中带着些许慌乱。

何之舟总是能带给钟灵无尽的意外，七夕节当天不拿玫瑰花简直是对七夕节的侮辱。

钟灵也是看过无数偶像剧的小女生，自然对这样的节日抱有无数的幻想，虽然嘴上没有说话，但心里还是有点小失落。

何之舟注意到钟灵打量的目光，还以为是因为自己迟到了，只好解释道："路上有点堵车，来得有些晚。"

"没关系。"看着懵懂无知的纯情大男孩，钟灵只好调节好自己的心情。何之舟也是第一次谈恋爱，没有经验是正常的。

路上情侣甜甜腻腻地贴在一起，钟灵闻着满大街爱情的酸臭味，看了看把手插进口袋一本正经耍帅的何之舟，轻叹了口气。

两人平时也是这样的相处模式，与以前相比并没有实质性的进展，钟灵也不太习惯走路被人牵着，也从来没有朝着这个方向想过。

但是，今天是七夕节，又不是普通节日，偶尔牵一下手还是很有必要的。钟灵权衡利弊之后，眼神偷偷地瞟了一下何之舟，那人丝毫没有忏悔的样子，始终和她维持着二十厘米的安全距离。

真是孺子不可教也！

钟灵一边在心里吐槽，一边安慰着自己，这七夕节才刚开始可不能被这样的小事影响了心情。

“帅哥，送女朋友一枝花吗？”迎面一个小姑娘捧着一大捧玫瑰花，眼神在两人中间打转。

“你喜欢吗？”何之舟这时候倒是想起钟灵了，征询着意见。

钟灵看着娇艳欲滴的玫瑰花沉默着，不敢断然拒绝，这可是七夕节，怎么着她也得有点物证，好晒图去激发宿舍三人脱单的积极性。

“我们不需要。”钟灵还徜徉在自己的幻想着，何之舟已经朝着女生摆了摆手，“她不喜欢。”

沉默代表的不应该是默认吗？

何之舟出奇的逻辑思维把钟灵往崩溃的边缘逼，她瞪圆着眼睛，目不斜视地朝着前方走两步，拒绝与何之舟说话。

所有的女生都是右手玫瑰，左手被人牵着，大街上已被情侣攻陷，只有钟灵和何之舟还坚守着安全距离最后的倔强走在情侣之间，像两只独立的单身狗。

钟灵由满心欣喜变得心灰意冷，她原以为只要和何之舟确定了关系万事就大吉了，可没想到打击才刚刚开始。

心情都被破坏了，钟灵觉得自己应该找个地方静一静。

何之舟还在一旁有一搭没一搭地聊着，看着钟灵没有兴致的样子，后知后觉地问：“你怎么了？”

还有脸问怎么了？

钟灵面上微笑着，心里已经给何之舟下了死刑。她勉强撑出一抹微笑，无比平静：“我想回去了。”

“好。”何之舟倒是回答得很干脆。他也是第一次过七夕，看着路上情侣的样子，他的手无处安放，不知道如何向钟灵伸出去。

钟灵彻底没话说了，以往喝个奶茶都可以把养生扯出来反驳她的何之舟今天却对她百依百顺，这样的柔顺真是要了她的小命。

到了公交站牌旁，钟灵低着头看着自己的脚尖，艰难地扯出一个笑容：“你也先回去吧。”

天色已暗，但是离钟母规定的时间还有一个小时，钟灵也没想到自己竟然会提前回去。

“等一下。”何之舟终于没有听钟灵的话转身走掉，而是别扭地挠了挠头，在钟灵探究的目光中，终于将快缝在裤兜里的手拿了出来，“七夕快乐。”

掌心里是一支限量版的口红，当时她还和何念棠讨论过，虽然十分倾心这样的颜色，却因为价钱而望而却步。

“你……”钟灵觉得有些缺氧，惊喜直接砸昏了她的大脑，她愣愣地看着何之舟，“你不是不喜欢我涂口红吗？”

那是以前。何之舟抿了抿嘴巴，和钟灵在一起之后，他已经做好了经常打脸的准备。

看着何之舟脸色凝重的样子，钟灵一个紧张，立刻从何之舟手里拿走口红。

她害怕何之舟突然灵魂附体反悔，于是将口红护在手中：“已经给我了，不能要回去了。”

看着钟灵的样子，何之舟才勾起嘴角：“你喜欢就是你的了。”他怂恿着钟灵，“试试？”

“好。”在何之舟笑容的蛊惑下，钟灵原本就生疏的技术更加笨拙，看不见效果也不敢多涂，涂了两下就对何之舟灿烂一笑，“好看吗？”

“好看。”何之舟点点头，最重要的是现在这个笑容是属于他的了。

“你为什么送我口红？”心情一扫所有的阴郁，钟灵的话也开始多了起来，仰着一张明媚的笑脸问道。

公交车从远处驶来，何之舟盯着钟灵，像是被那抹灿烂的笑容蛊惑一般，头慢慢地低下来。

“嘭……”

烟火像是有预谋，一下子从四面八方升腾，五颜六色，夺人眼目。

黑夜被渲染成彩色。

钟灵感觉到唇上一片温软，在触手可及的地方她看着喜欢了好几年的男孩。

“谁说送给你了，”何之舟明媚的脸上带着无法忽视的笑意，声音像是沾上了无数的甜意，“还是我的，每天还我一点就好。”

第十二章
小小爱意不成敬意

一开学，何之舟就给钟灵订了几大包零食大礼包，既然已经确定了关系，那生日礼物自然要务实起来。

所有的礼物加上“何之舟”三个字，在钟灵的眼中已经自带耀眼的光环，收到礼物的时候心里也是美滋滋的，以往的礼物都是只能看，但这个礼物还是可以吃的。

何念棠知道何之舟的所作所为后，第一时间杀到了何之舟的学校。

“我很喜欢。”钟灵拦住了何念棠，安抚着暴走的何念棠，“而且都是我喜欢吃的。”

“吃的怎么可以当礼物？”何念棠还是气愤，在她的眼中礼物可是具有纪念意义，吃的还怎么纪念？

“我有更重要的事情找你。”钟灵拍了拍何念棠的肩膀，“可不可以帮我一个忙？”

何念棠的情绪被安抚，才记起今天的正事，深深地呼了一口气：“差点忘了正事，你说。”

“最近在网上看到一款好看的衣服，想买下来。”钟灵笑得一脸甜蜜，将手机打开，“你看看好看吗？”

未确定关系之前，送来送去也只有那几样东西，现在终于可以光明正大地送情侣两件套了。

何念棠望着手机上的情侣装，心里满满的感动，何之舟知道的话估计尾巴都要翘到天上去了。

“怎么样？”见何念棠没出声，钟灵有些紧张，还以为自己挑的衣服不好看。

“当然是完美了。”何念棠牵着钟灵的手感叹着，“我哥真是八百年修来的福气，才能遇见你这样好的女生。”

“这件礼物我想靠自己的努力买下来，这样更有意义。”钟灵突然有几分不好意思，“今天我接了一个临时工作，但是有点害怕，想让你协助我一下。”

何念棠的眼睛蓦地亮了一下，没接触过社会的她对工作有浓厚的兴趣：“有这样的好事，灵灵，你要是不叫我就太不够意思了。”

“给订单上的号码打电话，然后将快递送到指定的地点就可以了。”负责人简单地说了两句，就将一大包快递递给钟灵，“有什么问题就给我打电话。”

“好。”钟灵点了点头，对负责人挥挥手，早就做好赚钱的准备了。

“这么容易？”何念棠望着一堆快递，不知是不是考虑到她们是女生的缘故，快递并没有多重，基本上都是衣服和生活用品，“感觉并没有多少技术含量。”

“我也觉得不难。”钟灵望着大包小包的快递，信心立刻暴增，“开始吧。”

“您好，请问是李女士吗？我是快递员，请问你的住址在哪里？”

“您好，张先生您购买的东西已经到了，您现在方便拿快递吗？”

“您好，请问您在家吗？我是送快递的，现在您的快递已经到了，您方便签收吗？”

……

快递才送了十件，何念棠已经喘得上气不接下气了，体力开始透支，她稍稍顿了下来：“灵灵，我快不行了……”

“我也是。”钟灵也是上气不接下气的，在一旁蹲着恢复着元气。

何念棠看着还是没有明显减少的快递，这下更疲惫了，方才的豪言壮志已经烟消云散：“再坚持坚持，还有好多。”

“好。”钟灵拿出一个快递，在拨出号码的时候，有几分犹豫，“这要怎么称呼？”

“什么？”何念棠艰难地移了一小步，探着脑袋看详情。

“小黑犬。”钟灵将快递递给何念棠，有几分纠结，“直接叫的话会不会不太尊重？”

何念棠“扑哧”一声笑了出来，竟然还有人用这个名字的，但是她看到快递的时候，就有些哭笑不得了：“灵灵，这是小默吧？”

钟灵也是一脸蒙，拿过快递重新研究着，因为字体的缘故，“默”这个字很容易被拆分开来看。

“好像是。”

“肯定是。”何念棠无奈地摇了摇头，休息得差不多便起身。

“还好有你。”钟灵也直起身子，庆幸地望着何念棠，“不然我肯定要被投诉。”

“挣钱真的很不容易。”何念棠现在深有体会，微微弯着腰喘着粗气，“原来上学真的是最轻松的事情了。”

“对。”钟灵也已经快要缺氧，望了眼快递，“没事，已经快完成任务了。”

何念棠拿出一个快递递给钟灵，有气无力地给两人加油打气：“对，继续加油。”

“您好。”钟灵迫切想要结束工作，即使体力透支，却还是加快了语速，“王中王先生吗？请问您现在有时间吗，您的快递已经到了。”

手机那端出现片刻的沉默，钟灵看了眼手机，是正在通话中，又试图叫了一声：“您好？”

“我叫王中。”一个成熟男声从手机里传来，带着半分无奈，“你还是断一下句，不然我总以为自己是个火腿肠。”

“对不起。”虽然对方没有责怪，钟灵还是面红耳赤，“我下次一定注意。”

“哈哈……”等电话挂断以后，何念棠不厚道地笑了出来，“王中王先生，听着确实很像火腿肠。”

“走了。”钟灵再次被调侃，作势拍了拍何念棠，拿着快递便向前，“快点送完要结束了。”

仅仅只是一个上午，两人已经累得直不起腰来，何念棠趴在钟灵的肩膀上，头昏眼花：“换个兼职吧，灵灵，这份工作不适合我们！”

钟灵点了点头：“我觉得也是。”

“买礼物的钱够了吗？”何念棠全然没有了力气。

“或许……”想起两件衣服的钱，钟灵更是泄气了，哀叹一句，“只够买两只袖子。”

“不是吧。”何念棠眼睛瞪圆，瞬间直起身子，指着窗外闪过去的风景，“那，这坐公交车的钱？”

“不报销。”钟灵摊了摊手表示无奈，只要是自己真正赚的钱一元钱也会计较，现在她对曾经一次喝两杯奶茶的事情也十分懊悔。

“那可怎么办？”何念棠瘫软在公交车座位上，两眼无光。

钟灵彻底放弃快递这一兼职，这一上午已经让她半条命没有了。

“我在学校找点轻松的，送快递这样的体力活不适合我们这种小仙女。”

“同学你好，了解一下……”钟灵站在学校门口，手中捧着一沓传单，发给路过的同学。

她原本不想在校门口发传单，毕竟一不注意就要面临被何之舟发现的风险，但是学校人群流动量是最密集的地方，而且学生也会很友好地接过传单。为了早日赚到钱，钟灵只好冒着被发现的风险来到校门口发传单。

看见何之舟和孔彦宇正朝着这边走来，钟灵慌忙停下发传单的动作，慢慢地后退了几步，将头顶上的帽子压低了几分。

钟灵紧张地咽了咽口水，今天早上她可是拜托萧苒帮她伪装了一番，衣服宽大，戴着帽子、口罩。

应该不会被发现吧。

“最近你怎么不和小女朋友去吃饭了，又被抛弃了？”

孔彦宇的声音隐隐传到钟灵的耳朵里，她后退几分尽量降低着存在感。

“你可闭嘴吧。”无论什么时候孔彦宇都喜欢提及别人的伤心事，何之舟也是很无奈。最近不知道什么原因，钟灵行踪不定，整天神神秘秘不知道在干什么。

“你看看你这臭脾气，怪不得被抛弃了！”孔彦宇撇了撇嘴巴，典型的幸灾乐祸。

听见“抛弃”两个字，何之舟更加心塞了，他刚开始也控诉钟灵是不是想要抛弃他，结果钟灵只是用“距离产生美”的理由敷衍了他。

从帽檐下望了眼何之舟，恰好撞见何之舟看过来的目光，钟灵立刻心虚地低下头。

应该没有认出自己吧？应该不会。钟灵自我安慰着，她可是全副武装的。

何之舟注意到发传单的女生，她呆呆地站在原地，许久都没有动。

“你在看别的小姐姐吗？”孔彦宇瞧见何之舟的目光，立刻控诉起何之舟，“马上收回你的视线，不然我可是要告状的！”

何之舟的目光一瞬间收回，他嫌弃地望了孔彦宇一眼，加快了步伐。

危机解除。

钟灵拍了拍胸口。

她看了眼手里的传单，加快动作，争取早点完成任务。

“同学你好。”钟灵的激情又重新回归身体中，熟练地递着传单，“有想法的可以了解一下。”

传单一张张地减少，钟灵也在心里计算着时间，唯恐被何之舟抓包。

可是，担心的事下一秒就发生了。

埋头苦干的钟灵将传单递给一个同学：“有想法可以了解一下……”

那位同学却迟迟没有接传单，钟灵望着地上那双熟悉的鞋子，心里暗叫一声“糟了”，双脚就下意识地朝后撤退。

何之舟终于确定面前打扮得犹如狗仔的人确实是钟灵，方才他就觉得这鬼鬼祟祟的气质像极了钟灵，就抛下孔彦宇折了回来。

“钟灵。”看着还想潜逃的某人，何之舟终于忍不住叫着钟灵的全名，顺手将钟灵的帽子摘了下来，“你说的惊天大事业就是发传单？”

“呃……”钟灵心虚了半秒就又坚定了信念，“你不要问我，反正我是不会告诉你的。”

知道钟灵是个说到做到的人，何之舟也没太勉强，伸手朝着钟灵递去：“拿来，我帮你发。”

虽然知道何之舟是好意，但是钟灵想要用自己的努力赚钱，不然她就不这么费劲了。将传单朝着身后藏了几分，她望着何之舟，满眼都是警惕：“你想抢我生意？”

何之舟怒极反笑，反问道：“你觉得呢？”

“你不要影响我工作。”钟灵义正词严，直起身板，浑身骨气。

“嗯？”何之舟的语调上扬了半分，清冷的声音带上了稍许委屈，“可是你不陪我，影响到我的心情了，怎么办？”

在心里默念着稳住，但看着何之舟的样子，她心里还是涌上一股内疚，语气也不是方才的刚硬：“那，我发完之后陪你，可以吗？”

看着钟灵的样子，何之舟也不舍得紧紧相逼，点了点头，站到一旁，给钟灵一个“你继续”的眼神。

“我在这里等你。”

在何之舟目光的沐浴下，钟灵想要发完传单的心更加迫切了。

只是，校门口的人慢慢地少了许多。

钟灵看着手里还剩下的一沓传单，有些沮丧起来。

“加油。”何之舟冲钟灵比画了一个加油的手势。

钟灵眼睛亮了亮，重重地点头。

她现在不是孤军奋战，有何之舟在一旁她什么都不怕。

慢慢地，校门口又涌来一波人，钟灵仿佛看见希望般，可笑容还没到达嘴角的时候，她就发现了一个尴尬的事情，好像那些人都很面熟。

“偷偷接私活。”韩路宁最先跑到钟灵的面前，面露失望，“我对你太失望了。”

手里的传单被拿走一张，钟灵还处在呆滞的状态，韩路宁已经拿着传单潇洒地离开：“滴水之恩记得涌泉相报。”

陆慕晚看着韩路宁的身影，皱了一下眉头，加快了脚步，韩路宁可是眼睁睁地看着她的形象全无还在一旁冷眼旁观的人。

在到达钟灵面前时，陆慕晚已经重新恢复了微笑，嘴角勾出一抹好看的弧度，冲钟灵伸出手：“学姐，我也要传单。”

钟灵递上传单的时候，疑惑地开口道：“你们怎么都来了？”

后面全是学生会的人，她多少见过几面。

“学长请我们来。”陆慕晚望了何之舟一眼，只是眼睛里已经没有波澜，然后凑近钟灵的耳朵旁，小声告密，“让你早点发完。”

钟灵的脸一下子热了起来，还没来得及再说什么，陆慕晚已经朝着她摆了摆手离开了。

不一会儿，钟灵手中的传单已经只剩下一张，她嘴角抽了抽，或许她大概是唯一一个以这样的方式发完传单的吧。

何之舟晃晃悠悠地走到钟灵的面前，伸手拿走钟灵最后一张传单，脸上有几分得意，像个得到糖果的孩子般，得意地摇了摇手里的传单：“现在可以陪我吃饭了吗？”

“好。”钟灵点头。

这一刻，她手腕一紧，是何之舟牵住了她。

好听的男声钻进她的耳中：“看你这么辛苦，我请吃你小火锅。”

“我要麻辣的。”

……

在无数次被钟灵放了鸽子之后，何之舟终于控制不住自己，问钟灵："你要买什么吗？我可以送你啊。"

"我要凭自己的实力挣。"在何之舟的面前，钟灵也难得强硬了起来，"等我忙完这段时间就好了。"

这次何之舟并没有被搪塞过去，眼看硬的不行就开始来软的了。

他低着头仿佛受了天大的委屈："你前几天也是这样说的。"

看着何之舟的样子，钟灵仿佛看见了曾经的自己，她满头黑线："你成熟一点。"

"你嫌弃我？"何之舟抬起脑袋，控诉一般，"挣钱比我还重要？"

暂时是的。钟灵在心里回答着，却还是耐心地解释："当然你最重要了。"

看着钟灵认错态度良好，何之舟才勉强不再计较了，终于恢复理智。

"我知道有个家教的工作，你要不要考虑去？"

"钱多吗？"一想起人民币，钟灵的眼睛就绽放出耀眼的光芒。

钱多不多不重要，重要的是不影响他们两个正常约会，没有钟灵的这几天，何之舟觉得自己食欲都差了好多。

虽然心里有自己的算盘，但是何之舟体现出事事为钟灵考虑那般，非常认真地回答："比你发传单多。"

"我去。"既然是何之舟介绍的，她就不需要考虑太多，在这之前何之舟肯定各方面都帮她分析了一遍，而何之舟肯定比她考虑得更加周全。

何之舟心里才彻底舒坦下来，对钟灵的信任无比受用，像只被顺了毛的猫。

“我待会儿给你联系方式。”

王阿姨之所以请家教，最主要目的并不是辅导孩子功课，这段时间她公司比较忙，不能每天按时来接王凯。

钟灵早早地就站在幼儿园门口，左右张望着，一副紧张的小模样。

“小凯。”终于看见熟悉的身影，钟灵兴奋地挥手，昨天她已经在视频里和王凯见了面。

“姐姐。”王凯背着小书包，顺着人群朝钟灵走来。

看着王凯这乖巧的模样，钟灵心里很是高兴，将准备好的气球递到王凯的手中：“第一次正式见面，这是给你的小礼物。”

虽然已经过了喜欢气球的年纪，但因为是礼物，王凯还是露出无比欣喜的表情：“谢谢姐姐。”

接到王凯之后，钟灵需要去附近的一个小公园，王阿姨下了班之后就会来接王凯。

“那我们先去公园好不好？”钟灵蹲下身子，将王凯的小书包抱在手上。

“好。”王凯也没拒绝钟灵的好意，乖巧地点点头，“谢谢姐姐。”

到达小公园必须经过一个红绿灯，钟灵拉着王凯小小的手，给王凯讲有关过马路的小常识。

绿灯亮了，钟灵刚想牵着王凯过马路，便看见何之舟正朝着自己走来。

直到何之舟走到自己面前，钟灵才找回自己的声音：“你下午不是有课吗？”

“刚下课。”何之舟拿走钟灵手里的小书包，看着被钟灵牵着的王凯，心里顿时就有些小酸涩。

幼儿园距学校需要步行十几分钟，看着何之舟头上的小小汗珠，钟灵问：“你跑来的？”

“见你我都是跑着的。”何之舟随意地回答，心里却在想着怎么分开这两只黏在一起的小手。

钟灵虽然心里很感动，嘴上却表达着小小的不满：“我一个人可以的，你可以不用这么匆忙来的。”

“你有你的事情。”何之舟望着钟灵，满眼都是温柔，“我也有自己的事情。”

钟灵顿时乐了，问：“我来接小朋友回家，你呢？”

何之舟将那两只小手轻轻扯开，一手拉过王凯，另一只手握住钟灵的手，还故意捏了两下：“我来接我的小朋友。”

钟灵感觉脸上犹如火烧一般，所幸绿灯已经再一次亮起，何之舟的视线已经移开，不然她觉得自己的血管有可能为何之舟爆灯。

她对整天散发魅力的何之舟没有任何抵抗力，可是何之舟还不自知，时不时地撩她一下！

在长达一个多月的兼职工作后，冷空气到来之前，钟灵终于买到了心仪的情侣装，看着那两件衣服，她满心欢喜，那么多的努力总算没白费。

何之舟其实早从何念棠那里套出了话，但他的期待一点也没有减弱，反而更加期待，每天晚上必然要说：“天气越来越冷了，你明天记得多穿点衣服。”

“好。”钟灵应道。

“真好，你还有衣服穿。”看着钟灵的反应，何之舟慢慢引入正题，“我还缺一件棉袄，找个时间得买一件。”

钟灵觉得现在的何之舟是越来越放飞自我，而且是朝着她追何之舟那时的样子发展，在何之舟的衬托之下，她朝着曾经高冷的何之舟看齐。

“你上一年的衣服呢？”

“上一年的衣服已经配不上我今年的气质了。”礼物对何之舟而言没什么诱惑力，但是钟灵送的就不一样，而且前几天孔彦宇邀他一起买棉衣，他不假思索地搬出女朋友会送自己来炫耀。如果迟迟没有收到礼物的话，孔彦宇那张嘴巴又要四处散播他被抛弃的谣言了。为了堵住那张讨厌的嘴巴，他只好这样厚着脸皮要礼物。

钟灵无奈地摇了摇脑袋，何之舟已经不是从前不食烟火的模样，不过幸运的是她依然很喜欢。

“明天会有惊喜。”钟灵承诺，“而你现在要做的就是好好睡觉，迎接明天的到来。”

“你这么一说，我更加睡不着了。”何之舟的世界完全向钟灵打开，将所有的一切向钟灵坦露。

曾经何念棠说何之舟其实是被高冷标签耽误的段子手，当时钟灵还一脸不相信，毕竟和何之舟高中三年，再加上她对何之舟的关注，怎么看何之舟都是高冷男神。

如今，钟灵恨不得拍死那时的自己，果然还是太年轻了，所有的事物只看得见表面。

“可是我还要睡觉。”钟灵拍了拍脸上的面膜，“明天还要美美地见你。”

“晚安。”钟灵的甜言蜜语一出，何之舟立刻心花怒放，马上放过了她。

孔彦宇看着何之舟放肆的笑容，肩膀一抖恶寒地抿住嘴巴。自从何之舟恋爱之后，何之舟身上商纣王那股“爱美人不爱江山”的气质完全被激发出来了。

嗯，他就是那可怜的江山。孔彦宇朝着何之舟扮了个鬼脸，见色忘友。

早上六点，何之舟就已经穿好了衣服，坐在椅子上盯着手机等待着钟灵的召唤。

蓝色的荧光打在脸上，给何之舟的脸镀上一层蓝莹莹的光，差点把睁开眼睛看时间的孔彦宇吓个半死。

“何之舟，你大半夜的招鬼呢？”孔彦宇捂着小心脏，直起身子控诉何之舟。

“已经早上了。”何之舟回答，然后转过身望着孔彦宇。

看着那团蓝色的不明物体，如果有心脏病的话，孔彦宇毫不怀疑自己已经升天了，他压低了声音：“今天可是周末。”

“我知道。”何之舟视线再次回到手机上，“我在等人。”

孔彦宇无语，被困意纠缠着，很快重新躺下，睡觉。

也许是被“惊喜”两个字蛊惑，也许见到钟灵本身就是一种惊喜，何之舟翻来覆去难得失眠了，昨天晚上就眼睁睁地看了不知多长时间的天花板。好不容易睡着之后，外面一有动静，他就爬了起来，在每个细胞都亢奋的情况下，能睡着已经算是奇迹了。

虽然睡眠不足，但是何之舟的精神丝毫没有受到影响，反而比平时还精神了几分。

手机上还是一片宁静，何之舟也不着急，倒了一杯热茶，将手机放在桌子上，小口抿着茶等待着手机亮起来。

窗帘已经遮不住外面光亮的时候，钟灵从睡眠中悠悠地醒来，今天她并没有赖床，一醒来便收拾收拾准备去见何之舟。

洗漱之后，钟灵将新衣服套在身上，对着镜子转了转，考虑到何之舟的审美，这套情侣装，女款的主色是红色，男款的主色是黑色。

对着镜子化了个淡妆，拿出何之舟送的那款口红，钟灵又整理了一番，才满意地点了点头。

"醒了吗？"钟灵拿着衣服不方便打字，便发送了语音。

下一秒，便收到了何之舟的回复："好了，你在宿舍楼下等我。"

"好。"钟灵将手机装进兜里，下楼的时候她可不敢随便看手机。

何之舟一路小跑到钟灵宿舍的楼下，看着钟灵还没有出现，便深呼了一口气，顺便捋了下有些凌乱的发型。

"你怎么这么早？"在楼下看到何之舟的时候，钟灵很是惊讶，迈着小碎步跑向何之舟。

"这么大的惊喜？"何之舟眼中满满的惊喜。

钟灵将袋子递到何之舟面前，笑容毫不掩饰地张扬着："能配得上你气质的衣服。"

何之舟接过袋子，眼睛亮了一下：“情侣装？”

“嗯，情侣装。”钟灵笑得一脸甜蜜，扯了扯身上的衣服，仰着小脸，“你穿上衣服，整个冬天都是我的了。”

“四季都是你的。”作为优等生的何之舟联系了一下上下文，很快就串联了所有的事情，“那你之前的兼职就是为了买这份礼物？”

“对啊。”钟灵这时候坦诚极了，求表扬似的扬了扬下巴，“这可是凭着自己的努力买的呢。”

看着钟灵身上的衣服，何之舟就已经心动了：“我先回趟宿舍。”

“好。”钟灵点点头。

宿舍的人大多起来了，只孔彦宇还坐在床上怀疑人生，进行人生三问：我是谁？我在哪儿？我要干吗？

何之舟推门而入，一阵小冷风钻入宿舍。

孔彦宇被这阵寒气折磨醒，双手将被子护在胸前，谴责着何之舟：“你想谋害朕？”

因为心情格外好，何之舟也没计较孔彦宇的出言不逊，甚至还给孔彦宇一个迷人的微笑。

看着何之舟这中毒的表现，孔彦宇就知道肯定是钟灵的原因。他望着何之舟怀中的袋子，好奇道：“什么呀？”

“情侣装。”何之舟小心翼翼地撕开包装，将衣服放到床上，准备穿上。

孔彦宇撇了撇嘴巴，不就是个衣服吗？

看着何之舟的动作，孔彦宇惊得要掉下巴了，一副不可置信的样子：“哥，你就这样直接套上棉袄不合适吧？”

何之舟想了一下点了点头，将毛衣脱了下来，美滋滋地将棉袄套上。

孔彦宇朝着何之舟竖起大拇指，充分折服在何之舟的脸皮下：“你赢了。”

何之舟在镜子前转了一圈，撩了两把头发，打开宿舍门出去了。

“啊！”门打开的瞬间，孔彦宇发出一声惊叫，肩膀以上裸露的部分全起了鸡皮疙瘩。

他吸了吸鼻子，心疼地抱紧了自己，一大清早的，他这是得罪谁了？

看着穿上棉袄的何之舟，钟灵眼睛都亮了，要知道何之舟可是穿个秋裤都要何念棠念叨的。

现在才刚刚入冬，学校里还穿着卫衣的人比比皆是，钟灵买的是薄棉袄，再加上她一向怕冷，所以早早地穿了棉袄。

“你以前不是不喜欢穿厚衣服嘛？”不到最冷的时候，何之舟是不会主动穿棉袄的，钟灵上下打量了何之舟一下，衣服还挺合身。

“情侣装当然要一起穿。”何之舟是一堆歪理，摸了摸钟灵的小脑袋，“你想什么时候穿的时候，提早通知我一下。”

看到何之舟穿着棉袄走来的时候，何念棠眨了眨眼睛似乎不敢相信，小手拽了拽许奕臻的衣角：“那个穿棉袄的人是我哥吗？”

“好像是。”许奕臻也是惊讶万分，在抗寒方面何之舟一向是佼佼者，难得这么早就穿了棉袄。

“我哥是不是被绑架了？”何念棠抽了抽嘴角，以往她都要磨破嘴皮子都劝不动何之舟。

何之舟和钟灵慢慢地走来，但因为何之舟的异常，何念棠的眼睛都长在何之舟身上。

她朝何之舟摇了摇手：“哥，你是被绑架了吗，被绑架的话就眨一下眼睛。”

何之舟嘴角抽了抽，对何念棠的话不予理睬。

“灵灵，我哥好像被控制住了。”何念棠赶紧拉过旁边的钟灵，后退几步远离何之舟，“你没……”这会儿她才注意到钟灵的衣服，一双眼睛在两人之间移动，“你们……”

“情侣装。”何之舟面上没有什么太大的起伏，但是声音里夹杂着难以言说的愉悦。

何念棠感觉有些玄幻，不一会儿拿出手机，她好像找到让何之舟增添衣服的办法了。

看着何念棠的反应，钟灵疑惑道：“你在干什么？”

何念棠的心情很激动，以至于手指都有些许抖动，她在输入文字的空当，回答着钟灵的问题：“我给你们买一套情侣秋裤。”

何之舟整张脸彻底坍陷，露出来的脚踝无处安放，不得不接受着钟灵的审视。

他自然不舍得说何念棠的不是，但是被钟灵发现之后他恐怕逃不掉穿秋裤的命运了。何之舟慢慢地朝着许奕臻移动，小声地说：“你能不能让炸炸不要操心这些事？”

“炸炸我管不了，但是你能不能让自己成熟一点。”许奕臻对何之舟也是非常不满，每到这个时候何念棠最关注的话题永远都是“我哥今天穿秋裤了吗”。他打量了一下何之舟，“上面穿棉袄，下面不穿秋裤，您上身和下身过的不是同一个季节？”

“上面的空气冷。”何之舟抿了抿嘴巴，看着何念棠一脸认真挑秋裤的模样，难过地闭了闭眼睛，他觉得今年冬天他有可能变成一只熊。

寒气越来越重，钟灵将自己全副武装起来。

何念棠也再不用念叨何之舟穿秋裤，自从知道钟灵对何之舟的影响力之后，她就卸下重任，把这项光荣而艰巨的任务交给了钟灵。

钟灵不负重托，马不停蹄地通知了何之舟穿秋裤，何之舟挣扎几下，最后还是妥协了。

钟灵呼出一口气，今天她又穿上了情侣装，眼巴巴地望着何之舟出现的方向。

尽管万分不愿意，但何之舟对钟灵的要求没有多大抵抗力。

看着何之舟身上的同款棉袄，钟灵兴奋地小跑着过去。

“小心点。”何之舟加快了步伐，声音里透着几分紧张，“慢点。”

在目光触及何之舟赤裸的半截脚踝时，钟灵所有的笑容瞬间消失。她对何之舟比画了一个拒绝的动作，气愤地转过身：“你没穿秋裤，等你穿了秋裤再来找我。”

昨晚钟灵就说了，她只见穿着厚衣服的何之舟。

何之舟哭笑不得，跟在钟灵的旁边，对怒火冲天的钟灵解释：“我穿了。”

钟灵的视线再次下移到何之舟的脚踝，怒火又重新升到一个高度：“你是对我的眼睛有什么误解吗？”

“真的。”何之舟拉住钟灵的手。

看着何之舟不像说谎，钟灵皱着眉头：“我怎么不知道你有肉色的秋裤？”

肉色的秋裤？何之舟连连否认：“我没有。”

钟灵更加气愤了，控诉：“那你是在骗我吗？”

“绝对没有。”何之舟环视了一周，看周围没有什么人，便拉了一下宽松的裤子，一小截儿黑色的秋裤便显露出来。

他一脸邀功道：“你看，我真的穿了。”

就算自己穿了，也不能让别人看出自己穿了，这是何之舟最后的倔强。

看着何之舟这样自欺欺人的样子，钟灵彻底败下阵来：“你还真是……”

证明了自己的清白，何之舟拉住钟灵的手，朝前方走去：“误会解除。”

第十三章
你是余生最好的伴侣

除夕，何之舟还在卧室冥思苦想，做了一天的功课，他还是不知道要送钟灵什么新年礼物。

不管二十四节气还是国家规定的日子，只要能和节日沾上一点关系，何之舟都要给钟灵准备一件小礼物，自从钟灵进入他的生活，他越来越觉得人生太需要仪式感了。

可是零食、口红、包、项链……所有能想出来的礼物，都送过了，他实在想不出还能送什么。

“炸炸。”依旧没有什么头绪之后，何之舟端着洗好的葡萄敲响何念棠的门。

命运总是那么相似，曾几何时，何念棠也端着葡萄讨好过他。

“进。”何念棠的声音从房里钻出来。

在何之舟推门而进的时候，何念棠依依不舍地挂掉手机：“我哥来了，待会儿我去找你。”

“又和奕臻说话？”何之舟心情不好了，开始日常坑友，“不要联系那么频繁，要保持新鲜感。”

何念棠并没有钻进何之舟的圈套。

她鄙视地看着何之舟，吐槽道："如果灵灵住在楼下的话，我估计都看不到你的影子。"

她放下手机，准确地剖析着何之舟的心思："哥，你这是典型的吃不到葡萄说葡萄酸。"

何之舟被堵了一下没再接话，将手里的盘子放到何念棠的面前："尝尝葡萄，哥的葡萄不酸。"

何念棠警惕地望着何之舟，但是手还是诚实地去拿葡萄，嘴巴还没闲着："奕臻说了，无事献殷勤非奸即盗。"

何之舟拉着板凳坐到何念棠的旁边，现在何念棠简直就是翻版的许奕臻。

知道自己在口头上占不了什么便宜，何之舟决定直接说正事："奕臻有没有送过你特别喜欢的礼物？"

"礼物？"何念棠皱着眉头想了一下，许奕臻经常送她东西，因为不是什么特殊的节日，也称不上算是礼物。

她诚实道："他很少送我礼物，如果我需要的话，我会告诉他。"

这就是相恋多年和热恋期的不同。

何之舟岂是容易善罢甘休之人，旁敲侧击道："你们一年的纪念日怎么庆祝的？他肯定送你什么特别的礼物了吧？"

"没庆祝。"何念棠倒是一脸无所谓，她比许奕臻还要大条，基本上记不住这么多日子，"也没什么礼物。"

"那'520'总庆祝了吧？"何之舟瞪圆了眼睛，眼睛直勾勾地望着何念棠的脸。

"没有。"何念棠又往嘴里塞了一颗葡萄，晃了晃脑袋，无辜地摊了摊手，“哥，你真问错人了。”

“许奕臻还真是可以。”何之舟顿时一脸便宜了许奕臻的表情，再次抱着一丝希望问，“那‘999’总庆祝了吧？”

何念棠手指一顿，脸上终于出现了无所谓之外的表情，那是一股怒气：“前段时间倒是送了东西。”

何之舟的注意不知不觉已经不在礼物上，他好奇地睁大眼睛：“什么纪念日？”

何念棠猛地咬着葡萄，葡萄的甜意在口中蔓延，还是没让她的嘴角勾起。

“我们在一起第1024天的时候。”

“1024？”何之舟疑惑，对许奕臻很是不理解，“这个日子很特殊吗？”

“看不出来是一个‘G’吗？”何念棠还记得当时呆滞的样子，那是继数学符号求和之后让她崩溃的另一件事情。

何之舟终于绷不住笑了出来。

突然看见何念棠黑化的脸，他的笑容就僵在脸上。他跟着何念棠一起谴责道：“他真是个人才。”

何念棠的脸更黑了，声音低沉：“哥，还有什么要问的吗？”

“没……没了。”何之舟摇了摇头，立刻起身摆摆手，“你慢慢吃。”

客厅里，电视里播放的是每年一度的春节晚会。

何之舟和何念棠给何父何母拜过年之后，两人相视一笑各自回了屋里，将空间留给了父母。

何之舟和钟灵有一搭没一搭地聊着，虽然话题都是平常的小事，但是两人也不觉得无聊。

春节晚会接近尾声，这一年已经进入了倒计时。

“10，9，8，7，6……”

何之舟觉得祝福必须要亲自说出来，冷冰冰的文字并没有多少意义，便按下了语音。

“新年快乐。”

说完四个字，何之舟并没有按下发送键，沉默地按着键看着手机，那句到了嘴边的话却怎么也说不出来。

大约过了半分钟，何之舟才忍住脸上爆红的热度，将那句已经在心里确定无数次的话，郑重地说了出来：“我喜欢你，钟灵。”

看着已经发出去的语音，何之舟深呼了两口气。已经和钟灵在一起很长时间了，但是他说喜欢的次数并不多，就是因为他别扭的性格。

应该是听不到后面那句了吧。何之舟看着那条语音，语音中有太长时间的空白，一般人是不会有那么多的耐心。

不一会儿，钟灵也发来了一段语音。

何之舟急忙点开，熟悉的声音从手机里传来：“新年快乐。”中间只有一秒钟的空白，钟灵的声音就再次传来，“我也喜欢你，何之舟。”

何之舟的眼睛弯了弯，又听了一遍那条语音。

这个世界节奏很快，所有人都急着向前，钟灵却有那么多的耐心等着他。

在钟灵看不见的地方，何之舟听了一遍又一遍的“我也喜欢你，何之舟”，像是要刻在脑海中一般。

新的一年已经到来，何之舟嘴角的弧度还没有落下，手指敲打上“谢谢”两个字却又删掉，最后编辑了一条：“早点睡，晚安。”

年后，温度回升得特别快，所有人都如愿摆脱了厚重的衣服，大四第二学期正式开始了。

课程很少，考研成功的同学为复试做准备，找到工作的同学为将来的工作准备着。

这个学期，四人明显轻松了很多。

在秋季校招时，他们已经得到了心仪公司的录用，就等着毕业之后在职场大展身手。

而“带钟灵回家”是何念棠在毕业之前最后一件事情。

“哥，什么时候带灵灵去家里玩？”如果不是何之舟的存在，钟灵肯定以朋友的身份跟她回家了。何念棠对何之舟有几分怨念，就算没有何之舟，她和钟灵那么多年的友情，也早就应该见父母了。

“她比较害羞。”何之舟也很想带钟灵回家，但是一提起这件事钟灵就紧张到不行。为了不让钟灵陷入恐慌中，他想等钟灵准备好再行动。

何念棠就知道自己的哥哥靠不住，立刻申明立场：“我想带灵灵回家。”既然何之舟无计可施，那她就用自己的方法，“你要是不行的话，我让灵灵跟我回家。”

性质不一样吗？何之舟虽然在心里吐槽道，却对何念棠的主意无比赞同，如果以何念棠朋友的方式，那钟灵应该没这么紧张了。

“那哥等你的好消息。”

何念棠从小就是镇上的“棠主”，对劝人方面一直很有经验，再加上这几年在许奕臻的熏陶之下，鬼点子一抓一大把。

所以何念棠出马必定成功。何之舟对这个结果没有任何疑问，只是三分钟后何念棠就对他比画了一个OK的手势时，他还是有些吃惊：“你怎么说的？”

“秘密。”何念棠卖着关子，嘚瑟道，“哥，你可要好好谢谢我。”

其实也不全是何念棠的劝说，钟灵原本就想要去何念棠家里，以何念棠朋友的名义，她也不会这么紧张，但是一想到要面对喜欢男生的父母时，她就有一种“丑媳妇见公婆”的无措。

不过，一直躲着不见也不是钟灵的风格。可是每次她稍微紧张一下，何之舟就纵容着她拖了下来，所以在何念棠三言两语的怂恿之下，她那颗蠢蠢欲动的心再也忍不住，便应了下来。

四个人找了一个空闲的周末便决定回家了，何念棠也早早地就和何父何母打过招呼，说周末有个同学要来家里做客。

“我们还是不要一起进了。”到了小区的门口，路上好不容易建立起来的信心全数崩塌，钟灵紧张地搓着手，看着何之舟，“你先不要回家了吧。”

何之舟哭笑不得，却只得点点头：“我和奕臻去他家里，你们两个先回去。”

钟灵深吸一口气，尽管还是有几分紧张，但心里的焦虑已经平复了大半。

“我爸妈人都很好的。”何念棠拍了拍钟灵的肩膀，笑了一下，安抚着钟灵，“他们肯定都会很喜欢你的。”

“我知道。”钟灵知道何念棠的家庭氛围很好，但是心里那关总是过不去，她调整着呼吸，“我就是有点小紧张。”

“怎么还站在这里？”四个人还在讨论的时候，从超市回来的何母看着四人，有些疑惑不解，“傻站着干吗？”

钟灵猛地一抖，神经立刻紧绷起来，脸腾地红了。

“妈。”何念棠挽着钟灵的胳膊，介绍道，“这是我给你说的我的好朋友，灵灵。”然后，晃了晃钟灵的胳膊，“灵灵，这是我妈。”

“阿……阿姨好。”钟灵紧张地握着双手，笑得很是羞涩，“我……我是钟灵。”

“我常听念念提起你。”何母也笑着回应，提了提手里的袋子，“快去家里，今天阿姨给你做好吃的。”

看着何母的微笑，钟灵的紧张被打消几分，笑容也变得自然起来：“谢谢阿姨。”

“灵灵吃鱼。”何母很是热情，“这可是最新鲜的，你尝尝喜不喜欢。”

“好。”钟灵点点头，夹了一大块鱼肉放进嘴里，吃完就满口称赞，“阿姨手艺真好。”

何母脸上的笑容更深了：“那你就多吃点。”

“妈，我也想吃。”何念棠也不甘被冷落，仰着小脸撒娇。以前她也很喜欢跟奶奶撒娇，这会儿撒娇的本领都用在了何母身上。

“给你夹。”何母一脸笑意，将面前的鸡肉夹给何念棠，“是你最喜欢的鸡翅。”

何念棠笑得一脸阳光：“谢谢妈。”

许奕臻也没顾着自己吃，将何念棠喜欢的菜夹到何念棠的碗中，他父母都去出差了，这会儿就来这里蹭饭。

何之舟对钟灵的饮食习惯很了解，也顺手将麻婆豆腐夹到钟灵的碗中，还不忘推销：“这个菜我妈做得特别好吃，你尝尝。”

何父何母早就瞧见端倪，但是碍于钟灵的害羞只当不知道，这会儿看见何之舟的动作，两人相视一笑。

钟灵紧张起来，不断地给何之舟暗示，甚至为了撇清两人的关系，脑袋一热话就脱口而出：“哥，不用您照顾我，我自己来就行。”

哥？您？

何之舟的筷子生生地停在了半空中，他看着钟灵，像是确认般地问道：“你叫我什么？”

钟灵已经没有了半点退路，只好硬着头皮，压低声音喊道：“哥……”

看着钟灵窘迫的样子，何母也不想让钟灵为难，立刻给钟灵解围，扯开话题：“灵灵今晚和念念一起住吗？”

“不不不。”钟灵甩着脑袋，本来决定待到晚上，可是现在打了退堂鼓，“阿姨，我家在附近，吃完饭就走。”

“这样啊。”何母心里有些淡淡的失落，但是一想到以后还会见面，便又展开笑颜，“那就多吃点，吃饱了让舟舟送你回家。”

神经紧绷的钟灵一听这话，以为何母在赶自己，当下她就放下筷子，老实地端坐着：“阿姨，您别嫌弃我。”这会儿也不再着急撇清关系了，“我是真的喜欢他，我以后可以少吃点。”

桌上一片寂静，全部的视线都落到了钟灵的身上。

三秒之后，何念棠大笑：“灵灵，你真是……真是太可爱了。”

钟灵吞咽着口水，向旁边的何之舟求救：“我……我是不是说错话了？”

“没有。”何之舟安抚着钟灵，将面前的肉夹到钟灵的碗里，“你不用少吃，我家还是养得起你的。”

话已经说出口，钟灵硬着头皮也要演完全场，吃完饭就准备要走。

何念棠也没拦着，钟灵已经踏出了重要的一步，以后这样的机会多的是，现在还是先让钟灵适应一下。

“阿姨叔叔再见。”钟灵摆着小手。

“有空经常来。”何母送钟灵出了门，“随时都可以。”

“好。”钟灵笑意盈盈，朝旁边的何念棠眨眨眼睛，“我要走了。”

何念棠摆摆手：“拜拜。”

“舟舟记得安全地把灵灵送回家……”何母还在嘱咐。

何之舟自然应下：“我知道了。”

下楼梯的时候，钟灵紧抿着嘴巴没开口，何之舟也不着急，沉默着等待钟灵开口。

到了小区的门口，钟灵突然捂住脸，声音里全是懊悔："我是不是表现得太差了？"

"怎么还和考试一样呢？"何之舟拍了拍钟灵的肩膀。

钟灵愿意迈出这一步，他已经很满足了。

他轻轻握着钟灵的手，眼睛和钟灵对视："就算是有分数，看我妈那么喜欢你，你也是满分。"

"可是……"钟灵还是有几分犹豫。

"没什么可是。"何之舟牵起钟灵的手，"现在时间还早，我带你四处转转。"

何之舟带钟灵去了步行街，女生们都喜欢来这里玩，也许还能买到心仪的东西。

"好漂亮。"钟灵四处张望，时不时发出一声惊叹，"那个也好漂亮。"

看着钟灵兴奋的样子，何之舟也笑了出来，在路边买了两串糖葫芦，将一串递到钟灵的面前。

钟灵眼睛都亮了，平时他们极少吃甜味的东西，何之舟不喜欢吃太甜的东西。

钟灵小心翼翼地拿起糖葫芦，像是得到了全世界那般开心，只是她有些疑惑："你不是不爱吃太甜的吗？"

"谁说我吃了？"何之舟眉眼弯弯，笑意在嘴角绽放开，"这个你路上拿着吃。"

"好。"何之舟难得纵容自己，钟灵笑得无比灿烂，蹦蹦跳跳地向前走。

"这个镯子好漂亮。"走到一个卖首饰的摊铺前，钟灵停了下来，脚步再也移不开了，蹲下来仔细地看着。

“姑娘眼光真好，这款镯子很多女孩都喜欢。”卖镯子的阿姨看着钟灵，立刻热情地推荐，“你先试一试。”

钟灵将手里的糖葫芦递给何之舟：“我想试试。”

“好。”何之舟接过糖葫芦，在钟灵旁边蹲了下来，“喜欢就买。”

镯子是很简单的款式，没有任何装饰物，钟灵很喜欢这样简约的东西，戴上之后便爱不释手：“阿姨，多少钱？”

“看特别适合你，阿姨给你便宜点。”卖镯子的阿姨立刻说，“六十块，我平时都卖给别人八十块的。”

讲价是女生的天性。在学校看萧苒砍价的时候，钟灵也学到了不少干货，这会儿也想测试一下自己的水平，便道：“阿姨，您给便宜点吧，我兜里只有五十块了。”

“这……”阿姨面上有几分犹豫，权衡之下正想答应的时候，何之舟的声音便插了进来。

“我有。”坚决不能让钟灵自己买，何之舟立刻抓住机会，将糖葫芦递给钟灵，“你拿着糖葫芦，我来付钱。”

看着面前的糖葫芦，钟灵有一瞬间错愕，但是也只能傻傻地拿着糖葫芦，现在这样的情况也只能随何之舟付钱了。

何之舟利落地从兜里掏出一百元的钞票，十分潇洒地甩给阿姨：“给您。”

看着何之舟的样子，钟灵满脸黑线，果然不怕神一样的对手，只怕猪一样的队友。

阿姨笑盈盈找了四十块，然后冲着钟灵笑道：“这男朋友不错，好好珍惜。”

钟灵害羞地点点头，应下来：“嗯。”

虽然十块钱并不是什么大事，但钟灵觉得还是有必要跟何之舟谈一谈：“我刚才在讲价。”

“我知道。”何之舟还挺懂地点点头，但是心思全然不在钟灵的话上，看着钟灵手腕上的镯子，满意地点点头，“你戴上很漂亮。”

“我在讲价。”钟灵闭了闭眼睛，再次扯回方才的话题，“原本可以便宜一点的。”

何之舟这下不懂了。

“我知道，但是我会赚很多很多的钱，我不需要你讲价，以后也是。”

看着何之舟异常认真的样子，钟灵重重地咬了一口糖葫芦，她仿佛看见了贫穷的未来。

学校里，钟灵和何之舟还是日常虐狗，而吃狗粮的对象从萧苒、孔彦宇变成何念棠和许奕臻。

四人坐在旋转小火锅店铺里吃饭，中途钟灵有点渴，从货架上拿了一瓶饮料，正准备打开的时候，视线瞟到了何之舟，立刻作势拧了两下没拧开。

她为难地递给何之舟：“我拧不开。”

何之舟所有的方面都是完美的，唯独在钟灵面前多了几分大男子主义，喜欢时刻被钟灵需要的感觉，而钟灵时不时配合一下，能让何之舟开心的话，她也没什么不乐意的。

何之舟轻轻一用力便拧开了，将开好的饮料递给钟灵：“小心点。”

看着这一幕，一直都是自己拧瓶盖的何念棠脸黑了几分，她平时就算用手拧不开也会在衣服的帮助下拧开，所以她的衣服经常会有褶皱。

怎么就没想到许奕臻呢！何念棠一拍脑袋懊悔着，更可恨的是，许奕臻也从来没主动过，每次当她成功拧开的时候，许奕臻都会在旁边称赞她，完全没有一点男朋友的自觉。

许奕臻的脸色也不好看，因为何念棠已经盯了他好几秒，而这正是何念棠生气的表现。

城门失火，殃及池鱼。

看着何念棠越发黑的脸色，许奕臻觉得他比城门前那条鱼还要可怜。

“热恋都是这样的吗？”何念棠面无表情地问。

“不是，热恋是我们这样的。”这样的送命题许奕臻自然不敢懈怠，对着何念棠解释，“他们那是没安全感，两个像猪一样的人，还担心对方被抢走。”

何念棠暂时放过了这个问题，但是抓住许奕臻的语病，小脸一转朝着钟灵告状道：“灵灵，他说你是猪。”

钟灵无辜中枪，望着许奕臻要一个解释。

“我没说你。”被坑的许奕臻摇摇脑袋，立刻将矛头指向何之舟，“我说他。”

“许奕臻，你这是什么意思？”

“是你先不义的。”

……

平时活蹦乱跳的萧苒正在准备研究生复试，钟灵失去了一枚开心果，再加上毕业临近的原因，她的心情多多少少也受到些影响。

“都说学校时光是一生最美好的时光。”钟灵满脸愁容，随着时光的消逝，这个问题越发迫在眉睫，“最美好的时光将要变成回忆了。”

“以后的时光也很美好。”何之舟小心地安抚着钟灵的情绪，眼睛里全是认真，“再说你还有我。”

人一旦钻进牛角尖，很难自己想清楚，钟灵也像是进入一个死角，托着下巴看着最喜欢的奶茶也没有了食欲。

“万一，你也变成了回忆怎么办？”

“怎么会？”这下轮到何之舟哭笑不得了，他探着身子，手轻轻地揉了揉钟灵的脑袋，“不要想这么多了，我们去吃火锅吧。”

听见火锅的时候，钟灵的眼睛亮了几分，恰巧想了这么多，肚子也有了饿意，点了点头让何之舟牵着走。

钟灵的世界有三大挚爱，何之舟永远排在第一，奶茶紧随其后，而火锅便是第三。

在何之舟的眼中，奶茶和火锅都是没有营养，再加上钟灵的不节制，他一般会控制钟灵的食用。只有在他调解不了钟灵的烦恼的时候，才会纵容钟灵去吃。

因为在钟灵的世界没有什么悲伤是一杯奶茶解决不了的，如果解决不了，那就再加上一顿火锅。

锅里的食物慢慢沸腾起来，钟灵眼睛直勾勾地盯着，口水都要流出来了。

麻辣底料。

方才服务员问要什么底料的时候，还不等何之舟说出口，钟灵已经先声夺人。一看到浓重的红色，何之舟就无奈地闭上了眼睛。

“我开动了。”钟灵脸上哪还有忧愁，整颗心已经被火锅攻占，拿起筷子便开吃。

何之舟将钟灵不喜欢吃的放进自己的碗中，虽然钟灵是个吃货，却不是百无禁忌，反而很挑食，特别是带着腥味的东西是一点都不沾。

何之舟倒没有多少食欲，整顿饭都在帮腾不开手的钟灵下菜，看着钟灵手舞足蹈的模样，他都有点怀疑方才钟灵悲痛的样子就是为了骗火锅的。

钟灵的眼睛像是长在了锅里，已经完全忽略了外界，当然也忽略了对面的何之舟。

看着钟灵越发红的嘴唇，何之舟的眉头越皱越高，如果明天上火起痘，钟灵估计又要愁眉不展，并且他觉得一杯奶茶估计是哄不好了。

一个小时后，钟灵摸着圆滚的肚子出来，仰着头眯着眼睛望着天空：“阳光真好。”

“嗯。”何之舟应了一声。

如果他猜得不错的话，钟灵接下来就要承认错误了。

果然，钟灵像个犯错的孩子，揪了揪衣角望着何之舟，眼睛里满是内疚：“我最近总是控制不住自己的负面情绪。”

“正常反应。”已经回归理智，何之舟才开始用成人的方式给钟灵讲道理，“不要想这么多，车到山前必有路，用平常心面对这些就好了，不要过度紧张。”

“嗯。”钟灵轻轻地呼了一口气，“那，你会不会觉得我无理取闹？”

“嗯。”何之舟发出一个单音节，在钟灵还没有多想的时候，开口解释道，“可是我喜欢。”

心脏被柔软一击，钟灵突然害羞了几分，快步朝前走了几步，让自己的背影面对何之舟。

“如果我心情不好说错什么话，你千万不要放在心上，等我恢复理智了再问我。”

何之舟追上钟灵的脚步，望着钟灵被阳光包围的侧脸，声音轻柔地传到空气中：“你有没有想过你心情不好的时候，不但可以说说我，其实你打我也是可以的。”

第十四章
那一年盛夏

四个人的学生时代还有一个多月就要结束了，何之舟觉得不能在家里荒废，便提议出去旅游。

在毕业之前，他们的心情都多少有点紧张，所以都同意了何之舟的建议，找了一个合适的机会，便出门散心了。

四人的旅游比较随心所欲，一向喜欢做足准备的他们第一次没有做任何攻略，提着包就开始了第一次的四人行。

动物园、海底世界、游乐园……所有的地方都留下了他们的足迹，何之舟和许奕臻对这些没有什么兴趣，整个旅途让他们开心的就是两个女生的笑容。

“好可爱的熊。”商场里，钟灵和何念棠站在一个巨型玩偶的面前，两人微张着嘴巴看着，不约而同地发出一个感叹，“好大啊！”

何之舟将刚买的奶茶递给俩女生，望了眼巨熊便移开目光：“奶茶。”

何念棠和钟灵呆呆地接过奶茶，整个眼睛都被熊俘虏，久久都回不过神来。

何之舟和许奕臻站在一旁，眼神只在女生的身上。有时男生和女生的思维完全不一样，那只巨熊在他们眼中只有蠢。

钟灵和何念棠都是理智型的人，一路上尽管有不少喜欢的东西，但因为旅途的不方便几乎没买什么东西，就算再喜欢也只是多拍几张照片而已。

许奕臻一看两人的姿势，明智地拿出手机，几天下来他已经不用提醒就可以适时地拿出手机来充当摄影师了。

每到一个地点，他们都会去当地的名胜古迹，那些模糊的名词终于走进了他们的世界。

临近暑假，每个旅游景点差不多都迎来了高峰期，很多人都会选择在这个时候携家带口出来旅游，所以景点的人异常多。

为了防止走散，何之舟和许奕臻几乎没敢走神，就害怕一个不注意两个随心所欲的女生没有踪迹。

“快看，是一座庙。”钟灵的眼睛亮了亮，与何念棠对视之后，两人就达成了一致，牵着手就往庙里跑。

何之舟和许奕臻两脸蒙，愣愣地看着那座庙，他们实在不知道这么可爱的女生为什么会对庙感兴趣。

庙里有一座巨大的金色石像，地上有几个垫子，进庙的人都跪在垫子上，一脸虔诚地向着石像许愿。

钟灵捏了捏何念棠的手指，小声地说：“我们也来拜一拜。”

“好。”何念棠点了点头，跟着钟灵来到石像前面。

两个女生跪在第一排的垫子上，钟灵一时也没想好要许什么愿，和何念棠小声地商量着：“我们许什么愿？”

何念棠思索了一番，眼睛转了转，道：“保佑家人平安吧。”

在一旁的阿姨听见两个女生的对话，好心地提醒：“这是求前程的，求平安的佛像在另一座庙。”

两个女生当下没反应过来，愣在原地不知该做何反应。

阿姨也是随口解释一句，并没有什么恶意，看着两个女生迷茫地看过来，顿时觉得自己不应该开口。

尴尬的气氛就这样持续着，两个跪着的女生望着旁边的阿姨，三个人大眼瞪小眼不知该怎么办。

何之舟和许奕臻看着这三人，走上前跪在两个女生后面的垫子上，何之舟仰着头看着旁边的阿姨，眼睛弯成一个弧度：“没关系的，反正他们都是一家人，到时候吃饭的时候提一下就好了。”

阿姨愣了一下，也笑了起来：“说的也是。”

玩了半个多月，四人的旅游也结束了，钟灵出去锻炼了一圈，之前的焦虑心情有所缓解，就连体重也增加了不少。

“以后就多出门去转转。”钟母看着小胖了一圈的钟灵点点头，为了让钟灵胖一点，她可是学了不少厨艺，可是结果都非常微小，“别人旅游都会瘦一点，你竟然还可以胖。”

钟灵倒没有钟母那么开心，她可是很注重体重的，现在小胖了一圈，脸上全是愁容：“我竟然胖这么多。”

“这多好，终于有点肉了。”钟母越看越满意，最后警告似的看一眼钟灵，“可不要让我知道你减肥，保持好现在的体重。”

钟灵还不得不装出高兴的样子。

“也该毕业了。”饭桌上，钟母望了眼钟灵，出其不意地问，“何之舟什么时候来家里坐坐？”

“咳！”钟灵直接被呛了一下，急忙喝了口水。

“小心点。”钟母皱着眉头，起身给钟灵轻拍着背，“吃个饭也这么不小心。”

等到钟灵缓过劲来，看见钟母脸上全是认真时，她只好把求救的目光投向钟父。

“灵灵还小着呢。”钟父立刻放下手中的筷子，“再说，这都是小孩子的事情，你就不要瞎操心了。”

“我瞎操心？”钟母不满地望着钟父，声音也提高了几个分贝。

“他们都有自己的判断。”钟父一本正经的样子，声音里带了稍许心酸，“你该关心的是我。”

钟母脸上一红，像是掩饰自己的害羞，马上扯开话题：“吃饭，吃饭。”

钟灵全是笑意，其实很久之前她也以为钟父是最爱自己的，可其实不是，他最爱的还是他老婆。

小时候，有一次钟灵把钟母气到了，待在房间里不吃不喝和钟母怄气，那时钟父走到她身边和她拉钩钩，说以后他会帮她，而她要答应不能和钟母怄气。

钟父也的确是这样做的，几乎每次都和她站在同一战线。那时钟灵经常骄傲有一个最爱自己的父亲，但是在一次家庭辅导作业的时候，她发现了一个无比残酷的事实——钟父最爱的并不是她。

以“你最爱的……”半命题的作文，钟灵当时就毫不犹豫地写下了“爸爸”，所以在钟父辅导的时候，她无比自信地问钟父：“爸爸，你也是最爱我的吧？”

岂料钟父却摇了摇头，他没有顾忌她是个小孩子，坦诚道：“我也很爱你，但最爱的是你妈妈。”

小小的钟灵几乎要哭了，眼眶里全是泪水，她试图安慰自己：“可是我和妈妈吵架，每次你都会帮我。”

“因为你小，你不懂事，不知道伤害的含义。”钟父完全没有改口，抹了抹钟灵的泪水，继续说，“如果继续吵架，受伤更大的会是你妈妈。”

钟灵的眼泪落得更加迅速了：“可是……”

钟父拿出纸巾给钟灵擦着泪水，动作无比温柔，但还是说着让钟灵心酸的话：“这很公平，你最爱爸爸，爸爸最爱妈妈。”下一句的时候已经有几分委屈了，“而妈妈最爱你。”

后来钟灵回忆起来经常控诉钟父：“我还那么小，你怎么忍心这样对我？”

而钟父总是慢悠悠地喝着水，他半开玩笑道：“这样你就会不再那么任性，因为爸爸不知道什么时候就会帮着你妈妈来教训你。”

“东西收拾好了吗？”睡前，钟母还是忍不住问了一句，这些年，她对钟灵总是事无巨细，即使钟灵快要毕业了还是不免唠叨。

“好了。”钟灵指了指一旁的行李箱，略带调皮地一眨眼睛，“你要不检查检查看有没有进步？”

钟母端起教导主任的架子：“你已经是成年人了，要对自己负责了。”在离开之前，又补充一句，“要是忘带东西了，就要自己回家来拿。”

“好。”钟灵晃着脑袋答应，一向小心如她怎么会出现这样的失误。

也许是刚结束了旅行，也许是明天就要见到何之舟了，在去学校的前一天钟灵竟然失眠了。

“没睡好？”看见钟灵的时候，何之舟走上前拿过钟灵的行李。

“嗯。”钟灵揉着惺忪睡眼，“一想到要见你，有些紧张。”

何之舟面露几分赧然，看着许奕臻打量的眼神，轻咳一声便开始毒舌：“看什么看，没见过谈恋爱的？”

许奕臻嘚瑟，牵着何念棠朝前方走去：“惹不起，惹不起。”

车上，有何之舟在身边，钟灵睡得格外踏实，大抵是前一天睡眠质量的问题，即使睡了一路，她到了学校仍有几分昏昏欲睡。

在宿舍简单收拾完衣物之后，钟灵和室友四人便瘫坐在椅子上开始聊天。

一向活泼的萧苒也被长途跋涉折腾得有气无力，浑身上下就嘴巴动了动：“快中午了，谁去买饭？”

三人一起将目光投向了钟灵，异口同声：“灵灵小仙女平时最善于撒狗粮，现在要考验你买狗粮的能力了。”

钟灵晃了晃脑袋，大脑呈放空状：“没力气……”

“上一秒这里还是晴空万里……”

还没说完，手机便响了起来，钟灵看着手机屏幕上闪烁的备注，脑袋都大了。

刚接通电话，何之舟的声音就从手机里传了过来："收拾好了吗？"

"嗯。"钟灵应了一声。

何之舟只想着早些吃完饭，好让钟灵早点休息："炸炸在校门口那家饺子馆等我们，你要吃什么馅的？"

钟灵本来还挣扎几下，一听许奕臻和何念棠也来了，顿时就妥协了："韭菜鸡蛋。"

"好。"何之舟"嗯"了一声，"那，我在楼下等你。"

"两份韭菜鸡蛋，一份三鲜的。"在钟灵打电话期间，三人已经统计了菜单，冲着钟灵比了个心，"辛苦了。"

"你们分明是好吃懒做的小猪。"钟灵披上衣服，站在镜子前，撩了两把头发便出门了。

"哥，灵灵。"刚进饭馆，何念棠就站起来冲着他们挥了挥手。

四盘饺子已经全部放在桌子上了，何念棠拿起了筷子，朝着两人开口："你们再晚一点来，我就要开动了。"

钟灵弯了弯眼睛，看着何念棠，问道："你们怎么跑这么远来吃饭？"

两个学校虽然相隔不远，步行的话也需要大约半个小时，回学校的路程就耗费了不少体力，钟灵有些担心何念棠身体吃不消。

"其实刚开始也没想来。"何念棠终于吃到美食，脸上全是享受，"本来想找吃的，但是学校附近没有什么好吃的，凭着直觉双脚就带我来到了这里。"

回味了一下嘴里的味道，她再次眯了眯眼睛赞叹道：“我吃过那么多家的饺子，就这家的饺子最好吃。”

“原来是吃饭。”何之舟望了一眼许奕臻，余下的意思并没有说破。

许奕臻也只是用一个眼神回应了何之舟，然后就把视线放到了何念棠身上。

钟灵因为疲惫没有多少食欲，何念棠都快吃完的时候，她盘子里的饺子还剩下一半。

困意袭来，钟灵终于忍不住了，捂着嘴巴打个哈欠，眼里甚至涌上一层泪花。

“困了？”何之舟眼睛望着钟灵，“那我们先回去吧。”

钟灵摇了摇脑袋，何念棠好不容易来一次，她怎么可以回去睡觉。

“没关系。”她话还没说完，又诚实地打了个哈欠。

何念棠也知道钟灵是累了，也跟着劝道：“灵灵你先回去睡觉，休息最重要。”

钟灵看着剩下的半碗饺子，还有些迟疑：“可是……”

“饺子我带回去吃。”何之舟喊来服务员打包，并将钟灵室友点的饺子也一起装了起来，“我们先回去休息。”

将何念棠留在这里，钟灵还是非常内疚，和何之舟商量着：“要不，你在这里，我自己回去休息会。”

何之舟当然是一万个不愿意，接过打包好的饺子：“他们也是来吃饭了，现在饭吃完了，应该也快走了。”

在钟灵看过来的时候，何念棠立刻配合着何之舟，摸了摸肚子：“对，我们待会儿就走。”

“那你们慢点。”钟灵放下心来，朝着何念棠摆了摆手便离开。

“那是我哥吗？”望着两人离开的背影，何念棠还处在蒙圈中，虽然何之舟一直对她不错，但是绝对没有这么贴心。

“可能是。”许奕臻谨慎地回答着，也不知道怎么他突然有种不好的直觉。

果然，下一秒直觉便灵验了，何念棠将矛头转向了许奕臻，控诉着：“我觉得自己好委屈，你看看他们那么甜，再看看我们。”

警钟在大脑中滴滴作响，许奕臻夹起碗中最后一个饺子：“平淡才是真，他们那样太浮夸了。”他将饺子递到何念棠的嘴边，“填饱肚子才重要。”

虽然何念棠经常使些小性子，但脾气来得快去得也快，而且只要吃点东西就忘记了。不过，许奕臻还是觉得应该减少和何之舟见面，何之舟总是出其不意，不知道哪一天他就招架不住何念棠的问题了。

校园生活所剩无几，钟灵自然无比珍惜这段宝贵的时光，便找来几个热播剧来消遣。

阳光下的长椅上，何之舟拿着手机，钟灵花痴地望着电视剧的男主角，时不时地感叹一句：“好帅啊。”

何之舟的视线终于落在手机上，瞟了一眼男主角轻哼了一声，也就还好。

浪漫玛丽苏的剧情将钟灵的少女心全数激发出来，她看着电视剧的两人，连奶茶都忘记喝了。

阳光沙滩这样美好的场景自然有浪漫的情节发生，男主朝着女主慢慢地靠了靠，眼神已经出卖了他的想法……

作为一名成年女生，钟灵还是有几分害羞，再加上何之舟还在身旁，为了避免看到少儿不宜的事情，她立刻关掉手机，清咳了两声。

何之舟终于不再面瘫，望着钟灵红扑扑的脸，调侃道：“怎么不看了？”

知道何之舟是明知故问，钟灵自然不会落进何之舟的圈套，抿了一口奶茶：“想喝奶茶。”

“呵。”看着钟灵的模样，何之舟轻呵了一声，“你们女生都喜欢那种男生吗？”

“当然。”钟灵点头同意道，认真地望着何之舟，“现在可是美颜时代。”

“那……”何之舟在心里准备了一下，才慢慢问了出来，“你觉得我好看，还是他好看？”

当然是他。钟灵在心里立刻回答，嘴上却言不由衷：“是你啊。”

何之舟点点头，很是满意，暂时原谅了钟灵方才夸别人的举动。

看着何之舟心情不错，钟灵也算放下心来，毕竟以后看电视还要何之舟举着手机呢，她自然不会因为一个任性失去这个人形支架。

过了研究生复试的萧苒比钟灵还要放飞自我，用她的话来说就是我要把之前失去的快乐都补回来。

“啊啊啊！”宿舍又传来萧苒的尖叫声，她傻傻地盯着屏幕，“男主太帅了！”

钟灵望向萧苒，但是某人还沉浸在自己的世界，丝毫没有回归到现实的准备。

“我的天。”不一会儿，萧苒的分贝再次达到一个高度，这次她倒是摘下了耳机，“男二也好可爱！”

钟灵无奈地看着萧苒：“请你也看下女主。”

“我已经将自己的脸替换了女主的脸。”萧苒倒是越说越像是真的，托着脑袋在床上一脸愁容，“你说小狼狗和小奶狗，我该如何抉择？”

钟灵朝着萧苒竖起一个大拇指，在自恋方向萧苒一直没找到像样的对手，不然也不可能一直单身。

“我都好喜欢。”没有听到钟灵的回答，萧苒已经切换到了自问自答的模式，然后眨着一双大眼睛盯着钟灵，“那你喜欢哪种？”

她喜欢何之舟那样的。钟灵在心里思考了一下，但是何之舟倾向于哪一种，她没有确定的答案。

看着钟灵没有回答，萧苒痛心疾首道：“你竟然犹豫了！”然后看钟灵的样子，犹如看负心汉，“你不应该都让给我吗？你有了何之舟竟然还不满足，小心我告诉何之舟……”

手机铃声恰好响了起来，钟灵接通了电话，走到萧苒的床边，将手机递向萧苒，笑着说：“给你个机会。”

看着何之舟的手机号，萧苒顿时就怂了，朝着钟灵封了一下嘴巴不再言语。

望着何之舟的侧脸，钟灵又想起萧苒的那个问题，突然好奇了起来，小奶狗和小狼狗到底哪个更符合何之舟呢。

被钟灵的目光盯住，何之舟有几分不自在，撩了一把头发：“你看我干什么？”

钟灵眼睛一亮，她在这里苦思冥想还不如问问当事人，何之舟应该对自己有更加明确的定位。

“你觉得你是属于小狼狗还是小奶狗？”

何之舟是真的没想到钟灵会逼出这样一个大招，他有几分无奈，轻轻地敲了一个钟灵的脑袋：“你还是少看一点那样的偶像剧，看样子对智商很是摧残。”

何之舟没有回答，反倒更加激发了钟灵的兴趣。

她不依不饶，非要一个具体的答案：“你不要转移话题，看着我的眼睛，认真地回答我的问题。”

第一次听见这样的问题，何之舟也表示自己毫无经验，朝着钟灵摊摊手，无奈道：“我就不能像个人吗？”

“这是什么答案。”钟灵嘟起嘴巴不满，对这个问题开始异常执着，“并不是让你真的变成狗，就是问你是比较温柔型的，还是比较强势型的？”

“你喜欢哪一种？”眼看着逃避不了，何之舟反问一句，将问题抛给了钟灵，“你喜欢哪一种我就是哪一种。”

钟灵再也张不开嘴，这下她变得不自在起来，视线移到旁边，爽快地结束了这个问题：“中午你要吃什么？”

而买饭的时候，钟灵所有的害羞褪下，恢复理智的那一刻，脑子里却又冒出了这个问题，说到底何之舟还是没有明确地回答她的问题。

在这方面，何之舟已经总结出经验，面对钟灵突发奇想的问题不知道怎么回答的时候，他就会利用逻辑将问题变个形式抛给钟灵，这一招几乎屡试不爽。

随着盛夏的来临，毕业的日子也一步步逼近。

学校里越来越多的人拿着手机拍照留念，横幅也开始在学校上空飘荡，离开的气氛越来越浓烈。

奶油味的雪糕在嘴里蔓延，钟灵抿了一下嘴巴，将最后一口雪糕送到口中：“好凉。”

“吃慢点。”何之舟无奈地摇摇头，夏天一到钟灵不仅没告别奶茶，还喜欢上了雪糕，隔两天就要吃，他将纸巾递给钟灵，“我给你拿着。”

钟灵将手里的垃圾递给何之舟，伸手接过纸巾，晃晃悠悠地走在路上。

一个熟悉的身影从面前一闪而过，钟灵指着那抹即将消失在转角的身影：“那不是你宿舍的人吗？”

“嗯。”孔彦宇那抹身影化成灰他也认识，何之舟有几分幸灾乐祸，“快结束大学生涯的时候，他终于迎来了爱情的第一春。”

孔彦宇是典型的主动出击型，在学校外吃烧烤的时候对一学妹一见钟情，当他要追出去的时候，同伴眼疾手快地抓住了他：“今天可是你请客，想逃？”

当时情况紧急，孔彦宇眼疾手快地拿出手机，对着那抹倩影拍了几张，然后放在各大表白墙上寻人。

接连几天都没有任何讯息，当时何之舟还纳闷来着，就算只拍到衣服也应该不至于找不到，可是在看见那张照片后，所有的疑惑烟消云散，孔彦宇的拍照技术真是“辣眼睛”，照片模糊到勉强只能看见是个人的影子。

照片在表白墙上挂了好几天，都没有人认出这抹倩影。就在孔彦宇都要绝望的时候，照片的女主终于忍不住亲自跑过来勒令孔彦宇删除丑照，却想不到引来了更大的“麻烦”。

“青春真好。”作为一个已经有两年恋爱经历的人，钟灵晃着脑袋感叹着，想当初她也是像打了鸡血一般朝着何之舟这个冰块努力，所幸皇天不负有心人。

“学姐。”陆慕晚看见钟灵像是看见救星般，加快了脚步朝着钟灵跑去。

钟灵笑意更甚，早就听说了韩路宁和陆慕晚的八卦，现在看来传言并非空穴来风。朝前移了一小步，钟灵将陆慕晚挡在身后，望着韩路宁挑了挑眉头：“光天化日之下，你要干什么？”

韩路宁挠了挠头，看着钟灵开始旧事重提：“你当初追何之舟的时候，我可是双手支持你的，现在我需要你的帮助。”

“学姐，我根本不认识他。”陆慕晚恨恨地看着韩路宁，也不知道从什么时候开始她惹上了这块牛皮糖。

“怎么不认识？”韩路宁探着身子去看钟灵背后的陆慕晚，“那天晚上……”

“闭嘴。”眼看着韩路宁要提那件糗事，陆慕晚出声打断，朝着钟灵摆摆手，“学姐我还有事，先走了。”

终于达到目的，韩路宁朝着钟灵眨了下眼睛：“我也走了。”

“他们……”钟灵有几分惊讶，望着两人的背影。

何之舟倒不如钟灵好奇，看着钟灵收不回来的视线，牵住钟灵的手：“走啦。”

微风从远处吹来，树叶发出沙沙的声音，钟灵及腰的头发随风飘动，有几缕飘到何之舟的身上。

“大学四年一晃就要过去了。”钟灵深呼一口气，有几分感伤，“感觉这四年好像什么都没得到。”

“你得到了我。”何之舟握紧了钟灵的手，微微低着头望着钟灵，一脸的宠溺，“我是你的了。”

想起大学将近三年的追逐，钟灵就一阵阴郁，作势要抽出自己的手，小脸都要皱到一起：“还不是全是我的努力，也不知道你当初怎么忍心那样对我？”

“我哪里知道会这样喜欢你。”何之舟最害怕钟灵翻旧账了，因为一翻他的负罪感就又多了几分，“如果我知道会这样喜欢你，肯定不会给你主动的机会。”

“所以你现在只能处在被动的地位了。”钟灵绷着嘴巴，忍住扬起的嘴角，快步朝着前方走去，“而我现在就要抛弃你。”

“你已经没有机会了。”何之舟紧拽着钟灵的手，稍稍一用力就将钟灵拉了回来。

被突然的力作用，钟灵的身体旋转了一个圈，等她睁开眼睛的时候整个人都躺进了何之舟的怀里。

何之舟低垂着眼睛，眼睛里只有钟灵一个人的倒影，他一字一顿地说：“你是我的。”

血液全部逆流到头顶，钟灵闪躲着眼神，一下子推开何之舟：“大白天，你竟然要流氓。”

在他背后追着说喜欢他的是钟灵，整日黏在他身边要和他谈恋爱的是钟灵，可是何之舟知道其实钟灵比任何人都要害羞，那一腔的勇敢都是被迟钝的他逼出来的。

这是他认识钟灵的第七年，而钟灵整整追着他的步伐走了五年，何之舟望着前方的身影，快步上前，手慢慢钻进钟灵的手中："辛苦你了，以后所有的事情，都换我来努力。"

"看镜头。"为了显示自己的技术，许奕臻对着远处的女生说，然后对着两人不停地按下快门。

"你拍好了吗？"何念棠的嘴巴都快要笑僵了，看着许奕臻还没放下手机，对许奕臻的技术很是怀疑。

那次毕业之前的旅行，钟灵和何念棠拍了无数张照片，当时两个女生只顾着游玩，完全没有去看照片的效果，看着许奕臻自信的样子也没多想。

等回到家，何念棠准备制作影集留念的时候，才想起了问许奕臻要照片，而看见照片效果的一瞬间，她恨不得自己瞎了。

整整几百张照片，何念棠挑花了眼睛都没凑够二十张，在摄影技术方面，许奕臻绝对是抽象派的佼佼者。

看着许奕臻的动作不停，何念棠就有了不好的预感，走到许奕臻的面前拿着手机看成果。

何念棠一张张地翻着，脸色越发阴沉起来，有很多张照片完全看不出差别，如果翻得快一点就是视频！

"你行不行？"看着许奕臻的技术，何之舟也忍不住吐槽。

许奕臻怎么能给何之舟嘲笑自己的机会，立刻反驳道："你行你上。"

下一秒，手机从许奕臻的手里飞了出去，何念棠将手机递给何之舟，眼睛里有一束光："哥，看你的了。"

钟灵和何念棠在远处换着动作，对着镜头笑得十分灿烂，何之舟在镜头前手指不停地点动着。

许奕臻嫌弃地望了一眼，拍照技术都是拼速度靠运气的，真不知道何之舟有什么脸嘲笑他。

看着许奕臻的反应，何念棠就知道大事不好了，也不摆姿势了，走过来拿走手机查看着。

大约过了三秒，何念棠的脸色彻底地黑了下来："哥，你还真没让我失望，你们都是技术流。"

对这两人不再抱有任何期望，何念棠随便找了个同学，这么具有纪念意义的一天，怎么可能因为这两个人浪费掉。

何念棠已经和钟灵摆好了姿势，望着旁边不知该在何处的两人，钟灵弯了弯眼睛："要不要让他们也入镜？"

"还是你想得周到。"何念棠立刻拍手称赞，望向那两人的时候脸色就没这么好看了，"你们也来吧，摆个最好的姿势，不要拉低我们的颜值。"

远处的天空很澄澈，背后的风景也很美，钟灵和何念棠朝着镜头摆着可爱的姿势，何之舟和许奕臻觉得手都无处安置，看着两个女生的剪刀手，试着抬了两下却又藏进了背后。

拿着手机的同学换着角度，镜头正对着四人，随着咔嚓清脆的一声，所有的一切都永远地被收入相机。

女生摆着可爱的剪刀手笑得十分灿烂，裙角随风飘荡，而何之舟和许奕臻的视线则是停在了女生的身上。

毕业了，不过还好有你在我身边。